"*Dominicana*, una historia sobre el paso a la adultez de una joven inmigrante de la República Dominicana, tiene la riqueza de un trabajo que lleva tiempo cosiéndose . . . Un pequeño milagro ocurre en las páginas de este libro; no necesariamente un final feliz, sino el surgimiento de un personaje que antes no existía".
—*Seattle Times*

"En la representación de Cruz, lo inevitable de la adversidad y el entusiasmo por nuevas posibilidades crean un conmovedor y complejo viaje a la adultez. Esto ha de marcar el éxito de la escritora".
—*Entertainment Weekly*

"A los quince años, Ana se casa con Juan, un hombre mucho mayor, y se muda a la Ciudad de Nueva York del 1965 para que su familia en la República Dominicana pueda mejorar su condición de vida. Justo cuando comienza a dudar de su nueva vida y casamiento sin amor, empieza a formar un lazo afectivo con César, el hermano de Juan. Cruz se adentra en las duras decisiones que se advienen en esta hermosa novela literaria".
—*The Washington Post*

"Narrada en primera persona, en una voz sencilla, infantil y a la vez sabia, *Dominicana* nos adentra en la mente de su muy joven narradora . . . y ocurre un pequeño milagro en las páginas del libro . . . una mujer valientemente enfrenta una nueva vida, encuentra y conquista América en sus recientemente adquiridos términos, y encara un futuro tan esperanzador como los ojos brillantes de un bebé".
—*The Baltimore Sun*

"Enriquecedora, desoladora . . . Una historia sobre
el paso a la adultez enfocada en las decisiones que tomamos
entre la sobrevivencia y el amor".
—*Real Simple*

"Ana, la narradora, es hipnotizadora, cómica, encantadora . . .
Una historia sobre sacrificios, fuerza y amor".
—*Houston Chronicle*

"Cruz cuenta la historia con un estridente sentido del humor
y escribe en cortos capítulos en presente lo que ayuda a hacer
que esta sea una lectura propulsora, aunque desgarradora".
—BuzzFeed

"Esta gran novela resuena con vitalidad, una adición singular
al canon de narrativa de inmigración, e introduce a lectores a
la maravillosamente compleja y resistente Ana".
—*Nylon*

"Esta emocionante historia sobre inmigración, amor,
e independencia ha sido alagada por Sandra Cisneros y
Cristina García, convirtiéndola en una de las historias sobre
la llegada a la adultez más importantes del año".
—*The Millions*

"Esta conmovedora historia sobre la llegada
a la adultez se enfoca en Ana Canción, una joven de
quince años de una familia pobre de la República Dominicana
durante los tumultuosos años sesenta . . . Apoyarás a Ana
(cuyo personaje está basado en la madre de Cruz)
a medida que navega su nueva vida que, al
menos al principio, parece sumamente
lejana al sueño americano".
—AARP

DOMINICANA

Angie Cruz

Traducción de

Kianny N. Antigua

Editorial Siete Cuentos/Seven Stories Press
New York • Oakland • London

© 2019 de Angie Cruz
Traducción al español © 2021 de Kianny N. Antigua

Publicado con el consentimiento de Flatiron Books en asociación con International Editors' Co. Barcelona.

Derechos reservados. Queda rigurosamente prohibida, sin la autorización de los titulares del *copyright*, bajo las sanciones establecidas por las leyes, la reproducción total o parcial de esta obra por cualquier medio o procedimiento.

Seven Stories Press/Editorial Siete Cuentos
140 Watts Street
New York, NY 10013
www.sevenstories.com

Library of Congress Cataloging-in-Publication Data

Names: Cruz, Angie, author. | Antigua, Kianny N., translator.
Title: Dominicana / Angie Cruz ; traducción de Kianny N. Antigua.
Other titles: Dominicana. Spanish
Description: New York : Siete Cuentos/Ocean Sur, [2021]
Identifiers: LCCN 2021006241 (print) | LCCN 2021006242 (ebook) | ISBN 9781644210703 (paperback) | ISBN 9781644210710 (ebook)
Classification: LCC PS3603.R89 D6618 2021 (print) | LCC PS3603.R89 (ebook) | DDC 813/.6--dc23

Profesores de universidad o secundaria pueden pedir ejemplares gratis para revisión de los títulos de Seven Stories Press/Editorial Siete Cuentos. Para hacer su pedido, visite www.sevenstories.com, o envíe un fax en el papel oficial de la universidad al (212) 226-1411.

Impreso en los Estados Unidos.

9 8 7 6 5 4 3 2 1

Para Dania, mi madre
Para todas las dominicanas
Para todas nuestras heroínas sin voz

PRIMERA PARTE

La primera vez que Juan Ruiz se declara, yo tengo once años, flaca y sin tetas. Estoy medio dormida, el pajón se me ha salido de la gomita y llevo el vestido al revés. Cada dos fines de semana, Juan y dos de sus hermanos se aparecen pasada la medianoche desde la Capital a darles serenata a las campesinas del área que están listas para el matrimonio. No son los primeros hombres que vienen por mí o por Teresa, mi hermana mayor.

Por años, la gente se me quedaba viendo, casi en contra de su voluntad. Soy distinta a otras muchachas. Para nada bonita. Una belleza rara, dice la gente, como si mis ojos verdes fueran más brillosos, más valiosos, para ser poseídos. Por eso, Mamá teme que, si no planea mi futuro, mi destino será peor que el de Teresa, que ya tiene sus ojos marrones puestos encima del Guardia, el guachimán del edificio municipal que queda en el centro del pueblo.

Esa noche, la primera de muchas, tres de los hermanos Ruiz estacionan su carro en la carretera de tierra y tocan la campana del colmado de Papá como si estuvieran pastoreando vacas. Las calles están oscuras bajo el cielo nublado y la ausencia de la luna. Los apagones pueden durar hasta quince horas. Ha habido algunos robos de gallinas y se han metido en nuestra pulpería dos veces en un año. Por eso lo mantenemos todo a hacha y machete, especialmente después de que mataran a Trujillo, ¡en su propio carro! ¡Después de haber sido el Jefe por treinta y un años! Esto le hace gracia a Papá. Toda su vida tuvo que ver la foto de Trujillo, junto a su lema: Dios en el cielo, Trujillo en la tierra. Nadie pudo aguantarse la risa ante su mortalidad. Hasta Dios se había hartado. Pero Trujillo no se fue en paz. La Capital era un caos. Un tremendo lío. Sin ley ni orden. Llena de locos. Los visitantes de la gran ciudad tiran de sus párpados inferiores, advirtiéndonos que nos mantengamos alerta. Y lo estábamos.

Mamá, Teresa y yo nos apiñamos cerca de la casa mientras Papá camina a través de la oscuridad con su rifle en posición de fuego. Mis hermanos, Yohnny y Lenny, y mis primas, Juanita y Betty, duermen.

Somos nosotros, somos nosotros, Juan grita de entre lo oscuro. Todo el mundo sabe quiénes son los hermanos Ruiz porque ellos viajan a y desde Nueva York, y regresan con los bolsillos llenos de dólares.

Detrás de Juan, los otros dos hermanos levantan sus instrumentos y se ríen.

Vengan, acérquense, Mamá grita, y de una se sientan en el frente de la casa, cervezas en mano, y empiezan a hablar de Nueva York, de política, de dinero y de papeles.

Cuando Juan pide matrimonio, está borracho. Masculla, cásate conmigo. Yo te voy a llevar a Nueva York. Tropieza consigo mismo y me empuja hasta la verja. Dime que sí, insiste, con el aliento encendido y sus gotas de sudor cayéndome en la cara.

A Papá no le importa la política, y sabe demasiado como para confiar en un hombre ensacado. Empuña el rifle y Mamá se para en medio de los dos, riéndose como lo hace, con todos los dientes y hundiendo la barbilla en el cuello, luego, con coquetería mira para otro lado. Le agarra el hombro a Juan, lo lleva de regreso a la silla de guano y lo sienta junto a sus hermanos, que también habían tomado demasiado.

Cuando Juan se sienta, su pecho se dobla hacia su redondo estómago, y su mandíbula, la comisura de sus labios, sus mejillas, sus ojos se caen: un triste payaso. Juan se queda mirándome las rodillas, que se cierran más y más, como si allí guardara un secreto que él debe descubrir.

Los tres hermanos no pueden ser más distintos, los mismos padres, pero diferentes caras y estaturas. Y espera a que conozcas a César, dice Héctor. Todos van de traje y se agrupan cerca de Juan como una banda en un escenario. Los ojos vidriosos y rosados. Sus instrumentos, sus muletas.

Esta canción es para ti, Juan le dice a Teresa, que se esconde de la mirada vigilante de Papá. Pero todo el tiempo Juan me está viendo a mí. Teresa tiene trece años, pero parece de veinte, nació pateando antes de que saliera el sol. Mueve su falda de un lado para otro, anticipando. Esto es antes de que el Guardia le malogre la chance de irse. Ramón, el mayor, toca la guitarra, y Juan mira a su hermano como para asegurarse de que las gallinas estén en su corral y, como todo un actor, se para, se voltea y arranca.

Bésame, bésame mucho . . .

Canta bajito, con voz gruesa y plena, llenando un vacío en mi pecho. Un bloque de hielo se derrite. Su voz se amplifica por el oscuro cielo y la quietud de la noche. Cierro los ojos para escuchar. ¿Qué es lo que escucho? ¿Su pena? ¿Su anhelo? ¿Su pasión? ¿Todo?

Como si fuera esta noche la última vez
Bésame, bésame mucho,
Que tengo miedo a perderte, perderte después . . .

Cuando él termina, Mamá y Teresa saltan a aplaudir. Un aplauso desperdigado. ¡Otra! ¡Otra!, dice Teresa, sin darse cuenta de que Juan canta para mí.

En ese momento, sé que un día la tierra se va a abrir bajo mis pies y que Juan me va a llevar con él. Brotan lágrimas. No sé cómo ni cuándo, pero un mundo voraz me espera allá fuera.

Mujeres, pa' la cama, anuncia Papá con la resonancia de una campana. Se pone el rifle entre los muslos, encojonado como nunca. En los tiempos de Trujillo, unos militares se llevaron a dos de sus hermanas.

Hay que coger carretera, dice Ramón, y se para recto y alto como una asta de bandera, siempre cortés, siempre disculpándose por sus hermanos menores que no pueden controlar el alcohol.

Antes de irse, Juan se agacha para mirarme a la cara. Me quedo viéndolo directamente a los ojos como si tuviera el poder de asustarlo. Hace un gesto de retirada y de repente se lanza hacia mí y ladra, fuerte e insistente. Ladra. Ladra. Ladra. Salto hacia atrás para alejarme de él, tropiezo con el cubo de plástico que tenemos junto a la puerta para buscar agua. Se ríe y se ríe. Su gran cuerpo tiembla cuando se ríe. Todos se ríen excepto yo.

Mamá es amable y les dice que vuelvan pronto, que no se pierdan y que por las mejores jóvenes vale la pena esperar. Tal vez vayamos un día a comer a tu restaurante en la ciudad, dice, sabiendo que nunca iremos a la Capital ni a comer en restaurantes.

El día que Teresa se roba y se mete en el vestido favorito de Mamá para fugarse y verse con el Guardia, Mamá declara a Teresa como un caso perdido y mi matrimonio con Juan se convierte en su mayor prioridad.

¿La viste cuando se fue?

¡No!, mentí.

El vestido blanco de Mamá le ajustaba a Teresa en todos los lugares correctos, incluyendo las rodillas. Ella se mueve como si sus tobillos tuvieran ruedas asidas a sí mismos, su cuerpo desarrollado y femenino. Una mujerota, dice Yohnny. Sus labios en forma de corazón están siempre separados porque tiene grandes dientes que parecen querer besarte.

Solamente de pensar en los tígueres consiguiendo lo que quieren con Teresa y oyendo a la gente decir que ella es fácil y caliente y que no pierde tiempo, hace que Mamá apriete los puños y se hale el pelo. Tanto así que tiene un claro en la nuca dedicado a las escapadas de Teresa. Pero ninguna cantidad de pelas ni de gritos impide que Teresa se escape para estar con ese hombre.

La primera vez que se fugó, Mamá gritó tan fuerte que las nubes derramaron tanta lluvia que nos inundamos. Toda la mañana, yo, Teresa, Lenny, Betty, Juanita y Yohnny barrimos el agua de la casa, llenando cubeta tras cubeta.

Había visto a Teresa tirar los rolos uno por uno y enroscarse en los dedos sus mechones oscuros. A Juanita le había tomado una hora entera secar el grueso y poco cooperativo cabello de

Teresa. Pero valió la pena. Sacudió la cabeza para que el pelo le bailara alrededor del rostro, una reina de belleza.

Mamá te va a matar, le susurré, tratando de no despertar a Juanita y a Betty, quienes compartían cama con nosotras, y cuyas extremidades se enredan cuando duermen. Ronronean como gatitas. Una sábana nos separa de Lenny y Yohnny. Cuelga de un lado de la habitación al otro. Tan raída que, cuando la lámpara está encendida, antes de irnos a dormir, podemos ver nuestras siluetas reflejadas en las borrosas flores azules y amarillas que la decoran. Para suerte de Teresa, cuando ellos duermen, da lo mismo que si estuvieran muertos.

Duérmete, estás soñando, negra.

Teresa se escurrió como un ratón. La noche estaba llena de chirridos, chillidos, croar, de miserables sonidos de apareamiento de ranas, justo afuera de nuestra ventana. Papá dice que es porque el amor duele.

¿Y si Mamá no te deja regresar? ¿Y si te pasa algo?, digo, desde ya preocupada por el dolor que nuestros padres sentirán. Porque donde vivimos, no hay nada más que oscuridad. No hay otra casa en por lo menos dos kilómetros. Y la electricidad siempre anda con cambio de humores. Prende y apaga. Prende y apaga.

Los ojos de Teresa brillaron. Ven a ver. El Guardia está en la carretera, esperándome.

Me acerqué de puntillas a la ventana. La brillante luz de la luna iluminaba la punta de las palmeras.

Regresaré antes de que despierten. No te preocupes por mí, hermanita.

¿Pero por qué tú no puedes esperar a estar con él como se debe? Él puede anunciarse y pedir tu mano. ¿Cómo sabes que tiene buenas intenciones?

Teresa sonrió. En primer lugar, Mamá nunca lo aceptaría. Un día lo vas a entender. Cuando te enamoras, tienes que jugártela, aunque todo el mundo te llame loca. Por eso dicen que el amor es ciego. Nosotros no vemos.

Yo no quiero enamorarme nunca, dije, pero entonces pensé en Gabriel, que no me puede mirar a los ojos sin sonrojarse.

Tú no eliges el amor, dijo Teresa, y sopló la salvia que bullía en la olla caliente para matar el olor a hombre que les brota a Lenny y a Yohnny por las noches.

Teresa se deslizó fuera de nuestra habitación. Me miró y me picó un ojo, se lamió los labios como si la vida misma fuera lo más delicioso que jamás hubiera probado. Me imaginé a mi madre, joven como Teresa, cortada por la misma tijera, cuánto se parecen. Pin-pun la mamá, es lo que todos dicen cuando ven a Teresa por primera vez. ¡Pin-pun!

Todos tienen una historia de llegada. Esta es la de Juan. La primera vez que va a la ciudad de Nueva York, solo tiene una dirección y veinte dólares en los bolsillos. La guagua lo deja en la calle 72, esquina Broadway, en una isla llena de banquitos y drogadictos desmayados. El corazón se le acelera cuando los carros tocan bocina y los helicópteros le vuelan por encima. Siempre le gustaron las aventuras, pero por la forma en que la ciudad desde ya lo empuja, tan aprisa, sabe que, para ganar control de tal lugar, necesitará tiempo. Localiza el edificio y encuentra la puerta frontal dañada. Sube los cinco pisos arrastrando la maleta. Los bombillos del pasillo no están. El olor a humedad de las alfombras mojadas le recuerda las cuevas que visitó cuando era niño. Oh, cómo le gustaron las cuevas (las rocas resbaladizas, la oscuridad, el martilleo de la cascada), la recompensa más dulce, después de la caminata a través del fango.

Toma un profundo respiro. Él puede.

Cuando finalmente toca la puerta, un viejo desaliñado atiende.

Yu, yu Frank?, pregunta Juan. Frank es el italiano que renta habitaciones.

Yes, yes.

Y con eso guía a Juan a su primer apartamento: una pequeña habitación con dos colchones. Uno desnudo, con una pila de sábanas cuidadosamente dobladas y una toalla encima. Sobre el colchón vecino, hay un hombre dormido con una almohada cubriéndole la cara para bloquear la luz de la calle que entra por la ventana pelada.

Diez dólares a la semana. Todos los domingos. ¿Entiendes?, pregunta Frank en inglés.

Yes, tenquiu, responde en inglés. Juan había aprendido a decir: Sí, señor. Gracias. Dólares y centavos. No, señor. Los números del uno al diez. Está bien. La hora en punto. Taxi, por favor. Trenes.

¿Dejaste una hembra allá?, pregunta Frank.

Mierda, ¿habla español?, Juan casi llora del alivio.

Porque aquí no aceptamos mujeres, continúa Frank. Ni por una semana ni por una noche.

Hasta ahora, Juan todavía no ha pensado en mí. Pero él sí planea casarse conmigo porque, como dice Ramón, lo que un hombre necesita para mantenerse alejado de los problemas es una muchacha de campo.

Frank prepara café y lo sirve en dos tacitas dispares.

Oí que hay buenos trabajos en los hoteles de la calle 34, dice Juan.

Frank levanta la barbilla. ¿Esa es la única ropa que tienes?

El delgado abrigo de lana de Juan no tenía ni forro. De un armario ubicado en el pasillo, Frank saca un abrigo largo hasta las rodillas, de lana gruesa con espiguillas y cuello peludo.

No tienes por qué morirte de neumonía haciendo fila.

Juan nota los puños desgastados, las capas de muselina expuestas. El forro hecho trizas.

Tratamos de mantener las luces apagadas para mantener baja la factura de la electricidad. Aquí nadie se mete en los asuntos de nadie.

Un bum estalla afuera. Juan salta.

Ten cuidado por las noches. Los drogadictos matan por un dólar. Un hombre desesperado es peligroso.

Juan le da los diez dólares del alquiler a Frank. Sorbe el café y se da cuenta de que no ha cenado. Las porciones en el avión eran muy pequeñas. Ya está oscuro y no quiere gastar su dinero en comida, en caso de que no pueda encontrar trabajo enseguida.

Tal vez deba dormir.

El baño está al final del pasillo. Buena suerte mañana.

Juan mete su equipaje en posición vertical entre pared y colchón. La toalla mediana que está sobre la cama es delgada y tiene los bordes deshilachados, pero huele a limpia. Se acuesta completamente vestido. Sus zapatos junto a la cama. El otro hombre ronca. El estómago de Juan gruñe. Mira el reloj y piensa en el bizcocho de chocolate que le sirvieron en el avión. ¿O fue una galleta? Estaba crujiente por fuera y húmeda por dentro, como nada que hubiera probado antes.

Los años pasan y Juan continúa regresando con sus hermanos a beber cerveza gratis a todas horas de la noche, inundándome de promesas. ¿Vámonos ahora? Vamos a buscar al juez civil, dijo Juan en más de una ocasión. Yo nunca había visto un pájaro de ojos verdes como tú, y sus ojos vidriosos inyectados de sangre miraban los míos, haciendo que se me pararan los vellos de la nuca.

Desde que nací, dice Mamá, mis ojos fueron un boleto de lotería ganador, heredados de mi abuelo que era de El Cibao. Ella habla con orgullo de la familia de Papá, aunque ellos nos hayan sacado de su vida cuando Mamá se casó con él pensando que se la llevaría lejos de Los Guayacanes. Siempre esperanzada, Mamá ha ignorado las advertencias de que esas personas no se mezclan con negros. Y aquí estamos, todavía en Los Guayacanes.

Tal vez, con Juan, podamos salir todos de aquí de una buena vez, dice ella.

Teresa ya había metido la pata con el Guardia. Sus ojos solo tuvieron que juntarse una vez, me dijo, para que ella sintiera el calientito en el estómago y entre las piernas; el deseo de él, como un puño empujando hacia arriba, entrando por su entrepierna. Así habla Teresa.

Un día lo descubrirás, me dice en secreto y me pica el ojo, sabe que Gabriel ya no es un niño que corretea tras los vagones de trenes con mercancía. Él ha despertado, Ana, y si tú lo dejas, te va a morder.

Sus dientes resplandecen cada vez que habla conmigo de hombres.

Mamá también. No importa si las intenciones de Juan son serias o no. Mamá ha vivido lo suficiente como para saber que un hombre no sabe lo que piensa hasta que una mujer hace que lo piense. Entonces, exactamente cuando me llega el período, a mis doce años y ocho meses, ella me deshace las trenzas y me tira el pelo hacia atrás bien apretado para que no se me salgan las greñas, por eso los ojos se me estiran. Cuando él visita, ella me hace ponerme mi vestido dominguero, ese que ya hace tiempo me queda pequeño. Empuja hacia arriba la poca grasa que tengo en y alrededor del pecho para que todos lo vean. Juan a menudo está demasiado borracho para saber la diferencia entre un vestido y un saco de papas, pero ella me pinta los labios de rosado. Cuando hablo, el pintalabios me mancha los dientes. A diferencia de Teresa, no sonrío fácilmente. Mamá me hace que me siente con los hermanos, el vestido se me sube y la parte trasera de los muslos se me pega a la silla.

La preñada Teresa se tiene que quedar en la casa con Juanita, que tiene dieciséis, y con Betty, que tiene quince, para que Juan no se distraiga. Yohnny, que es un año mayor que yo, y Lenny, que todavía no sabe limpiarse los mocos, se sientan a la vera y hacen muecas, imitan a los hermanos Ruiz, que están vestidos con sus trajes elegantes y tropiezan y mascullan todas sus palabras. Los hombres hablan en círculo: sobre papeles, el valor del dólar, los juegos de pelota a los que apostaron. Un año se quejan de la incapacidad del presidente Balaguer de cumplir sus promesas, al siguiente celebran cómo Bosch ganó las elecciones y el golpe de Estado. ¡Finalmente tenemos una democracia!, aclaman. Y luego vuelven al dinero, los papeles, el dinero, los papeles, dinero, papeles. Hablan como si no estuviéramos allí hasta que Mamá cambia de tema.

A mí no me importa quién es el presidente, pero, si las cosas no mejoran pronto, no vamos a poder mantener todas nuestras tierras. Especialmente la tierra que tenemos cerca de la playa, dice Mamá enfatizando todas nuestras tierras, la playa.

Ramón se para de repente. Ah, ¿tal vez un día nos la pueda mostrar?, le pregunta a Mamá, pero mirando a Papá.

Oh, la incomodidad de Papá con estos hombres de la ciudad, gordos y pesados, vestidos con trajes de lana oscura, aunque estén sudando, alardeando de sus viajes a Nueva York, de las propiedades que planean comprar, de los restaurantes de sus sueños. Llenos de historias, llenos de esperanza. Ay Papá, con sus pantalones gastados y su camisa roída, escuchando a Mamá hablar y hablar sobre la tierra fértil y la vista.

Nunca he conocido a un hombre que trabaje más duro que Andrés, dice, y mira suplicante a Papá, quien reemplazó el rifle en su regazo por un ceño fruncido.

¿Eso es cierto, vamos a vender la tierra?, le pregunto a Papá.

Papá no es un mentiroso, así que no dice nada. Puede que yo no tenga una silla para sentarme, dice a menudo, pero tengo mi palabra. Puede que a él no le importe la forma en que Mamá coquetea y cuán prematuramente me mezcle en los asuntos de adultos, pero respeta a los hermanos Ruiz. Cuando ellos piden dinero prestado, lo devuelven con intereses y a tiempo. Cuando prestan dinero, lo escriben en papel, para que nadie salga perdiendo. Todo el mundo sabe que la palabra de los hermanos Ruiz vale oro en el banco.

¿Alguien quiere más cerveza?, repica Mamá.

Al día siguiente, cuando estamos solos, Papá de la nada dice, Ana, quiero que seas feliz.

Yo soy feliz.

Tú sabes a lo que me refiero. Me mira como esperando una sonrisa, o un chillido o un aplauso de alegría. Todo el mundo siempre diciéndome que sonría, hasta cuando no hay nada de qué sonreír. ¡Sonríe, Ana! ¡Tú eres una señorita linda y joven! ¡Tú todavía no has visto la cara fea del mundo! Entonces a veces sonrío para que la gente me deje en paz. Pero esta vez no me sale la mueca.

Papá ya se ha tomado dos cervezas y, con el sol encendido, bien pudieran haber sido cuatro. Sus ojos se achican y su mano libre frota la rodilla que le duele por trabajar largos días cuidando de nuestros animales y de la tierra.

¿Estás feliz?, yo le pregunto. Su cara quemada y curtida parece mirar el mar de noche.

Juan se desaparece meses enteros para hacer fila buscando trabajo en el New Yorker Hotel.

La brisa le golpea el rostro. Su sangre fina se hiela, le duelen los huesos y, justo cuando cree que va a morir por el aire frío que llena sus pulmones, empieza a contar los días que permanecerá en Nueva York: ciento ochenta. Son suficientes días de trabajo para pagar su viaje de regreso y ahorrar algo de dinero para llevarse. Contó veintiocho años porque era su edad. Nueve, el día de su cumpleaños. Cuatro, el número de hermanos Ruiz, dos de los cuales vienen a Nueva York para trabajar junto a él, y uno el que intentó aguantar los inviernos, pero regresó a casa. Juan cuenta los hombres en la fila. Uno, dos, diez, quince. Él es el decimosexto. Su estómago gruñe por no haber cenado. El pedazo de pan que se robó de la nevera de Frank solo le abrió el apetito. Todos los hombres miran la puerta lateral del hotel. Quiere regresar a su habitación y acurrucarse cerca del calentador.

El tipo frente a él dice, métete los pantalones dentro de las medias. Eso mantiene el calor.

Pero Juan no quiere parecer un pariguayo.

Finalmente, la puerta se abre y una mujer con sombrero negro y peludo sale corriendo. Una verdadera estrella de cine. Pintalabios rojo brillante sobre una pálida piel. Ella camina al lado de la fila de un extremo a otro mientras mira su lista. Escoge a sus hombres y despide al resto.

Es todo por hoy.

Juan la agarra del brazo para llamar su atención.

Suéltame.

Lo siento, pero necesito trabajar.

Vuelve mañana. Todos necesitan trabajar.

¿Tan buenmozos como yo?

Este es el encanto Ruiz. Todos tienen una luz en los ojos, no de impaciencia sino de una irrefutable certeza.

Espera aquí, deja ver lo que puedo hacer.

Ella desaparece dentro del edificio. Juan se sienta cerca de la puerta y espera. Un hombre pasa y le ofrece un cigarrillo.

Ella no va a regresar por ti. No seas pendejo.

Todos los hombres se habían ido. A él le habían dicho que esto era algo seguro.

Juan compra café de la parte trasera de una guagüita. Coge el vasito con ambas manos para calentárselas y toma despacio. El corazón se le acelera cada vez que alguien abre la puerta lateral. Es la basura. Es alguien que ha terminado de trabajar. Es una persona botando una colilla de cigarrillo. Qué hora es, le pregunta a un carajito. Decide que va a esperar solo una hora. Cuenta los segundos. Los minutos. Él cuenta demasiado rápido. Cuenta más despacio. Pierde la cuenta porque sus dedos están adormecidos. Se abre la puerta. La mujer sale corriendo. No lo ve.

Señora, excúseme, le grita.

¿Tú estás loco? Hoy está bajo cero. Deberías irte a tu casa.

Necesito trabajar.

Ya te dije, no tengo nada.

Me dijo que esperara.

Ella mira a su alrededor, tratando de huir de los ojos desesperados de Juan.

Yo le voy a trabajar de gratis hoy. Usted verá lo bueno que soy. Y entonces mañana usted sin duda me va a escoger.

La mujer suspira. Entra y pregunta por José. Él te dará cosas que hacer. No puedo pagarte por hoy, pero puedes almorzar con los demás.

Gracias. La cara de Juan se ilumina y le toma la mano para besársela. Usted es un ángel, dice, y entra corriendo por la puerta lateral, escapando del frío.

Cuando Juan tarda mucho en visitarnos, Mamá me hace escribirle una carta. Dile lo caliente que ha estado. Insoportable. Y cuánto te gustaría ver la nieve. Dile lo buenmozo que él se ve ensacado y que tu color favorito es el verde, para recordarle tus ojos. Son inusuales. Tal vez eso lo inspire a traerte un regalo. Cuéntale lo bien que te está yendo en la escuela. Cómo te gustan los números, que sueñas con ellos mientras duermes.

De este modo, Juan y yo somos iguales. Yo también cuento mis pasos camino a la escuela, las veces que la profesora repite lo mismo. Hasta las cosas imposibles las cuento, como las estrellas en el cielo, los limoncillos en nuestra mata.

Háblale de lo mucho que disfrutas cocinar. Sé específica. No digas solamente comida, di pescado con coco, para que él sepa que tú eres el tipo de mujer que no le tiene miedo a descamar un pescado ni a guayar un coco.

¿Y qué mujer le tiene miedo a guayar un coco?, pregunto, pero Mamá sigue hablando.

Invítalo a que venga de día para que le puedas cocinar una comida decente a la hora debida. Dile lo mucho que te gustaría darle de comer. Que lo extrañas y que te gustaría verlo otra vez.

Pero eso no es verdad, digo.

Oh, y a quién le importa la verdad. Mira lo que es la verdad: las cartas son lazos, palabras en una página que lanzamos, con esperanza, con esperanza.

¿Y lo que yo quiero?

¿Qué tú quieres, Ana?

Yo no sé.

Si Teresa hubiera sido un pato, se habría salvado del Guardia, dice Mamá. Ahora está atrapada con una mala semilla. Su vida está prácticamente arruinada. ¡Jodida! Los patos pueden rechazar los espermatozoides no deseados, permitiéndole entrada solo al esperma que desean. Las patas eligen el mejor pato para hacer sus patitos, no cualquier pato sucio y mugroso. Y duermen con un ojo abierto a menos que haya otro pato en guardia. Aprende de los patos, dice Mamá.

Ramón dice que le entrega todas mis cartas, pero Juan no responde. Él está preocupado por el trabajo y todo lo que es Nueva York.

Oye este, le dice Juan al tipo que está parado delante de él en la fila.

Cualquier cosa para no pensar en el frío.

Dos amigos se encuentran y uno dice, No sé qué hacer con mi abuelo. Siempre se está comiendo las uñas. Entones el otro dice, yo tenía el mismo problema con mi viejo, pero lo resolví.

¿Cómo? ¿Le amarraste las manos?

No, le escondí los dientes.

Un grupo de hombres estalla de la risa. Se ríen tan fuerte que no notan que la dama de negro con sombrero peludo los señala.

Tal vez se están divirtiendo demasiado para trabajar, dice.

Es la primera vez que Juan la ve sonreír. Aunque ella lo trate como a cualquier otro tipo en esa fila, Juan le dice a Ramón que ella está por él.

¿A una chamaquita puertorriqueña que trabaja en administración le gusta un tipo sin papeles como tú? Siga soñando, mi hermano.

Ya verás, dice Juan, decidido a demostrárselo. Compró una bufanda roja por quince centavos en la esquina que lo hace resaltar de entre los demás hombres que llevan grises y marrones.

Cuando ella lo ve, vuelve la mirada.

Oye tú, ¿cómo está tu inglés?, le pregunta a Juan.

Bedy gud.

Hoy necesitamos un portero. Alguien se reportó enfermo.

Él nota su anillo de boda.

Seguro que yo espico English, dice, cayéndole atrás.

Si la cagas, no vuelves a trabajar aquí.

Sí, señora.

No me llames así. Suena como si yo fuera una vieja.

Lo siento, señora; perdón, señorita.

Pregunta por José. Él te va a dar un uniforme y a decirte lo que tienes que hacer.

Gracias, señora. You are very beautiful, señora.

Tú estás completamente loco, dice, y se ríe con él.

¿Y su nombre? Juan finalmente pregunta.

Caridad. Caridad de la Luz.

Desde ese día, Caridad escoge a Juan de la fila para distintas posiciones. Él aprende a poner la mesa de manera formal: tenedores para cada plato, colocados a la izquierda, y los cuchillos a la derecha, los platitos del pan y la mantequilla arriba de los tenedores. Se instruye en la diferencia entre las copas para el vino blanco y el vino rojo. Cómo doblar servilletas para que parezcan aves. Sueña con que un día su restaurante en la República Dominicana sea así de fino.

Él disfruta limpiar las mesas y no la monotonía de lavar platos en la cocina, pero le gusta más trabajar en la puerta porque las propinas son buenas y él trabaja solo. Aunque al final de la jornada le duela la quijada de tanto sonreír y los pies de tanto estar parado, Juan prefiere estar ocupado porque cuando para, se siente solo y triste, y extraña Santo Domingo; allá las chicas nunca le dicen que no. Las mujeres en Nueva York son complicadas.

Ramón le recuerda a Juan que él está en Nueva York para

trabajar, no para meterse en problemas de faldas. Le dice que necesita una joven callada como yo, de buena familia.

Entonces, con un empujoncito de Ramón, Juan me manda un giro postal de cinco dólares, para mis necesidades, dice, y un collar con piedras verdes, por mis ojos.

Su notita es precisa: Ana, por favor, espérame.

Papá dice que una gota de agua puede llenar un cubo si esperas lo suficiente. Entre las cartas de Mamá, las cervezas gratis y las visitas anuales, Juan Ruiz finalmente pide mi mano de la forma correcta. Tengo quince años. Juan tiene treinta y dos.

Él se aparece, durante el día, con Ramón. Sobrio, o tan sobrio como nunca lo haya visto, sin sacudir los brazos ni agarrarse de mí, de Mamá, de la silla, del árbol, para sostenerse a sí mismo. Por primera vez, lo veo. Realmente lo veo. Hasta se quita la chaqueta del traje. Con el chaleco de sastre y sin hombreras, sus hombros se tornan pequeños, menos amenazantes.

¿Ana?, dice Juan de forma tan seria que todos miran y contienen la respiración. Yo llevo mi vestido de domingo, un amarillo degastado en el que no puedo respirar bien. La corona en mi cabeza encrespada. Mi lengua seca, la garganta adolorida. Yo sabía que este momento llegaría desde la primera serenata. Juan se eleva sobre mí. Yo me enfoco en las finas rayas grises de su chaleco, la forma en que se intersectan en las solapas. El sudor corriendo por sus mejillas sobre los tocones de barba. Trato de no mirarlo. Pero todos clavan los ojos. Teresa se para cerca con su hijo asido a la cadera. Los dientes de mi madre están expuestos, su pintalabios embarrado en el labio inferior. Yohnny y Lenny reposan en un banco como perros sobrecalentados, tan sucios, con las lenguas colgándoles de la boca. Busco a Papá, que está parado y quieto, derrotado.

¿Dónde está su rifle? ¿Dónde está su ceño fruncido?, quiero gritar.

¿Qué pasa?, pregunto. ¿Ya se me ensuciaron los dientes con el pintalabios?

Y de repente, Juan saca un pañuelo del bolsillo y me quita el pintalabios.

¿Qué haces?

Lo empujo.

Tú no necesitas eso. Tú no necesitas nada, dice. Tú eres lo más bello que he visto.

Se deshace solo de mirarme. Yo abro más los ojos. Levanto el pecho y una sonrisa se me escapa de los labios.

Todo el mundo quiere algo de un hombre como Juan: una visa, dólares, una recomendación, una bola, comida gratis de su restaurante. Aunque mi madre quiere todo eso, yo mantengo la elegancia.

Ramón se para detrás de Juan, como que sin él allí, Juan se rajaría, se iría, renunciaría a todo. Y en ese momento entiendo que, después de todo, quizá Juan no quiera casarse conmigo. Ellos están aquí por las tierras de mis padres.

Pude haber dicho que no. La boca de Teresa, labios apretados y fruncidos por la decepción. Tú tienes derechos, dijo días antes. Tú mandas en ti.

Miro a Papá buscando respuesta. Adelante, respóndele, Papá insiste.

Mamá le agarra el brazo a Papá en solidaridad, un gesto inusual, entendido por Ramón porque sonríe y le da la mano a mi padre como si ya yo hubiera dicho que sí, sin embargo, a nadie le importa lo que yo quiero.

Yohnny y Lenny salen corriendo a cantar:

I like to be in America . . . everything free in America, olé.

Enseguida, los adultos se separan para hacer los preparativos. Yohnny y Lenny me agarran la mano y me dan vuelta como lo hacen en el musical *West Side Story* que vimos en el cine del centro. Juanita y Betty salen de la casa a unirse a la celebración.

Vaya, prima, qué suerte tienes, dice Betty. No te olvides de mandarme algo.

¡Y a mí también!, la voz de Juanita, una mezcla de envidia y esperanza. Después que tú veas todas esas luces, te apuesto a que nunca más regresarás aquí.

Busca los refrescos, Mamá le grita a Yohnny. Tenemos que celebrar.

Teresa entra a la casa pisoteando y observa todo lo que transcurre desde la ventana. Sostiene a su bebé entre los brazos, con fuerza, más apretado a su pecho, como para evitar que yo pueda leer sus pensamientos. *¿Quién iba a mentir por ella cuando se fugara? ¿Quién iba a hacer todos sus oficios?*

Entonces entendí de golpe: Yo me iba. Pavor y miedo y emoción recorren mi cuerpo. En el momento en que yo me vaya nadie iba a volver a tratarme de la misma manera. Mi vida iba a ser puro material de chisme para Juanita y Betty, quienes perdieron a sus padres en una inundación y han vivido con nosotros desde que tengo memoria. Yo voy a ser la mujer con dólares y ropa fina y piel lozana gracias a todas las buenas cremas que Juan me va a comprar en Nueva York. Me van a dar una lista tras otra, con pedidos para despachar.

Toda novia merece un vestido nuevo. Por eso Mamá me lleva a donde Carmela, en San Pedro de Macorís, para hacerme uno.

Pero yo tengo que ir a la escuela, digo.

Tú ya no tienes que ir más.

Pero yo no puedo dejar de ir. Yo no me he despedido de nadie.

En el momento en que dije nadie, ella intuyó que me refería a Gabriel, y ella no va a permitir que él ahora venga y lo arruine todo.

Mamá se amarra una pañoleta en el pelo y saca las llaves de la Vespa. Y sin pensarlo dos veces, levanta la pierna y se sienta en el sillón y grita: ¡Camina, vámonos!

Ocupa la mayor parte del asiento, pero me las arreglo para subirme detrás de ella. El sol retumba sobre nosotras. Ella me pasa una sombrilla y espera a que la abra. Después de algunos desmanes y achaques, la Vespa arranca, dejando una nube de polvo detrás de nosotras. Por mucho tiempo, estamos solas en la angosta carretera, kilómetros de campos de caña a cada lado. Abrazo a mi madre, presiono mi cabeza contra su espalda sudorosa y pruebo el océano en su piel. Cualquiera pensaría que nos llevamos bien.

Entonces, de repente, el clamor de las ollas de estaño, la bocina de los barcos, el olor a agua aposada en los numerosos baches nos golpea. Los carros y los motores compiten por cada centímetro de las calles de la ciudad. El Malecón estalla por los bordes, gente en la calle, comprando, hablando, bebiendo.

Venta de billetes de lotería y cocos. Hombres siseando y pitándole a Mamá, cuya falda se levanta exponiendo sus gruesos muslos marrones, aún más gruesos al lado de todos mis huesos.

¡Cochinos!, les grita a los boquiabiertas.

No se saca ni uno solo de ese grupito, dice, y exige que me agarre fuerte en lo que ella se la bandea con el tráfico, alrededor del parque que queda en el centro de la ciudad, el único refugio, protegido del abrasante sol por palmas y almendros.

Mamá se estaciona frente a la casa de Carmela, la única en toda la cuadra hecha de cemento. Una vez pintada de rojo, ahora rosado desteñido, con palmas enanas atestadas en el frente.

¡Carmela!, grita Mamá a través de la verja de hierro.

Nos asomamos a la casa. Del otro lado de la ventana, diviso un vestido sin cabeza y retrocedo. Mamá ve mis ojos llorosos y la barbilla presionada contra mi pecho.

Anímate, dice cuando Carmela sale a saludarnos. Su cabello apretado alrededor de la cabeza en un tubi. Una sonrisa que ocupa la mitad de su cara. Este es el comienzo de muchas cosas buenas para ti. ¡Para todos nosotros!

Carmela nos guía a su habitación. Hay algunas resmas de tela en un estante. Una máquina de coser negra de metal reposa en una pequeña mesa junto a una ventana. Un bombillo cuelga del techo. Un ruidoso abanico gira hacia y desde su silla de trabajo. De una cuerda extendida de un lado de la habitación al otro penden pedazos de tela y fotos de revistas de vestidos pedidos por clientes pasados.

Malas noticias, dice Carmela, no hay una pulgada de tela blanca en el pueblo. Las ceremonias de comunión son en dos semanas y todas las niñas entre los seis y ocho años van a vestirse como novias.

Mamá se echa brisa con un patrón de McCall que encontró en la mesa de Carmela.

Sonrío para mí. Quizás esta sea una señal de que el matrimonio se va a posponer o, mejor todavía, se va a cancelar.

¿Qué otros colores tú tienes?, pregunta Mamá.

¿Qué?, me sale de la boca, sorprendiéndolas.

¿Otros colores, Carmela?, repite mi madre.

¿Para una novia? Carmela tira un chuipi desaprobando, pero saca tres posibilidades. Un dorado soso (un no definitivo), lino negro y un rollo de algodón rojo.

Mamá toca la tela roja sobre la máquina de coser.

Es como más rosado, un rosado encendido, dice Carmela. Se da la vuelta y saca un gran pedazo de encaje blanco de su armario. Se para detrás de mí, coloca el encaje en mi pecho para que Mamá vea el efecto.

No hay espejos en la habitación para que yo me vea. Se supone que esté en la escuela. Gabriel, mi único amigo, se estará preguntando dónde estoy. Yo no puedo irme a Nueva York sin despedirme.

Mamá escudriña el rosado encendido y el encaje blanco.

Es tan brilloso. ¿Tú no tienes otra cosa?

Tengo tela negra, pero ella no va pa' un funeral. Carmela hace una pausa y siento que ella ha estado diciendo lo contrario a nuestras espaldas.

A mí me gusta el negro, digo.

Mamá aparta mi mano. Carmela, hazle algo bonito con la tela rosada. Y ponle la mayor cantidad de encaje blanco que puedas. No quiero que nadie piense que mi hija es una indecente.

Salimos al sol de mediodía. Mamá abre la sombrilla. Amarra su brazo al mío. Me hala para que me siente en la acera de cemento de la casa de Carmela. El olor a pescado y plátano frito me da hambre. Las hormigas marchan sobre un níspero aplastado. Las canciones en la radio, que suenan dentro de las habitaciones y las cocinas, compiten por mi atención. Al otro lado de la calle, algunos hombres han puesto un cartón sobre unos huacales para jugar dominó. Las mujeres tienden la ropa lavada en los cordeles de sus patios. Dos niños juegan a la pelota.

Mamá devela un cigarrillo que tenía escondido en el brasier.

¿Usted fuma?

Solo en ocasiones especiales.

Detiene a un transeúnte y le pregunta si tiene fósforos, luego se despide. Después de darse una calada, me pasa el cigarrillo. Pongo cara de asco.

Lección número uno para sobrevivir en esta vida, dice a través del humo mordaz, aprende a fingir. No tienes que fumar si no quieres, pero puedes usarlo para parecerte a una de esas estrellas de cine.

Yo no soy así.

Inclina la cabeza hacia atrás, chupa y exhala. El sol a su espalda dibuja su silueta. Tenemos los mismos labios y la forma de los ojos, grandes y anchos. El mismo cabello áspero en la nuca.

Cuando vuelve a inhalar aire, me pica un ojo y me sonríe.

Te van a comer viva en Nueva York si no cambias esa cara de pendeja. Tienes que volverte fuerte, Ana. ¿Tú crees que me gusta ser como soy? Pero tú papá no tiene cojones. Nunca ha peleado por nada en la vida. Ni siquiera por mí.

Pero tú siempre dices que él vino por ti.

Ja. Es mejor que abras los ojos antes de que alguien te los abra por ti. ¿Tú me estás oyendo?

Ese día, Mamá era una loba empujando a su cachorro.

Ve a Nueva York y finge que no te importa lo que hablan él y sus hermanos, pero escucha con cuidado y toma notas. Él viene de una familia de gente trabajadora, hombres buenos, empresarios. Podemos aprender de ellos. Los hermanos Ruiz empezaron pobres como nosotros. Pero ellos trabajaron juntos. No como mi familia o la familia de tu papá, un reguero de ignorantes y codiciosos idiotas que solo piensan en ellos. Y ahora los hermanos Ruiz también van a ser parte de nuestra familia. Ramón quiere construir en nuestra propiedad, y con este matrimonio ahora estaremos unidos. Esto es importante para nosotros (para tu padre especialmente porque pronto las matas de frutas van a quedar estériles. Las cerezas ya están podridas, los mangos harinosos).

Pero todos los árboles frutales han tenido su mal año, le recuerdo. Hay años que no paren.

¿Y puedes contar con eso? Esta gente es dueña de un restaurante frente al mar, en la Capital. Te apuesto a que es caro, con servilletas de tela en las mesas, candelabros en el salón principal, baños con bidés y piso de losetas. Y, en Nueva York, Juan está trabajando con su hermano para abrir no un negocio sino varios. Son gente detallista. Gente organizada. Gente con inteligencia. Tú quieres estudiar, ¿verdad?

Sí, yo quiero estudiar, tal vez tener mi propio negocio. Peleaba para que no se me salieran las lágrimas.

Mamá le da la última calada a su cigarrillo y lo apaga en la orilla del contén. Me toma de la barbilla con tanta ternura que me sorprende.

Te prometo que no te pasará nada malo. Tú vas a Nueva York y limpias su casa y le cocinas el tipo de comida que lo va a hacer volver al hogar todas las noches. Nunca lo dejes salir de la casa con una camisa estrujada. Recuérdale afeitarse y que se corte el pelo. Córtale las uñas para que las mujeres sepan que él está bien cuidado. Exígele que nos mande dinero. Exígele que te atienda. Asegúrate de guardar un dinerito por ahí para ti. Las mujeres tienen necesidades. Y hagas lo que hagas, mantente fuerte. No te dejes tentar o descarrilar por nadie. La ciudad está llena de depredadores, y tú eres solo una niña. Mi niña inocente. Yo voy a ir a Nueva York desde que me mandes a buscar. Voy a ir para estar contigo y juntas vamos a construir algo. Te lo juro por Dios que es mi testigo.

¿Será que tengo otra opción? ¿Qué futuro me espera a mí o a mis hermanos si me quedo?

Piensa en tu tía Clara (su hija se casó con un hombre que trabaja en Nueva York y todos los meses le manda dinero a la familia). Él nunca falla. Ellos tienen un piso de cemento y un baño nuevo.

Yo no quiero llorar. Pero lloro.

Ay, mi'jita, por favor. Para. Ahora todo el mundo nos está mirando. No seas ridícula. Mira esos muchachitos. ¿Tú los estás viendo?

Mamá señala a unos niños descalzos cargando cubos llenos de funditas de maní y naranjas peladas. ¿Tú sabes lo que hace tu hermano Yohnny todos los días mientras tú y Lenny pasan la mañana en la escuela?

Me volteo. Mamá me toma de la barbilla y me hace mirar a través de las lágrimas.

Y desde que Lenny aprenda a escribir su nombre y a sumar sus números, él también va a estar ahí afuera.

Sí, yo sé. Yo sé. Todos los días, yo plancho las camisas de Yohnny, solo para que él vuelva a ensuciarlas mientras carga cubos que pesan el doble que él, y luego se sienta en la carretera a esperar que alguien compre la carne fresca y las frutas de Papá. Sabiendo que no le permiten que regrese a casa hasta que lo haya vendido todo.

Por favor, trata de ser feliz. A tu padre lo mata ver tu cara de tristeza todo el tiempo.

Yo me rehúso a dejar Los Guayacanes sin despedirme de Gabriel, que es el único a quien realmente le importa lo que yo tenga que decir. La mañana siguiente, antes de que Mamá se despierte, me preparo para ir a la escuela. Caliento el carbón para el chocolate, rebano el pan. Saco las gallinas, les reviso el agua y la comida. Envidio su libertad. Cómo caminan sin ninguna preocupación en este mundo. Barro el polvo que se cuela en la sala mientras dormimos. Observo las dos fotos que tenemos: una de Papá y Mamá cuando se casaron y un retrato de toda la familia que nos tomó una turista y nos la envió por correo tres años atrás. Nuestra única fotografía de todos juntos.

El sol aún no sale, los animales están escondidos detrás de los árboles y los arbustos. Me pongo mi vestido de domingo y me escurro.

Camino rápido, hasta que el grito de mi madre ya no me puede llamar de regreso. Llevo mi libreta y un lápiz con la punta fina. Atravieso matorrales y campos de tabaco silvestre y esquivo la mala hierba. Me deleito con el roce de los arbustos y las finas ramas, como si ellas mismas estuvieran diciendo: Adiós, Ana, recuérdanos. Recito mis números y deletreo palabras en la cabeza. D-e-s-e-o. A-l-t-u-r-a. P-r-o-g-r-e-s-o. Es lo mejor. Es lo mejor.

Al momento de llegar al aula que es la escuela, no puedo respirar. Me siento en la orilla de la carretera para reorientarme. ¿Me estaré muriendo? Un vacío, profundo en el estómago. Duele. Me encorvo y me abrazo las piernas para calmarme. *Res-*

pira, Ana, respira. Este no puede ser mi último día de escuela. ¿Cómo diablos se despide una de todas las personas que ama, de todo lo que conoce?

Enseguida, Gabriel emerge del sol, un ángel sin aliento pedaleando cuesta arriba. Gotas de sudor coronando sus sienes.

¿Estás bien?, pregunta. Sus gruesas cejas unidas.

Esperando que él entienda digo, No puedo estar aquí. Él me mira fijo y entonces mi cuerpo se lanza a correr. Me alejo corriendo de la escuela negando lo inevitable. Encuentro una apertura entre los matorrales.

¡Déjame ir!, le grito. Me voy a casar con Juan, punto final.

Corro por entre hombres que trabajan en el campo, alzando sus machetes, doblando sus rodillas, cortando la caña al ras del suelo. Cortan. Cortan. Cortan.

¡Espera!, Gabriel pedalea parado y con más rapidez. Hay culebras.

¿Dónde?, me paro y grito y salto.

Por todos lados, dice, riendo al alcanzarme. Mejor nos vamos antes de que te encuentren.

Eso no es gracioso.

Jadeando, camino de regreso a la carretera principal. Él arrastra su bicicleta mientras camina a mi lado.

Déjame llevarte.

No, mejor vete.

Toma mi brazo con suavidad y me hala para que lo mire. Es un día hermoso. Ni una nube en el cielo. El follaje verde iridiscente. Si hubiera sido cualquier otro día, me habría alejado de él, pero la persistencia de Gabriel me elevaba los pies de la tierra.

¿Quieres ir a nadar?

La playa queda a kilómetro y medio de aquí, y aún así yo no he visto el mar en meses. Qué pregunta tan rara. Pero no más raro que Juan Ruiz pidiera mi mano en matrimonio.

Yo cuido esta casa con piscina, de unos gringos, dice. Ellos me dejan usarla cuando no están aquí.

¿En serio?

En serio. Son tranquilos.

Está bien, digo, y me monto en la bicicleta. Él pedalea rápido, atraviesa maleza, calles de tierra. Me dice que me agarre y me sujeto de su cintura; debido las piedrecitas y las ramas, nuestros cuerpos chocan y se tocan. Pedalea por una colina que no conocía y detrás de una pared cubierta de flores aromáticas que nunca había visto. Estaciona su bicicleta frente a una casa de estilo colonial con vistas al valle. Hay portones de hierro en todas partes con enormes candados, y Gabriel tiene todas las llaves.

He trabajado para ellos por dos años. No le puedes decir a nadie porque si la gente se entera de que está vacía, olvídate. Son buenos estos gringos.

¿También duermes aquí?

Cuando ellos no están aquí, sí. Yo soy el guachimán.

Diablo, tú sí sabes guardar secretos.

Levanta los brazos para enseñarme sus pequeños molleros y dice, ¿Quieres ver mi cuarto?

Yo nunca he estado sola con un chico que no sea hermano mío. La voz de mi madre me suena en el oído: No pongas un pie ahí adentro. Puedes destruirlo todo.

Lo sigo alrededor de la casa a través de un pasillo de losetas y él abre la cerradura del portón que da al cuarto de servicio. Está amueblado con una cama simple, una mesa, un abanico de techo, una ventana con vistas a la piscina, una silla, sábanas rojo chillón, cortinas del mismo color. Un pequeño televisor, una ducha y un lavabo. Las paredes pintadas de amarillo claro y el piso de cemento de un rojo oscuro.

El cuarto de servicio está muy lejos de aquel en el que tuve que quedarme cuando trabajé para una familia en San Pedro por dos semanas. Mi habitación estaba detrás de la casa. El baño no tenía puerta. Los pisos no estaban terminados. Ellos me pidieron que no usara el inodoro en la casa. Me asignaron mis propios platos y vasos, y les explicaron a los niños que se debía a que las campesinas cargábamos enfermedades porque vivíamos con nuestros animales.

Gabriel hasta tenía un televisor. Yo no había conocido a nadie con uno.

Tal vez yo pueda vivir en esta habitación con Gabriel y cocinar y limpiarles a los gringos . . .

La tela de la cama es tan suave, sábanas de gringos. ¿Qué otros secretos esconderá Gabriel?

Déjame mostrarte la piscina.

Gabriel se para a un brazo de distancia, tímido y caballeroso, no como el tosco de Juan, que me toca y me puncha como si yo fuera un animal. Yo sigo a Gabriel, que acaricia el agua de la piscina para examinar la temperatura.

Todavía es temprano, por eso está un poco fría, dice. Entonces se quita toda la ropa, excepto los pantaloncillos, y se tira de clavado.

¿Vienes?, me dice y me llama con la mano. Yo me he bañado en ropa interior un montón de veces con Lenny y Yohnny, pero nunca con un *chico* chico.

No te voy a mirar, lo prometo, dice, y se voltea y espera.

Me quito el vestido.

¡No mires!, le grito porque no traigo brasier. Me tiro. El agua fría me salpica la piel. Grito. Gabriel se ríe. Él nada de espaldas a través de la piscina. Se voltea para nadar boca abajo. Lo observo nerviosa. Yo solo sé flotar.

Te voy a enseñar, dice.

Pero entonces me vas a ver.

Mis brazos y manos cubren mis senos. Son dos pequeños bultos, pero de todos modos me los tapo.

No es por nada, dice Gabriel, pero yo tengo más tetas que tú. Saca los molleros.

Baboso, le digo, y lo salpico de agua y abro los brazos de par en par y me tiro para atrás para flotar. Él posiciona los brazos debajo de mí. Encima, el sol presiona su calor sobre mi piel. El agua llena mis oídos. Por un segundo finjo que estoy sola, yo y el sol.

Ahora mueve los pies, Ana. Lo más rápido que puedas.

Yo los muevo, salpicando agua en nuestros ojos.

Él sale de la piscina primero y pone una toalla en el suelo para que yo me siente. Como para evitar verme el cuerpo, señala la vista hacia el valle. Las nubes observan desde lejos, incitándonos con su presencia, la tierra sedienta. No ha llovido en semanas. Él se sienta lo suficientemente cerca para que sus dedos rocen mis piernas. Los vellos detrás de mi nuca despiertan. ¿Cuánto tiempo ha pasado? Nos quedamos sentados en silencio; su brazo roza el mío, el corazón se me acelera.

¿Y si meto la pata? ¿Y si volteo la cabeza para encontrarme con sus labios?

Espero a que él se incline, pero no lo hace. Se mece poniendo su peso en un brazo, luego en el otro. Actúa como si tuviéramos todo el tiempo del mundo. Pero yo no tengo tiempo, por eso lo beso, en la boca, mientras me cubro el pecho con las manos. Nuestros gruesos labios cerrados con fuerza como nuestros ojos, presionados uno contra el otro como suaves almohadas. Mis adentros se vuelcan como si todavía estuviera en el agua. Un hilo hala desde mi entrepierna, a través del corazón y hasta mi garganta. No te alejes. No me mires. Todavía no. Todavía no. ¿Qué he hecho? ¿A esto se referían Teresa y Mamá, esto me advertían? El problema acecha, pues cuando empiezas ya no puedes retroceder. Cuando nos despegamos, sonreímos. Aprisiono las piernas, abro los ojos de par en par, aprieto con fuerza, mucha mucha fuerza, todo el cuerpo, cubriendo cada punto de entrada. Él mira hacia otro lado, avergonzado.

Debo irme, digo. Si no llego a casa pronto, mi mamá me va a matar.

Déjame llevarte a tu casa.

Él trapea la orilla de la piscina como para borrar nuestro tiempo allí juntos. Torpemente me pongo el vestido, con miedo a quedarme otro minuto, con miedo a mí misma.

Después de que él me deja a algunos metros de mi casa, dice, ¿Te veo mañana?, su sonrisa ocupa la mitad de su cara.

Sí, seguro. Simulando que mi vida no está a punto de ponerse patas arriba.

Mamá no está en casa cuando llego. Qué alivio. Corro a mi cuarto para verme en el espejo, para ver si el beso de Gabriel ha dejado una huella. Miro fijamente mi reflejo y levanto la trompa. Mis labios se ven hinchados, transformados.

Un beso y de repente soy una mujer. No una niña ni una jovencita, una mujer. Toco el espejo para entender cómo sucedió, sin ninguna advertencia, pero con el vestido rosado chillón puesto, la niña que nunca había sido besada se ha ido. Yo soy Ana, y estoy a punto de casarme y de viajar a Nueva York. Se supone que Juan Ruiz venga antes del mediodía.

En el interior del distorsionado espejo veo el encaje blanco alrededor del escote por encima y rodeando mis hombros. El vestido ajusta en la cintura y apenas me cubre las rodillas. Juanita me secó el pelo y me hizo un moño en la corona con cinta rizada sobre cinta, blanca y rosada. Me pongo una mano en la cintura, muevo las caderas hacia un lado. ¿Esa soy yo?

En Nueva York voy a tener un armario lleno de vestidos y de joyas. Todo tipo de carteras y zapatos. Y Juan me va a pagar el salón todas las semanas para que me arreglen las uñas. Y él me va a llevar a ver espectáculos y vamos a ir a bailar con orquestas en vivo. Y nuestra casa va a estar repleta de amigos y familiares. Todos los días van a sentirse como una fiesta.

Mamá entra al cuarto con su bolsito de maquillaje.

Ven, acércate a la ventana. La luz es mejor, dice.

Me arrodillo en el suelo y me inclino contra sus rodillas. Me sostengo de manera elegante y erguida para que ella pueda estudiar mi cara.

Mira para arriba, dice, y me pone rímel en las pestañas, entonces sopla para que se sequen. Me hala las esquinas de los ojos y dibuja una línea en la parte de arriba, echándose para atrás para ver mejor.

Yo quiero ver, yo quiero ver, digo, y salto hacia el espejo.

¡Sorpresa! Tengo los ojos dos veces más grandes. Las pestañas doblemente largas.

Mamá me soba crema rosada en las mejillas y maldice lo oscura que se me ha puesto la piel. Aún más oscura después de haber pasado tiempo con Gabriel en la piscina.

¿Qué pasaría si Gabriel me viera ahora? Probablemente pensaría que soy demasiado mujer para él.

Mamá me pone pintalabios rojo en los labios y me pide que lo frote y distribuya.

Pero a Juan no le va a gustar, digo.

Solo para la foto, responde. Para que los labios no se te pierdan en la cara.

Toma una servilleta para remover el exceso. Un truco que aprendió recientemente en una revista. Para que no se te manchen los dientes, dice.

Regreso al espejo, pensando en todas esas veces en las que Teresa se robó el maquillaje de Mamá y se lo puso para fugarse por las noches y encontrarse con el Guardia. Sonrío para enseñarle a Mamá que no tengo pintalabios en los dientes. Todos necesitamos algún tipo de máscara.

Mamá me hace sentar afuera, en un banquito de madera, debajo de la sombra de un almendro, donde hace más fresco que en nuestra casa (que es un verdadero horno). Teresa, Yohnny, Juanita y Lenny van para la playa.

Ana, quítate ese vestido, insiste Teresa. El Guardia va a llegar en cualquier momento.

Lleva puesto su traje de baño, una envoltura de salchicha, debajo de la gran camisa de hombre que usa para cubrirse.

Mi hermanito, Lenny, ya tiene puestos sus pantalones recortados, soba su brazo sudado contra el mío.

Gabriel va a estar allá, Teresa me incita como si supiera acerca del beso.

Oh, lo que me voy a perder, digo, pensando en la advertencia de Mamá. *Ni un pelo fuera de su lugar. Ni una manchita en ese vestido o tú verás.*

Ooh, Gabriel, Lenny se burla.

Trato de no sonrojarme.

Cuando él me trajo a la casa en su bicicleta, la sensación que mi madre llama el demonio que se roba la razón vino y se me metió entre las piernas. Por falta de juicio es que las mujeres cometen errores. Grandes, como el de Teresa, que cayó en la trampa del demonio el día que el Guardia le metió el pepino y un bebé que ahora Mamá tiene que cuidar.

Váyanse de una vez, les digo. Mamá me mata si me levanto de este banquito.

Una vez Yohnny le respondió, y ella le dio tan duro con el palo de la escoba que él perdió el conocimiento. Ella lloró después, por esos tres, tal vez cinco minutos en los que pensábamos que él se había muerto.

¿De verdad tú quieres irte con ese viejo?, Teresa pregunta. Las tetas le cuelgan en el pecho como granadas.

Es cierto, Juan es viejo y no se ha casado y no tiene hijos. Esto preocupa a mi madre, pero él viene de una familia de gente trabajadora en quien se puede confiar. Y es alto y lindo, y sus zapatos siempre están pulidos. Además, de entre todas las mujeres con las que Juan se puede casar en Nueva York, él me escogió a mí.

Mira Teresa, finalmente digo, cuando uno tiene hambre, no hay pan demasiado duro. Yo no tengo opción.

Teresa toma una pequeña toalla de su funda y se limpia el sudor de la frente y del cuello, su aliento huele a fresco por masticar hinojo.

Pareces un fantasma con todo ese polvo. ¿Y ese vestido ridículo? Pobrecita.

Me gusta el vestido, mascullo. Toda mi vida usé la ropa que Teresa dejaba a pesar de que ella es más llenita y más bajita que yo. Probablemente está celosa. El vestido huele a nuevo, almidonado y terso.

Vamos, Ana, si tu viejo te quiere, te va a esperar hasta que regreses de la playa.

El Guardia llega en su chatarra. Una de las puertas se le ha desprendido, pero él la ha pegado, temporalmente, con cinta adhesiva. Un merengue estalla en el radio. Toca la bocina.

No tienes que casarte con él, dice Teresa, extendiendo las manos. En lo que el Guardia da reversa, ella me recuerda que Gabriel está esperando por mí en la playa.

Me toco los labios. Debajo del pintalabios, todavía puedo sentir su beso.

Mamá, una verdadera leedora de mentes, sale corriendo de la casa y ahuyenta a Teresa con una toallita de cocina.

Aléjate de ella. ¿Por qué quieres arruinarle la vida a Ana como arruinaste la tuya?

Mamá se voltea hacia mí y pregunta, ¿Tú quieres quedarte aquí y terminar con un bueno para nada, patas por el suelo, atrasado como el Guardia, que no puede ni alimentar a su propio hijo? ¿O tú quieres ir a Nueva York con un hombre respetable y trabajador, para que puedas ser alguien y ayudar a tu familia?

Por lo menos el Guardia me ama, vocea Teresa, tan alto que atraviesa el musicón que sale del carro.

Ay, amor, amor, amor. Ustedes, culicagadas, no saben nada de amor ni de sobrevivencia. Ustedes viven en las nubes.

Yo no puedo mirar a ninguna de las dos, así que miro a Yohnny, que está atando una chiva a un árbol. Si él la suelta, ella se irá corriendo. El animal me ve con pena. Yo quiero acariciarla.

Los pies de Teresa cortan el suelo, su nariz ensanchada, preparada para sujetar a Mamá para que yo salga corriendo.

Me muerdo el cachete y respiro el fresco olor a yerba recién cortada, el aroma de las lilas y el estiércol, de los mangos podridos que han caído de las matas. Escucho, más allá de la discusión y la música, a los picaflores que aletean aletean aletean, la gravilla debajo de los pies de Lenny, el aliento de Gabriel en mi oído. Por lo menos lo besé cuando tuve la oportunidad.

El Guardia vuelve a tocar la bocina. Él sabe muy bien que no puede salir del carro cuando Mamá está en la casa. La primera vez que ella lo agarró echándole el ojo a Teresa, se lo advirtió, que, si él se lo metía a su hija, ella se lo cortaría. Todo el mundo sabe que Mamá puede destazar un pollo con los ojos vendados.

Vamos, Ana, defiéndete por ti misma.

Teresa insiste, aunque ella sabe que mi acuerdo matrimonial fue sellado con ron.

¡Déjala tranquila!, Yohnny le grita a Teresa.

Intimídenme, y yo me transformo en una hormiga. Yo no soy como Mamá y Teresa, que pelean por cada pedazo de tierra y hombre.

Sí, déjala tranquila, dice Lenny, y se para frente a mí con los brazos cruzados en el pecho, sabiendo muy bien que Teresa lo puede mandar a volar con su meñique.

No te preocupes, digo. Algún día, todos vamos a estar juntos en Nueva York, ya verás.

¿Y nos vamos a montar en el tren?, repica Yohnny.

Y espique ínglis, dice Lenny.

Allá no vas a tener a nadie, dice Teresa. Ni familia. Ni nadie que te proteja. Pega su frente a la mía, el sudor nos une.

Yohnny tira una patada al aire y nos separa.

Yo te protegeré, dice. Yo voy a ir volando y le romperé el culo a quien sea.

Un corazón de hombre en el cuerpo de un niño, ese es Yohnny.

Trato de no reírme para no incomodar a Mamá. Ella cuenta conmigo para que yo siga adelante con esto.

Ya basta, Teresa. ¡Yo no quiero ir a la playa, está bien!

Teresa vira los ojos y me abraza como si esta fuera la última vez que la fuera a ver.

Mamá está tan orgullosa de mí. Finalmente he aceptado lo que ella considera que es mi única salida.

Ya está bueno. Mamá se despide de ellos. Váyanse ya. Prefiero que Juan no los vea, partida de vándalos, siendo una mala influencia para Ana, agrega.

Lenny y Yohnny gritan y dan voces de alegría camino al carro del Guardia. Se meten al sillón trasero por el orificio de la ventana abierta y sacan las manos para decir adiós.

Tú eres exactamente como Papá, dice Teresa, que deja que Mamá lo mangonee.

Pero incluso ella sabe que este matrimonio es más grande que yo. Juan es el boleto para que eventualmente todos nosotros vayamos a Nueva York.

El sol pica con fuerza en un lado de mi cara. Trato de pensar en la playa, en cómo las olas chocan contra las rocas, la diversión que espera. En Gabriel y el manojo de llaves que guarda en su bolsillo. En la manera en la que delinea mi cuerpo, sus ojos como dedos. He memorizado las puntas de sus rizos, su piel de un brillo anaranjado y marrón, como si alguien hubiera encendido una vela en su interior.

Toda la mañana, mi padre se mece en su mecedora y fuma su pipa. Mi madre asoma la cabeza por la ventana de la cocina, me vigila, sonríe y saluda. Todas sus esperanzas y sueños están atados a mí. Y, como para mostrarme mi buena fortuna (sentada con mi vestido nuevo sin hacer nada), manda a Juanita y a Betty a sacar yuca y batata del patio, a lavar las sábanas, a darles de comer a las gallinas y a limpiar el piso, enlodado por el aguacero de ayer.

Qué dichosa eres, dicen. A diferencia de ellas, yo nunca he fantaseado con ir a Nueva York. Rastrean cada dólar mencionado en conversaciones pasajeras y chismean sobre cada pinza de pelo americano, cada par de zapatos o cada vestido de alguna muchacha del área de esas que coquetean con hombres como Juan a cambio de regalos y oportunidad. Todas sueñan con una propuesta formal para llegar a un lugar donde hasta las campesinas como nosotras se convierten en glamorosas y ricas.

Si hubiera tiempo, Papá habría matado un chivo y habría invitado a todo el que estuviera cerca para celebrar mi partida. Mamá habría apilado los plátanos y las tayotas en una bandeja, yuca cubierta de cebollas rojas en otra. Yohnny habría compartido su mamajuana para que todos se relajaran. La casa estaría llena de vecinos y familiares. Un traguito de mamajuana y yo estaría metiendo los pies en la tierra del patio al ritmo de la tambora y del guayar de la güira. Y Gabriel trataría de mantener la distancia por respeto a Juan. Pero Teresa lo haría bailar conmigo.

¿Qué puede hacer un niño como Gabriel por mí?

Aun así, giraríamos y giraríamos como si pudiéramos retroceder el tiempo. Detenerlo de alguna manera.

Oh, yo quiero ser agradecida por mi fortuna. Pero no quiero dejar nuestra casa en Los Guayacanes pintada por mi difunto abuelo del color de la flor de mantequilla, la única casa en kilómetros que ha sobrevivido todos los huracanes. Nuestra casa, la que comparto con mis padres, Yohnny, Lenny, Teresa, Juanita y Betty, donde está todo lo que conozco y puedo imaginar, donde he estado toda mi vida.

Cuando Juan llega, mi vestido está arrugado. Mi pelo es un desastre. No tengo nada de maquillaje. Me quedé dormida mientras estaba sentada esperando porque, en cualquier momento, él tiene que llegar. Ojalá Teresa se hubiera quedado conmigo y no se hubiera ido con el Guardia. Que me hubiera dado, por lo menos, su bendición.

Juan conduce sobre la yerba, cerca de la entrada de nuestra casa. Lo cubre una capa de polvo.

Llegó, llegó, Mamá grazna, peor que las gallinas.

A la luz del día, Juan se ve todavía más pálido de como lo recuerdo. Mamá dice que es mejor, por el bien de los hijos. Los niños oscuros sufren demasiado. Ella me da una bolsa de papel con una botella dentro, para que Juan y yo bebamos todas las mañanas, para que los bebés lleguen pronto. Un hombre sin hijos no puede llamarse hombre.

Juan tiene prisa porque cogió el carro prestado para venir a buscarme.

Mi hermano nos reservó una habitación, dice. En el Hotel Embajador, para la luna de miel.

¿En serio?, Mamá se ilumina con cada palabra acerca de mi futura vida.

El mejor hotel del país, Juan continúa.

La última vez que yo estuve sola con un chico fue con Gabriel. Juan es un hombre. Más alto, dos veces más ancho. Canas alrededor de las orejas, pelo más fino sobre la frente. Manos y mejillas suaves como almohadas. Inevitablemente, estaremos solos. Se me cierra la garganta, un vacío llena mi estómago.

Para distraerme, reviso la lista que me dio mi madre antes de que Juan llegara. Ve a Nueva York. Limpia su casa, hazle la cena, córtale las uñas. Mándale dinero a Mamá, aprende de Juan, aprende de sus hermanos. Estudia mucho en la escuela y conviértete en una profesional. Aprende inglés. Manda a buscar a Mamá y a Yohnny primero, para que ellos puedan trabajar. Manda a buscar a Lenny para que se pueda inscribir en la escuela, y luego a Papá y a Teresa y al bebé, si es que ella algún día se atreve a dejar atrás al Guardia. Yo le voy a exigir a Juan lo que necesito, para mí y para mi familia. Yo me haré indispensable.

Mamá habla con Juan como si yo no estuviera aquí. Ella no sabe lo de Gabriel, quien todavía puede aparecerse en la boda y hablar ahora o callar para siempre, aunque mi vida no sea una novela.

No se preocupe, señora, dice Juan, estruendoso como un vaquero. Yo voy a cuidar a su hija. Su seguridad es enternecedora. Obviamente él es capaz de cuidarnos a todos nosotros. Él no es un hombre débil. Y su poder se pronuncia aún más en medio de la jungla que lo rodea: árboles y arbustos cubiertos de maleza imposibles de domesticar.

Mis oídos captan el aullido de la sirena a kilómetros de distancia, el ocasional motor, los gavilanes que se acercan lo suficiente como para espantarnos. Aparto la vista de nuestra casa amarilla, una flor plantada en la tierra más verde. Me imagino dentro de los rascacielos, en la nieve, bajo todas las luces.

Con Juan hay muchas primeras veces. Él me abre la puerta del carro para que me siente en la parte delantera, del lado del pasajero. Siempre me tengo que sentar en la parte de atrás con Yohnny, Juanita, Lenny, Teresa y Betty: apretados. Solo este gesto, sé que impresionará a Mamá. El casarme con Juan es como ir a la luna. Aquí adelante, tengo la mejor vista de la carretera, del mundo que me pasa por los lados mientras Juan acelera el carro, pasando cambios.

Hacemos una parada en el Restaurante Ruiz, que queda en las afueras de la ciudad, camino al hotel. Por supuesto, todos conocen a Juan. Especialmente las mujeres. No me presenta. Me sienta en una mesa que apesta a cloro. Sin servilletas. Sin paredes. Solo un pedazo de cemento en el suelo y hojas de zinc sostenidas de varios postes para proteger a los pocos clientes que comen en las mesas o sentados en el improvisado bar, por si llegara a llover. Espero. La luz hace que las manos y los brazos se me vean verdes. La mesera me sirve un morisoñando con un calimete. No tengo que compartirlo con nadie. Sorbo la mezcla con la mirada baja y escucho la familiar canción que suena en la radio. Recuerdo la vez que bailé esa canción con mi hermano Yohnny, después de haber terminado los oficios y de haber cenado.

Juan carga una bandeja con dos sándwiches tostados. Detrás de él, el Cojo, un tipo gracioso, cojea hacia nosotros, su camisa colgando de un botón.

Entonces, tú eres la escogida, me dice el Cojo, luego atrapa una mosca con el índice y el pulgar y la tira al suelo como si quisiera que le temiera.

¿Y qué te parece este lugar?

Yo encojo los hombros. ¿El restaurante?

Le puedes llamar así, dice el Cojo.

Juan lo golpea de juego y dice, No te preocupes, pajarita, un día, la gente va a viajar de todos lados para comer aquí. Tú y yo lo vamos a poner bien bonito.

¿De verdad?, digo. Nunca pensé que yo sería la dueña de un restaurante.

No te adelantes, dice el Cojo. Tú no tienes ni el título de la propiedad todavía.

Me quedo callada y mordisqueo el sándwich.

Dinero. Papeles. Siempre el tema principal.

El Cojo saca un documento para que lo firmemos. Él estudia la serie de fotos 2x2 de diferentes mujeres y escoge una.

Se parece a ti, ¿verdad?, el Cojo le echa un vistazo a un brazo de distancia para reconsiderar.

Juan la mira. Yo la miro.

Es perfecta, Juan concuerda, al comparar mi cara con la mujer en la fotografía.

Me muerdo la lengua. Mamá tiene razón, los hombres no saben un carajo.

El Cojo se levanta. Está bien entonces, ya regreso.

Cojea hasta la parte trasera de la barra y actúa como si todo el trabajo que estuviera haciendo fuera un gran favor, un verdadero fastidio.

Juan le da una gran mordida a su sándwich. Apara todo lo que gotea con la boca. Come rápido y con voracidad. Mamá dice que puedes conocer a un hombre por la forma en que come.

¿No tienes hambre?

No tanta, miento, estoy demasiado nerviosa para comer. Las mujeres en el mostrador se me quedan mirando, o tal vez miran mi vestido rosado de encaje. No son mucho mayores, pero nada les parece nuevo.

Juan coge mi sándwich y también se lo come. Él pudo haber insistido en que yo comiera, como hace Mamá cuando tenemos visita. Incluso cuando ellos dicen que no tienen hambre, ella les prepara un lugar en la mesa y los hace comer. Y cuando su plato está vacío, ella les echa más comida, aunque ellos digan que están llenos.

El Cojo regresa y le da un pasaporte a Juan. Juan lo estudia. Revisa los documentos. Se dan la mano y hablan un poco.

Felicitaciones, dice el Cojo.

¿Por qué?

¡Están casados!

¿Ya? ¿Sin ceremonia? ¿Sin invitados ni bizcocho ni ya puede besar a la novia ni acepta a este hombre? ¿Todo este alboroto que hizo Mamá por un vestido nuevo y sin una fiesta a la que asistir?

¿Puedo ver?

Tomo el sobre de manila amarillo lleno de documentos.

La mujer en la foto es una versión mayor de mí: Ana Ruiz-Canción, nacida el 25 de diciembre de 1946.

¿Ahora tengo diecinueve años?

El presente Certificado Original de Matrimonio certifica que el 31 de diciembre de 1964, en el juzgado de Santo Domingo, Juan Ruiz y Ana Canción fueron casados por una firma ilegible.

Boletos aéreos: Pan Am, SDQ a JFK. 1.º de enero de 1965.

Estaremos llegando a Nueva York tempranito tempranito,

así los oficiales van a estar demasiado cansados para darse cuenta de que yo no soy la muchacha en la foto.

Teresa diría que es de mala suerte viajar el primer día del año, porque es como entrar a una habitación sin pasar por la puerta.

Junto al letrero de salida del restaurante, observo a algunas muchachas apiñadas, susurrando y riendo. Seguramente hablan de mí. Mi vestido rosado encendido se siente más llamativo, más vulgar. El encaje blanco apenas me cubre el pecho. Juan mira las cintas rizadas en mi cabello como si yo fuera un regalo listo para abrir.

Conducimos al hotel. Juan enciende el radio. No tengo nada que decir. El vestido se me levanta cuando me siento en el carro. Él mira y trata de no mirar. Sus dedos pasan cambios a centímetros de distancia de mis muslos. Apesta a ron y cigarrillos. La bolsa de papel que Mamá me dio descansa en mi regazo. Junto con la botella, ella empacó un par de pantis, una fragante pasta de jabón de cuaba y un pintalabios.

Pídele ropa nueva a Juan. Es su deber. Los hombres no saben dónde tienen puesta la cabeza. Exige. Exige. Exige, dice.

En un semáforo, él me acaricia la mejilla. Trato de no apartarme. No quiero ser irrespetuosa. Su mano cae sobre mi muslo como una rata muerta.

Eres muy flaca, dice, eso tiene que cambiar.

Me extraño. Él me toca la nariz y dice, No te preocupes. Soy un hombre bueno.

Cuando alguien te diga que no te preocupes, preocúpate: palabras de mi padre.

Se detiene en una gasolinera y sale del carro.

Un pánico se apodera de mí. Peor que el día que Lenny vomitó tenias y su cara se puso roja porque algunas se le quedaron pegadas en la garganta. Pensé que se moriría a mi vera. Peor que el pánico que sentí cuando vi a Gabriel por última vez en la escuela y él tuvo que salvarme de mí misma.

Estoy completamente sola con Juan. Y ahora le pertenezco. En menos de una hora, he perdido cuatro años de mi vida. Ana Canción tenía quince años. Ana Ruiz tiene diecinueve.

Junto las piernas con fuerza, cruzo los tobillos, manos entretejidas.

Reviso para ver si las puertas del carro están cerradas con llave. Hay dos hombres sentados en cajones al frente de la gomera que ahora está oficialmente cerrada. Está oscuro afuera. Más allá del tenue farol sobre los tanques de gas, todo está negro. Si corro, quizá pueda encontrar el camino de vuelta a casa. Pero Juan regresa, le pone llave a mi puerta y enciende la luz del techo del carro para verme mejor. Su bigote es una sombra sobre sus labios.

Eres tan bonita. Me matas, ¿lo sabías?

Conduce por las oscuras carreteras. Vemos solo hasta donde las luces del carro nos permiten. A lo lejos, aparecen lucecitas como luciérnagas.

¿La Capital?, pregunto.

Él señala, un verdadero guía turístico. La casa de Colón está justo allí. ¿Has ido, Ana?

Yo nunca he visitado la Capital o ninguna otra parte del país excepto por San Pedro de Macorís.

Él empieza a lanzar nombres: El Alcázar de Colón, La Fortaleza Ozama. La mejor capital del mundo: Santo Domingo, el corazón de América, donde empezó todo.

Su habladera me abruma. Las bocinas de los carros, la festiva atmósfera nocturna, como si toda la ciudad fuera las entrañas de una discoteca. Todo el mundo está celebrando.

¿Quieres que te lleve?

Su orgullosa voz ruega admiración y gratitud. Por eso no digo nada. Nada.

Juan se estaciona en el Hotel Embajador. Yo saco la cabeza por la ventana para ver mejor, boca y ojos abiertos. Las fuentes lanzan agua hacia el aire. Bandas de flamencos se reúnen y se dispersan. Lujosos autos alineados en el estacionamiento.

¿Te gusta?, Juan emite.

Yo salgo del carro y doy vueltas, absorbiendo los brillantes vestidos de lentejuelas. Hombres en tallados trajes, con el cabello engrasado y peinado hacia atrás como estrellas de cine. Los grandes candelabros, los pisos de mármol pulido, los altos techos, los arreglos florales, la piscina iluminada, el aire acondicionado, los sillones forrados, los cientos de personas charlando, tintineando copas, fumando.

En la recepción, Juan ordena champaña.

Mándela a la habitación, le dice al botones. Cuarto piso. Ahí va con su encantadora seguridad. El mundo está ahí para servirle.

Titubeo antes de poner un pie en el ascensor. Él me sujeta la mano y yo cierro los ojos.

Más vale que te acostumbres. Hay un ascensor en nuestro edificio.

¿Nuestro edificio? Él me carga sobre un hombro y se ríe. Con vacilación, pateo la puerta de nuestra habitación, inmensa y con una cama doble. Grandes ventanas con vistas a la piscina. El frío del aire acondicionado se envuelve alrededor de mi cuello. Nunca había estado en un cuarto tan frío. Tengo miedo de mirarlo a la cara. Todo esto es demasiado. Demasiado.

Alguien toca la puerta. Llega la champaña. Juan saca el corcho. Yo salto cuando se dispara hacia el otro lado de la habitación. Me pasa una copa.

Tómate la primera copa rápido, dice.

Yo no tomo.

Va a ayudar a que te relajes.

Me la trago como si fuera medicina. Se me va directo a la cabeza. Presiono la nariz en el cristal de la ventana y miro hacia abajo. Las mujeres merodean alrededor de la piscina en bikinis, los hombres las persiguen.

Ven acá. Juan está tumbado en la cama. Los zapatos ya están tirados por el suelo. Su saco sobre la silla. En cosa de minutos, él se acomodó como si esta fuera su casa, como si se quedara en hoteles todo el tiempo. Finjo que no lo escucho, que no veo su reflejo a través de la ventana. Me apoyo en ella, el cristal frío en mi mejilla.

Él se acerca, se para detrás de mí. Me baja la cremallera del vestido. No llevo brasier. Mamá dice que son para sostener algo. Me quedo quieta, dándole la espalda. Me desata los lazos del pelo, uno a uno, y deja que el cabello caiga sobre mi espalda. El cabello sobre la nuca me hace sentir más protegida, menos fría.

Lo peina, sus dedos se enredan en los nudos. Coloca la palma de su mano en mi espalda, sus manos húmedas de agarrar la botella de champaña.

Me baja el vestido de los hombros y se me amontona alrededor de los tobillos. Él intenta mirarme a la cara. Me resisto. Me trae hacia sí. Me petrifico aún más, mi estómago apretado y duro.

No, por favor, quiero decir. Esperemos.

Lo veo mirándome, mi cuerpo desnudo reflejado en la ventana. Él da un paso atrás para ver mejor.

¿Qué es tan gracioso?, digo.

Todo acerca de ti es tan nuevo.

Me mete la mano debajo de las axilas.

Tan nuevo. Tan suave.

Presiona su bulto contra mi espalda. Lloro. Me da la vuelta para que lo vea.

Yo quiero irme a mi casa. Por favor.

Esta es tu casa. Ahora tú y yo somos familia. ¿No lo ves?

Las lágrimas salen más rápido y lloro más fuerte. No puede ser cierto. Yo tengo una familia. Yo tengo una casa.

Yo quiero irme a mi casa, repito, mi voz más pequeña, rota.

Tus padres fueron los que me llamaron para que yo te fuera a buscar.

Yo nunca voy a amarte, digo. Me tiro en la cama y me enrosco lo más pequeña posible. Ya no siento mi cuerpo. Ya no estoy en la habitación.

Lo siento, Ana. Pero tenemos que buscar la manera de que esto funcione.

Juan enciende el radio. Se recuesta en la cama, a mi lado, yo distante. Él se acurruca a mi espalda. La tela lanosa de su pantalón roza mi piel desnuda, casi cálida y reconfortante.

Dice, No te preocupes, pajarita. Yo te voy a cuidar. Me envuelve en sus brazos, todavía con la camisa puesta, la corbata desatada.

Me recoge el pelo que me cubría el rostro y canta junto al radio.

Solamente una vez . . .

Su voz truena contra mi espalda. Tan cálida, tan intensa, un glaseado sobre mi piel. De repente estamos en el patio de mi casa. Ramón toca la guitarra. Papá atiende el fuego. Las botellas de cerveza tintinean, mis hermanos ríen. Mamá está llena de sueños para mí.

Una vez nada más
Se entrega el alma
Con la dulce y total
Renunciación

Escuchamos canción tras canción, las palabras infundidas de pérdida y tristeza. Me voltea para que le dé la cara. Sus ojos, amoratados, cansados, esperanzados. Coge la botella de champaña de la mesita de noche, me la pasa y dice, Toma un poco más. Lo hará más fácil.

Yo vacilo, sobrecogida por el rancio olor a flores. Me la trago como los jugos medicinales que Mamá prepara, a pico de botella; el agrio sabor de la uva reposa en mi lengua.

Me acuesto en la cama, rígida, volteo la cara hacia la ventana. Veo el reflejo de sus piernas y mis piernas, las suyas vestidas, las mías desnudas.

Se desabotona la camisa. Expone su pecho y estómago regordetes y peludos. Lo presiona contra el mío, pegajoso pero tibio. Me besa la mejilla, la oreja, el cuello, prolongado y mojado. Sus dedos se sienten como ganchos de ropa en mis pezones. *Detente. Duele.*

Se desabrocha el pantalón. No miro cuando él se lo agarra, duro y grueso como una mano de pilón. Piar. Croar. Chillar. La explosiva canción de apareamiento de las ranas. El dolor, corto y agudo.

Luego, se para de la cama y se mete la camisa en el pantalón, se sube la cremallera y se pone su chaleco.

Límpiate y trata de dormir. Nos vamos en un par de horas. Se me acabaron los cigarrillos, dice, y sale de la habitación.

El cuarto está frío, tan frío. Me cubro con las almidonadas sábanas blancas. Me alejo de la parte mojada de la cama. El avión va a estar frío. Nueva York también.

SEGUNDA PARTE

¿Eres un manatí o un tiburón?

Mamá me pregunta cuando me ve holgazana por los matorrales, cuando se supone que yo esté haciendo oficios.

Cuando Mamá era una niña, vio muchos manatíes. Se acercaban a la orilla, moviéndose lenta lenta, lentamente a través de la playa. Grandes como vacas, negros y de piel curtida. Tan cerca que ella casi los podía acariciar.

Los manatíes tienen seis dientes en cada quijada (y no en la parte del frente de la boca, sino en los cachetes). Se mueven lento y no se meten con nadie. Los tiburones, sin embargo, pueden llegar a tener hasta cincuenta dientes en la boca.

Pero mira donde eso ha llevado a los manatíes, dice. Están prácticamente extintos. Los tiburones solo tienen que asomarse y todo el mundo se mantiene alejado.

En Nueva York nieva. Tanta nieve. César, el hermano de Juan, nos recibe en el aeropuerto con abrigos de invierno. Es el único hermano que me falta por conocer. Emerge desde un tumulto de hombres que esperan cerca de donde se reclama el equipaje. Es el menor, y el más oscuro. Alto y delgado, ojos relucientes, acogedora sonrisa.

No está nada mal, dice mirándome de arriba abajo, y le da un puñetazo a Juan en el brazo. Me cubre la cabeza con un gran gorro tejido, luego me quita las bolsas que cargo. Juan me da un pellizco debajo del brazo.

No mires a la gente, eso solo trae problemas. Y cierra la boca.

¿Estoy de mirona?

Juan se mueve con rapidez, me empuja a través de la puerta corrediza. Una gran succión. El agudo aire frío pica y muerde. La ciudad, tan ruidosa que me tapo los oídos.

¿Qué te pareció el avión?, pregunta César. La primera vez que me monté, el avión tembló tanto que casi me orino en los pantalones.

Todo bien, digo. Como un sueño.

Juan me da un halón y toma nuestras maletas, repletas de paquetes para sus amigos, sus socios, su familia, camino al carro.

Dentro de mi abrigo, todavía puedo sentirme, un residuo de sudor seco cubre toda mi piel.

Saco la lengua para atrapar un copo de nieve.

No tenemos todo el día. Juan habla más alto que los demás.

Juan llena el maletero. César me abre la puerta de atrás del carro. Bienvenida a New York, jovencita, dice.

Oh. Gracias. Mi voz me es extraña. Un dolor en el pecho.

¿Está todo listo para mañana?, Juan le pregunta a César cuando ya estamos instalados en el carro hediondo a moho.

Rojas y peludas alfombras cubren los sillones delanteros, y hay pedazos de cartones mojados debajo de nuestros pies. Un rosario y una foto de una mujer desnuda cuelgan del espejo retrovisor. El sillón de atrás es para mí sola. Cero Yohnny, Teresa, Lenny, Juanita y Betty. Nada de brazos sudados ni codos puntiagudos punchándome las costillas. Nada de hablar por encima del otro. Los extraño tanto.

Todo trabajo y nada de juegos, dice César y tira una carcajada. Enciende el radio y canta una canción de Dean Martin llena de estática.

Juan lo apaga. El silencio es tal que parece que alguien ha muerto.

La nieve enmudece la ciudad. Los autos avanzan lentamente en la autopista. El puente es espectacularmente largo. El río congelado. Los árboles desnudos. Todo está gris.

¡Ya te pasaste de la salida!, Juan le grita, y le da un pescozón en la cabeza. Hazme caso, dice César, y conduce derecho hasta Midtown. Yo solo quiero darle a la jovencita una probadita de Nueva York.

Pero ahora vamos a meternos en un tapón, dice Juan y se chupa los dientes.

Me siento como una hormiga en medio de los rascacielos. Avanzamos despacio, los carros en fila, empujándose unos a otros como dominós sobre cartón. Y la gente, momificada, cargando muchísimos paquetes en bolsas coloridas, todos con prisa igual que Juan, como si tuvieran que llegar a algún lugar con urgencia.

Apoyo la nariz contra la ventana del carro. Mi aliento empaña el cristal. Cae una leve nieve. Estamos dentro de uno de esos globos de nieve que vi en la tienda del aeropuerto.

Está bien, César, ya está bueno. ¿Tú crees que ya puedes meterte en la autopista?

En el semáforo, César se voltea hacia mí y dice, Está chulo, ¿verdad?

Asiento. Él es un lioso como mi hermano Yohnny. Como Gabriel, César parece tener las llaves secretas de lugares secretos. Nada que ver con Juan, todo serio. Todo negocio.

Después que dejemos a Ana, me tienes que llevar a un lugar, Juan le dice a César.

A su orden, jefe.

Me despego de la ventana. ¿Me vas a dejar?

Solo por un par de horas. Tengo un negocio que resolver.

¿Pero por qué no puedo ir contigo?

Ana, no empieces. Tu mamá me aseguró que tú no tendrías problemas manteniéndote ocupada.

Aprieto la mandíbula. Me estremezco. ¿Manatí o tiburón? Muestro todos mis dientes, pero Juan ya le dio vuelta a la página. Enciende el radio y cambia la emisora a una estación de noticias en español. Johnny Ventura viene a la ciudad. Disturbios de civiles en Santo Domingo. Exiliados cubanos lanzan una bazuca en la sede principal de la ONU.

Ya en la autopista, César acelera el carro, zigzagueando de un carril al otro. Del otro lado de la ventana, el río brilla y el cielo, azul amanecer, pero no como en casa. El azul de Nueva York rebana la piel.

El apartamento de Juan huele mal. Como poco, a cartón mojado, como mucho, a algo muerto. No digo nada, para no ofenderlo. Trajes, cubiertos con plástico, apilados sobre los muebles. Cajas repletas. Colchones descubiertos recostados sobre la pared.

¿Cuántos de ustedes viven aquí?, pregunto.

César se ríe. Depende del día.

No te preocupes, dice Juan. Mi hermano Héctor se mudó esta mañana. Consiguió un trabajo en Tarrytown y mudó a su familia para allá. Quedamos nosotros y César . . .

¿Tú también vas a vivir con nosotros?, pregunto intentando esconder el alivio que me da no tener que vivir sola con Juan.

Con todos los líos en los que se mete, César casi nunca para aquí.

Un hombre tiene que darles uso a sus talentos. César se defiende.

Juan me muestra el apartamento. Trepamos por el reguero de la sala y entramos a la cocina, un cuarto hecho de un largo pasillo. Una pequeña mesa roja metálica, una silla, una estufa blanca con cuatro hornillas pegada a la pared. No hay espacio para cocinar en el fogón, para apilar la leña, para juntar el carbón.

Una fina capa de grasa cubre la estufa y las paredes que la rodean. Mientras Juan habla de manera acelerada, intento no enfocarme en el gran fregadero de porcelana, amarillento y lleno de platos.

Así es como se abre el agua caliente y así la fría. Así es como se prende la estufa.

¿De dónde se saca el agua y el gas?, pregunto. En casa buscamos el agua de un pozo.

Juan tiene prisa, no se preocupa en responderme. La nevera está metida hasta el fondo de la cocina. Solo cabe una persona en el estrecho pasillo. La habitación queda al otro lado del apartamento. La cama está sin tender y hay más cajas apiladas contra la pared.

¿Qué hay en esas cajas?, le pregunto a Juan.

Nada que te interese.

Al lado de la puerta de la habitación está la entrada al baño. Una raída toalla marrón cuelga de un perchero. Las losetas, mohosas y amarillentas. El lavamanos y el espejo están salpicados de pasta dental y recortes de barba. La cortina de la ducha necesita ser lavada.

Asegúrate de no descargar el inodoro cuando alguien se esté bañando, dice Juan.

¡Se te congelan las tetas!, César tira una carcajada.

No le hagas caso, Juan se disculpa.

En la puerta, antes de salir, Juan me da la funda de papel que vi a César sacar del maletero del carro hace un rato. Ahí hay algo tibio y vivo. Dejo caer la funda al suelo.

Se ríen.

César la recoge y saca un pollo sujetándolo del cuello.

¡Bienvenida a New York!, dice.

Me lo pasa. Veo sus ojos vidriosos. La caída debe haberlo lastimado. He agarrado muchos pollos antes, los he desplumado, picado y también los he cocinado. Pero aquí, quiero salvar al pollo de su destino.

Juan sacude las llaves y se envuelve una bufanda roja en el cuello.

No le abras la puerta a nadie. No salgas del apartamento hasta que yo te explique cómo funcionan las cosas aquí. Mantén las puertas cerradas.

¿Por qué? ¿La gente se mete?

A veces. Pero este es un edificio tranquilo. La gente aquí no se mete con nadie ni anda armando líos. Pero no te dejes engañar, Nueva York es peligroso. La gente aquí no es como allá. Aquí solo se preocupan por ellos mismos.

Debo parecer aterrada y patética porque él suaviza la mirada y me toma de la barbilla.

No te preocupes. Yo no voy a dejar que te pase nada malo. Tú eres mi pajarita.

Juan me besa en la frente.

¿Necesitas que te traiga algo?, pregunta.

Exige, exige, exige, dice Mamá. Ropa interior. Algo de ropa. Comida. Un perfume no estaría mal. Cuté. Dinero para mandarle a mi familia. ¿Qué le pido primero?

Ana, no tengo todo el día.

Estoy bien, respondo. Si no le pido nada, tal vez no me pida nada a cambio.

César agarra a Juan por el cuello del abrigo y lo hala hasta sacarlo del apartamento.

El apartamento es un triste desastre. Gracias a Dios que tengo el pollo de compañía. El polvo todo lo cubre. Hay que limpiarlo todo.

Saco el pollo de la bolsa. Lo acomodo sobre la mesa. Se agita, a penas se mueve. Lo siento, digo, luego le retuerzo el cuello y lo vuelvo a meter en la bolsa de papel.

Me quito el pesado abrigo, que es dos veces mi talla. También me deshago del suéter que la cuñada de Juan me dio en

Santo Domingo antes de montarme en el avión. Me quito el vestido rosado encendido. Después de dos días, necesita airearse. Me pongo una camiseta blanca que encuentro en una gaveta en la habitación. Los muebles están tan sucios que temo que algo salga arrastrándose por las grietas. Y el olor, Mamá sabría en un segundo. ¿Una mezcla de bajo a hombre? ¿Colonia? ¿Cenizas de cigarrillo? Un ratón muerto.

¡A trabajar, Ana! Ahora eres una esposa. Tienes responsabilidades.

Empiezo con la cocina. Ligo vinagre con agua en un tazón y restriego la grasa de las paredes y las mesetas. Saco un trozo de jamón, botellas de refresco, una funda de pan y un montón de plátanos de la nevera y limpio las parrillas. Organizo los condimentos, anotando en una servilleta, con un lápiz que encontré cerca del salero, las cosas que Juan necesita comprar en el supermercado. Guardo el pollo muerto en el refrigerador para desplumarlo, limpiarlo, cortarlo y cocinarlo más tarde. Pongo las sábanas en remojo y las estriego hasta que quedan limpias. Tan suaves. Como las sábanas en la casa de los gringos que Gabriel cuida. *Ay, Gabriel, ¿estarás pensando en mí?* Alineo las sábanas en la cocina y hago un camino en la sala por donde poder caminar. Restriego la bañera. A Mamá y a Teresa les encantaría esta bañera. Igual que en las películas, donde la llenan de burbujas. Encuentro maquillaje, espejuelos y aretes debajo del lavabo.

¿Aquí han venido mujeres? ¿Con este reguero? No me extraña que Juan saliera en busca de una esposa.

Cae la noche, demasiado rápido. Juan no ha regresado.

Enciendo el radio para ahogar el clan-clan-jis-jis del calentador.

Gowing to da chapa, Ana go to guet ma-a-ariid, gowing to da chapa, Ana go to guet ma-ariid.

Me envuelvo una bata de baño que encuentro. La calefacción hace pesada la respiración. Abro la ventana, para que entre aire fresco. Allí me siento, junto a la ventana, a esperar a Juan. Coloco en una mesa la muñeca de barro que Juan me compró en el aeropuerto de Santo Domingo. Lleva un vestido azul y un cinto amarillo alrededor de la cintura. Mi dulce y hueca dominicana va a guardar todos mis secretos: no tiene ojos ni labios ni boca.

Abajo, los postes de luz se iluminan. Delante de una sala de muestras llena de autos, un joven palea la nieve. Limpia las huellas digitales de las ventanas y se queda mirando la tienda con melancolía. Se están preparando para cerrar. Cerca de la tienda, los músicos en el edificio se preparan para tocar. Ya hay una fila. Todos están muy elegantes.

Tal vez un día Juan me lleve.

De la misma manera en que me mostró el apartamento, Juan me da un recorrido por el barrio. Está complacido con que haya limpiado, pero molesto porque ahora no puede encontrar nada. Antes de salir del edificio, me baja un poco más el gorro tejido que llevo puesto hasta las orejas y me envuelve una bufanda que pica en la cara. Inhalo y exhalo a través de la lanosa bufanda. El luminoso cielo blanco se refleja en la nieve y me ciega. Él me cubre los hombros con su brazo y juntos peleamos contra la fría brisa que nos aleja de la calle que estamos a punto de cruzar.

Las personas esperan su turno, los carros esperan en los semáforos. Toda la basura está atestada dentro de los zafacones. Tanto orden. Cabinas telefónicas y buzones de correos azules en casi todas las esquinas. Conveniente. Eficiente. Nada verde de qué hablar. Los árboles desnudos y grises como el cemento de las aceras. Al otro lado de la calle, frente a nuestro edificio, está el estacionamiento del New York-Presbyterian Hospital.

Uno de los hospitales más grandes del mundo, dice mientras cruzamos. Este es el Audubon Ballroom, un salón de baile, donde los judíos rezan, los negros arman líos, y nosotros podemos bailar y ver películas en español. Debajo del salón, ahora puedo ver la sala de exposición de autos de cerca. Juan deja sus huellas digitales en el cristal.

Un día de estos, vamos a comprar un carro nuevo, dice Juan, trazando la silueta de un Buick en el afiche de la ventana. Frente a nosotros está la tienda alemana donde venden salchichas.

Al lado, la tienda de fotos judía. La tienda cubana que lo tiene todo exhibe una muñeca de tamaño real, papel higiénico, aviones de juguete, paquetes de lápices y libretas, cigarrillos, brillo para zapatos, un cubo plástico, un suape, cables de extensión.

Si los cubanos no lo tienen, dice Juan, es porque no debe existir.

En la calle 165, visitamos la oficina de correos. Dentro, un inquietante silencio, un olor antiséptico, un área de espera, una fila ordenada. Nada como en casa donde hay competencia de griterías en las oficinas públicas y hay vendedores de frutas, pastelitos y boletos de lotería vendiéndole al tropel de gente que espera.

Adentro, Juan habla en voz baja y me muestra la ventanilla donde él pide sellos y compra los giros postales que le manda a Ramón, quien administra sus inversiones. En total hay cuatro hermanos Ruiz, tres en Nueva York y ahora uno en la República Dominicana.

Señala la iglesia St. Rose of Lima, al otro lado de la calle; al lado queda la casa del párroco y, a algunos pasos, la escuela. Parece un edificio de apartamentos, pero Juan me asegura que es una escuela. Enseguida, cientos de niños con uniformes a cuadros desfilan alrededor de la cuadra liderados por dos monjas. Qué vida tan simple llevan, con Dios a su entera disposición.

¿Esa es la escuela a la que voy a asistir?, pregunto.

No. En septiembre, vas a ir a una escuela de secretarias para que aprendas mecanografía. Entonces vas a trabajar en la agencia de un amigo mío. No te preocupes, ya todo está decidido.

Dile que tú quieres estudiar para ser una profesional. Abrir tu propio negocio, ayudar a tu familia. La mecanografía es un buen comienzo, pero eso no será lo único que hagas. Dile. Dile.

Juan camina rápido. Me hala la mano para este lado y luego aquel y, finalmente, nos detenemos y entramos a La Bodeguita, que queda en la planta baja de nuestro edificio, al lado del bar Salt and Pepper.

Una campanita suena cuando la puerta se cierra detrás de nosotros. Un estruendoso merengue se esparce dentro del atestado colmado, el estallido de los tambores, el guayar de la güira. En cada esquina me encuentro con el ruedo de la falda de Teresa, con la risa de Mamá, con las rodillas nudosas de Lenny. El corazón se me acelera, un repentino calor. Me quito el gorro y la bufanda, sobrecogida por la música, el pequeño colmado, los estantes tan altos que casi llegan al techo. Un joven me observa desde el mostrador. Me pica el ojo cuando lo miro.

Juan me agarra de los hombros y le dice, Compadre, esta es mi esposa.

¿Estás casado? Felicidades, dice. Y, dirigiéndose a mí, Me llamo Álex, a tu orden. Si necesitas algo . . .

Antes de que le pueda responder, o simplemente sonreírle, Juan me empuja hacia la pared de cajones llenos de plátanos, yuca, papas, lechuga. Al oído, me susurra, Nosotros no compramos vegetales aquí. Este boricua los vende dos veces más caros que en el supermercado. Entonces empieza a tomar cosas del estante y a explicarme. Esto es para lavarte los dientes: Colgate. Esto es para limpiar las ventanas: Windex. Esto es para lavar los platos: Palmolive. Esto es para restregar el inodoro: Comet. Esto es lo que comes en el desayuno: Cornflakes. Esto es lo que comes en el almuerzo: Chef-Boyardee. Amontona diez latas en el mostrador.

Nutritivo. Fácil de hacer. Solamente lo calientas y te lo comes.

En la caja registradora, Juan gruñe con cada artículo como si la suma de los números le causara dolor. Álex me sonríe, a sabiendas, y dice, Yo y tu esposo somos amigos desde hace tiempo atrás.

Se oyó raro cuando dijo esposo. Álex me pica el ojo y le coge el dinero a Juan. Saca una barra de Hershey de una pila y me la pasa.

Chocolate americano. Está bueno.

¿Para mí?

Yo no voy a pagar eso, Juan dice.

Yo invito, maldito maceta.

Vámonos, Ana, antes de que este tíguere me haga gastar más dinero.

Álex sonríe con la boca cerrada por lo que no puedo verle los dientes.

Cuando entramos a nuestro edificio, Juan me repite, No quiero que vayas a La Bodeguita sin mí. Tú no conoces a Álex. Es un tipo problemático.

Pero me regaló un chocolate. No puede ser tan malo.

Ten cuidado, Ana. Yo tengo ojos en todas partes, ¿tú me estás entendiendo?

Sí. Te entiendo. Te entiendo.

Mamá también nos hizo creer que tenía ojos en la espalda. Aun así, nos escondimos de ella con facilidad, por horas, en uno de nuestros almendros. Yohnny amontonó algunos tablones sobre las ramas y construyó una fortaleza armada de tirapiedras, una pila de piedras y lanzas puntiagudas para la invasión.

Vienen los conquistadores, dice Yohnny. Y todos esperamos que la Pinta, la Niña y la Santa María emergieran en la distancia. Saludamos a la tripulación. Hicimos pilitas de tesoros listas para el comercio: cocos, mangos, caña de azúcar y palmas. El mar estaba atestado de peces, el cielo tan lleno de pájaros que no podíamos ver el sol.

¿Qué traen?, preguntó Juanita.

Resplandecientes cristales para llevar alrededor del cuello y brillantes bufandas rojas de algodón, respondió Betty.

Venga, venga, dijo Teresa, déjeme ser su esposa, su puta, su sirvienta.

Oh, esperen, veo un barco de la Marina, interrumpió Lenny.

Yo también lo veo, dijo Yohnny. ¡Ahora llegaron los yanquis!

Saquen la cerveza. Maten una gallina. Un chivo. Asen algunas de esas batatas del conuco, dice Juanita.

Y nosotros, ¿qué recibiremos a cambio?, dijo Lenny.

Ellos nos van a enseñar sus cuchillos y sus armas y nosotros las usaremos para herirnos entre nosotros mismos.

Nos dolía el estómago de tanto reírnos. Jugamos hasta que se puso tan oscuro que podíamos ver las estrellas y las naves espaciales. Lenny las anotó, con hora y fecha. ¿Qué tal si una de esas naves baja y se roba a uno de nosotros?

¿Tú crees que se puede viajar en el tiempo?, Yohnny pregunta.

¡Estás loco! ¿Viajar al pasado y al futuro?, pregunta Teresa.

¿Cómo?, ¿por qué hoy es hoy y mañana es mañana? ¿Y si mañana fuera hoy? ¿O ayer mañana? ¿Quién decidió el tamaño de un minuto o una hora? ¿Por qué algunos minutos se sienten tan largos y otros tan cortos? Es decir, cojamos las estrellas, este libro dijo que lo que vemos ahora es en realidad una estrella que ya pasó, no la estrella en el presente. Como ahora mismo, aunque las veamos tan brillantes, en su tiempo, a su velocidad, puede que ya hayan explotado. Listas. Puf.

¿Qué tal si en este momento tú estás aquí y en otro lugar al mismo tiempo?, dice Yohnny. Como que tú eres Ana, pero que hay otra Ana en otro planeta llamado Tierra. O en una Tierra futura. Y somos como las estrellas, ¿entonces tal vez hay solo una Tierra del pasado, como una Ana del pasado?

¿Tú crees?, pregunto. ¿De verdad eso puede pasar, tú crees?

La mayoría de las noches trato de esperar a Juan, pero me quedo dormida en el sofá. Le preparo mangú con rodajas de jamón y le dejo el plato sobre la estufa de gas, en caso de que tenga hambre. Lo escucho cuando se quita los pantalones y los lanza sobre una de las sillas, se desabrocha el reloj y lo tira en la mesa. Acomoda su pesado cuerpo contra el mío como si yo fuera un cojín decorativo, me ahoga con su olor a cigarrillo y a whisky. Me da una nalgada, de la misma manera en que lo hace Papá para que las vacas se muevan.

La cena está lista, digo, y me levanto para sentarme. La cena está lista, siempre estará lista, hasta que la muerte nos separe.

Tráeme un trago. Tengo sed.

¿Dónde está la botella?

Suspira. Tú no sabes dónde está nada, ¿eh?

Después de pasarme semanas limpiando y organizando, he tratado lo mejor posible de saber dónde están las cosas, pero él sigue cambiando la botella de lugar.

La verdad es que es bueno que haya una mujer por aquí. Mis hermanos son unos puercos.

Eso me hace feliz. Cuando mis hermanos lleguen, me la voy a pasar dándoles órdenes. Yo soy una mujer con casa propia, con su propia familia que atender.

Si no escondo lo bueno, Juan balbucea, esos puercos se lo beben todo.

Busco la botella, esta vez escondida en el tanque del inodoro, y saco unos vasos de los gabinetes. Las manos me tiemblan mientras sirvo el whisky. Quiero hacerlo todo bien, para que él se sienta orgulloso, para que no se arrepienta.

¿Seguro que no quieres comer?, pregunto.

Son las malditas dos de la mañana. Echa para acá. Déjame verte, dice, y me mira fijamente. Por lo general él me ve con ojos de *Quie-ro-me-tér-te-lo*, y yo cierro los ojos y dejo que me lo meta. Pero hoy se ve distinto, de una manera que no había visto antes.

Tú me inspiras. ¿Sabías?

¿Yo? ¿A qué te refieres?, la felicidad debió de habérseme dibujado en la cara. Nadie jamás me había dicho algo así.

Yo y mis hermanos hemos estado hablando. Vamos a comprar un Buick. Ya tenemos rato echándole el ojo, el que está en el salón de muestras allá abajo. Los judíos empezaron un negocio de taxis para su gente y yo estoy pensando que, si le metemos mano temprano, podemos empezar con un carro, y de ahí armar un negocio, ¿tú sabes?

¿Pero ustedes no tienen un carro ya?

No podemos poner ese carro viejo a trabajar. Tenemos que designar un carro, un carro chulo, que yo pueda llevar a la gente por la ciudad con elegancia, incluso a ti.

Yo no necesito que tú hagas un alboroto por mí.

Por supuesto que sí. Tú eres mi esposa, mi princesa.

¿En serio?

Yo pensaba que era la hermana sin tetas que hace casi todos los oficios.

Y tú, Princesa Ana, vas a ser la operadora de nuestro negocio de taxis.

¿Cómo es eso de operadora?

Las personas van a llamar y te van a decir que necesitan que las recojan y nosotros vamos a recogerlas. The Ruiz Taxi va a estar dirigido por dominicanos y para dominicanos.

La voz ronca de Juan se quiebra debido al cansancio, a la fumadera. Una cucharadita de miel resuelve eso.

Tú estás loco, Juan. *Yo, preguntándole a la gente, ¿A qué ciudad, por favor? ¿Nombre, por favor? Un momento, por favor.*

Sus ojos se iluminaron.

También vas a aprender a conducir.

¿De verdad puedo aprender a manejar?

Y puedes comprarme un abrigo nuevo con pelaje alrededor del cuello, como las estrellas de cine, dejo escapar, y doy vueltas moviendo mi bata de baño, la tela frotando, sacando chispa.

Sí, mi pajarita, también tendrás tu abrigo nuevo.

Olvidándome, le rodeo el cuello con los brazos y lo beso en la mejilla.

¿Entonces me amas?, pregunta.

Mi garganta se tiene que desatorar. ¿Qué sé yo de amar a un hombre?

Sí, yo te amo, digo en una voz que suena como si saliera de entre dos estaciones de radios.

Nadie te va a cuidar como yo te cuido. ¿Tú lo sabes?

Sí, Juan, lo sé.

Finge. Finge. Si finjo lo suficiente tal vez se sienta verdadero.

Ambos tendremos que sacrificarnos mucho para construirnos una casa allá. ¿Puedo contar contigo?

Sí. Por supuesto.

Juan me envuelve los brazos alrededor de la cabeza. Si la volteo, me puede romper el cuello como al pobre pollo que saqué de su miseria, hace más de un mes. Me quedo quieta. Apoya la cabeza en los brazos. Me hundo más en el sofá cubierto de plástico, su peso sobre mí. Ronca, suave y fuerte, un motor que necesita arreglo. Esta noche no hubo sexo. Qué alivio.

De afuera puedo escuchar las bocinas de los carros, las sirenas de hospital. Una brisa fría se me desliza por los pies.

Después de que él se duerme profundamente, lo empujo lo suficiente para salírmele de abajo, para limpiar el plato que quedó sobre la estufa. Para apagar las luces. Para cerciorarme de que las puertas estén cerradas.

Yo soy una princesa que va a conducir un carro nuevo. ¡Ja!

César y Juan entran y salen del apartamento para comer y bañarse. César a menudo llega arrugado, despeinado y con bolsas debajo de los ojos.

Vi un elefante caminando por la calle, dice.

No me digas.

Esa bestia despertó a todo mundo. Detuvo el tráfico. Su mierda, del tamaño de mi cabeza.

Tú estás jugando conmigo, ¿verdad?

Los elefantes se enamoran para toda la vida. ¿Sabías? Así que no los puedes ver a los ojos, o ya tú sabes.

¿Estás enamorado otra vez?

César se sienta en la mesa con su bolso de costura, la cinta de medir alrededor del cuello. Es tarde, pero tiene que remendar su camisa, la misma que piensa ponerse mañana después del trabajo para juntarse con una tipa e ir a bailar.

Quizás esta mujer te está haciendo ver cosas, digo.

Todas las mujeres me vuelven loco, hasta tú.

A mí no me metas en ese sancocho.

Me saca la lengua y luego ensarta una aguja. Rápido. Coloca la rasgada camisa debajo del bombillo de la lámpara, toma un trago de café, y empieza a coser hacia adentro y hacia fuera, dando las puntadas más pequeñas, primero vertical y luego horizontalmente, en línea con la tela de algodón. Mientras él trabaja yo observo por encima de sus hombros, entrecierro los ojos para ver mejor los diminutos movimientos. Cuando termina, me hace admirar su trabajo. Se necesitaría una lupa para ver dónde está rasgada.

¿Tú quieres aprender a coser sin dejar rastro?

El simple hecho de ensartar una aguja me lleva un montón de tiempo. A Mamá siempre la han decepcionado mis manos.

Mírame. Tienes que agarrar el hilo con la punta de dos dedos. Dale, inténtalo. Lleva la aguja al hilo, no al revés. Ese es el secreto. Siempre cédele el paso a la aguja porque es inflexible. Ese también es el secreto con las personas. Si una persona parece inflexible, cédele el paso, luego deslízate de costado y consigue lo que quieres.

¡Te pareces a mi madre!

Él me pica el ojo. Saca unos pantalones del armario de los trajes. Hace que me los mida. La cintura me baila en las caderas. Él se arrodilla en el piso y me agarra los pies descalzos. La calidez de sus manos me sorprende.

Regla número uno, siempre mide con zapatos puestos.

Me pongo los zapatos. Él hala la tela, sus manos acariciando mis piernas.

Así es como marcas.

Sus manos rozan mi tobillo como un insecto. Mide el dobladillo para que quede parejo. Plánchalo antes de coserlo. La gente se olvida de plancharlo, pero es un error.

Yo te voy a enseñar todo lo que sé porque en New York todos necesitamos un trabajito extra para sobrevivir. Tú no puedes simplemente quedarte esperando hasta que alguien te consiga un trabajo, tú tienes que aplicarte y conseguir los chelitos.

Dinero, dinero, dinero. ¿Eso es en lo único que tú y tus hermanos piensan, César?

¿Y tú no?

No debí abrir la puerta. Me lo advirtieron. Pero cada vez que suena el timbre, yo asumo que es Juan. Excepto que esta vez es un viejo con las cejas tupidas a quien le faltan dedos, lleva ropa de guerra y huele a cenicero.

I'm your neighbor, dice. Mr. O'Brien.

Sorry, no ínglish.

Me arroja algunas cartas en las manos. Puedo ver el nombre Juan Ruiz en uno de los sobres.

Sorry, digo otra vez, tomo las cartas y cierro la puerta. La cabeza me retumba en el pecho. Insegura de haber hecho lo correcto, coloco la correspondencia sobre la mesa de la cocina.

Hoy es un día largo para Juan. Reviso el teléfono para cerciorarme de que esté funcionando. Espero la llamada de Mamá. No es fácil para ella acceder al teléfono en el centro del pueblo.

Cuando Juan finalmente llega a la casa, le muestro las cartas. Le digo acerca de la visita del señor O'Brien, en un tono tan infantil que a mí misma me enoja. Yo no quiero temerle a Juan como les temo a mis padres. Pero es así. Cuando Mamá se enfurece, su ira viene cargada de temor y preocupación por mí. Cuando Juan se enfurece, es como si mi dependencia de él alimentara la transformación en su cuerpo de preocupación a ira, a furia. Las venas del cuello se le hinchan y grita, ¿Tú quieres meternos en problemas?

Su voz siempre me desgarra.

No, señor.

Juan me da una cachetada tan fuerte, la sangre se me aposa entre los dientes.

Eso es para que recuerdes que cuando yo te diga que no hagas algo, tú respetes. ¿Tú me estás oyendo?

Me miro los pies. Me aguanto las lágrimas, desplomo los hombros y me retiro lo suficiente para mostrar deferencia. Aprendí mucho al criarme con animales.

Después de golpearme, Juan trae un televisor a la casa y lo instala en la sala.

¿Feliz?, dice.

Pero por supuesto que sí, digo.

Ese día, en blanco y negro, en la pantalla del televisor:

¿Quién
Ama
A
Ana?

Esposo entra al apartamento, tira su abrigo sobre la silla, cruza los brazos y llama a su mujer a gritos. Con la cara iluminada y emocionada, esposa abraza a esposo. Pero cuando esposa se da cuenta de lo enojado que está esposo, trata de escapar. Esposo le señala que regrese. Esposo se ve muy buenmozo en su traje y con el pelo lamido hacia atrás. Y a veces, cuando esposo se enoja, esposo habla en español cubano.

Espero esos momentos de español con la respiración contenida.

Esposo saca un pedazo de papel del bolsillo y se lo agita en la cara a esposa. Esposa se encoge del miedo. Pedazo de papel es importante. Esposa está en problemas. Como la vez que esposa intentó fugarse del espectáculo de esposo, donde esposo canta y toca el bongó. ¡Babalú!

Esposo trata de razonar con esposa, pero, pero, pero . . . esposo le grita y esposa da un salto hacia atrás. Esposa sonríe y sonríe. Esposo grita tan alto que vecinos vienen a socorrer, pero deciden dejar que esposa enfrente su destino. Esposa les ruega a vecinos que se queden. Esposa se esconde detrás de sus vecinos. Esposo entonces les grita a vecinos. Ahora esposa y vecinos están atrapados. [Pista de risa]

Esposo ahora está en cocina con delantal puesto, silbando, feliz. ¡Sorpresa! Esposo prepara comida para esposa. Esposa lee periódico mientras esposo saca el pan de la tostadora. A esposa le encanta comida que esposo preparó. Esposo y esposa hacen un gran reguero. Esposo compra una caja de dulces a esposa. Esposa se desmaya. [Pista de risa]

¿Has sabido de Ana? Es lo que Gabriel siempre pregunta cuando ve a Yohnny, Juanita, Betty o Teresa. Se acuestan en los tablones en el cogollito de una de las matas del patio, donde Mamá no sale a buscarlos. De un lado, el cielo oscuro amenaza con lluvia; del otro, el cielo brilla a través de las tenues nubes y las garzas vuelan bajito por encima de ellos. Se supone que Yohnny esté cortando la yerba para hacer un camino hacia la casa. Teresa pone en el suelo una cubeta de ropa blanca que tiene que lavar y que ha estado en remojo con cloro todo el día.

¿Qué tú crees que Ana esté haciendo en este momento?, le pregunta Yohnny a Teresa.

No está pensando en nosotros, eso te lo aseguro. Teresa bloquea el sol con la mano. Ana seguramente está cenando algo fino, comiéndose un pedazote de carne sin tener que compartirlo con nadie.

Yohnny resopla. Yo te apuesto que Juan se come la carne y deja que Ana chupe los huesos. Entonces Yohnny simula que maneja un timón. ¿Y qué tal si Juan le compra un carro a Ana y cuando nosotros lleguemos ella nos lleva a pasear?

¿Ana manejando?, dice Gabriel. ¿Tú la has visto en una bicicleta?

¡Yohnny! ¡Teresa! ¡Lenny!, vocea Mamá.

Lamenta que Gabriel se quede merodeando, otra boca que llenar.

Shuuu, dice Lenny, moviéndose con lentitud, sujetando su cuchillo, apuntando a una diana improvisada cerca de la casa.

Si tú me cortas con eso, gruñe Teresa, te voy a colgar de esta mata con los pies para arriba.

¿Por qué tú eres así?, le dice Yohnny. Cógelo suave, coño.

Lenny apunta, pero el cuchillo se le cae en un pie. ¡Ay, ay!

Yohnny se ríe. La próxima vez, es en el ojo que te va a caer, mocoso.

Lenny se agacha, se caricia la herida.

Ve, lidia con ella, le dice Teresa a Yohnny, porque está harta de Mamá, que le ha multiplicado los oficios desde que yo me fui. La agitación en la Capital tiene a Mamá y a Papá con los pelos de punta, por eso se pelean todo el tiempo. Ha habido rumores de que hay guerrilleros escondidos en los valles y las montañas como hicieron en Cuba. Si les ponen una pistola en la cabeza van a tener que escoger entre conspirar con los rebeldes o chivatearlos.

¿Tú no quieres ir a Nueva York también?, pregunta Yohnny.

Qué, ¿tú te crees que tú vas a ir para allá y te vas a convertir en un gran pelotero como Manny Mota? Tú ni siquiera tienes un bate.

Uno puede soñar.

Teresa agarra una paloma con ambas manos y le susurra al oído: Ana, regresa a casa de una buena vez. La deja ir, apuntándole el pico en mi dirección.

Las palomas aparecen todas a la misma vez. Yo les doy de comer, aunque Juan me diga que no lo haga.

Son las ratas del cielo, Ana. Se cagan en la escalera de escape y comen basura. No son como las palomas de allá que engordábamos y cocinábamos en ocasiones especiales.

Dice que si nos las comemos nos vamos a enfermar. Puede que hasta nos maten. Hay cinco que me visitan con regularidad. Yo las nombré Yohnny, Juanita, Betty, Teresa y Lenny. A veces ellas invitan a sus amigos. Si no se comen el arroz que les pongo afuera, recojo los platos y lo guardo antes de que Juan llegue. A la paloma Betty le gusta ver su reflejo en la ventana. Ella mueve la cabeza como si bailara y gira de un lado al otro. Las palomas Yohnny y Juanita son inseparables. A veces la paloma Yohnny empuja a las otras palomas para que Juanita tenga el plato para ella sola. La paloma Lenny es la más pequeña. Y la paloma Teresa, bueno, ella ocupa mucho espacio, inflando el pecho y sacando el cuello como si tuviera complejo de gallo. De vez en cuando, mando la bandada para que le echen un ojo a mi familia y desaparecen por días. Cuando regresan, aparecen cartas en el correo. Tantos pedidos.

Teresa quiere cinco dólares para tomar clases de estilista.

La situación en República Dominicana está fuera de control. Todo el mundo anda preocupado. Ningún joven se salvará.

¿Puedes mandar a buscar a Yohnny? Pronto, antes de que se busque la muerte.

Hasta Gabriel anda por ahí caminando con un rifle más largo que su pierna.

Acaricio el nombre de Gabriel en la carta de Teresa. La tinta, lo más cerca que estoy del aire que él respira.

Mamá pregunta:

¿Conseguiste tus papeles?

¿Estás en la escuela?

¿Estás haciendo feliz a Juan?

¿Puedes mandarnos dinero para arreglar A, para arreglar B, para arreglar C . . .?

La pobre Teresa trabaja en un chiquero en la peor calle de San Pedro, donde te roban los pantis si caminas muy lento. Está más flaca que nunca porque no puede reconocer a un lisiado si el jodido está sentado.

Y el Guardia pasa demasiado tiempo en la Capital, diciendo que los yanquis vienen a salvarnos y después vendiéndose a los rebeldes. Ese va a regresar en un ataúd.

Pero Lenny, gracias a Dios por Lenny, va a la escuela todos los días. Pero el techo se nos está cayendo encima.

Manda dinero. Manda dinero. Manda dinero.

Entre líneas:

Te extrañamos.

Te extrañamos.

Te extrañamos.

Sin ti, aquí nada es igual.

Vivimos en un buen barrio, pero pasan cosas malas. Antes de oír los tiros, vi a un grupo de hombres con corbatines negros entrando al Audubon Ballroom, su familia detrás. Por lo general, la policía merodea la zona, pero hoy no había ninguno alrededor. Ni uno solo. ¿Puede que hubiera más problemas en otro lugar?

Po, po, po.

Me agacho de la misma forma en que lo hiciera cuando el joven militar disparó en la oscuridad para que Papá abriera el colmado después de haber cerrado.

Me arrastro hasta donde se encuentra César, que duerme todo el día porque es domingo. Aplaudo cerca de su oído, pero él está profundamente dormido.

¡Despierta!, le halo los pantalones. César se enrolla en el sofá, dándome la espalda.

César, por favor.

Agacho la cabeza.

¿Qué pasa?, dice, medio ido. Lo saco del sofá y me paro detrás de él para protegerme. Él abre la ventana. El volumen de la ciudad se eleva. Una ráfaga fría me abofetea la piel. Un hombre empujando una camilla cruza la calle corriendo y dobla en Audubon.

La cabeza y el pecho de César ahora cuelgan fuera de la ventana. Vemos un grupo de hombres que sale corriendo del salón. Uno agarra a otro hombre y lo estralla en el suelo, le pega, lo patea. ¿Y todavía no aparece la policía? Hoy es domingo. ¿Dónde está la policía?

Finalmente llegan, macanas en mano. Sacan a un hombre en una camilla, pasan a través de las puertas de aluminio y cruzan la calle hacia el hospital. Destellos de cámaras. Gente sale gritando del edificio. Caras escondidas entre los hombros. Manos agitadas. ¿Quién se ha muerto? Alguien ha muerto.

Esto no está bien, dice César.

¿Qué? ¿Qué?

Sacan a otro hombre en camilla en dirección a la sala de emergencias del hospital.

Esto está muy, muy mal.

¿Tal vez él o ella se salve?

¿Tú sabes cuánto hace que yo esperaba esta noche?, dice, ahora completamente despierto. Las Hermanas Milagros se van a presentar en Audubon, yo hasta conseguí unos zapatos nuevos. ¡Te apuesto lo que sea que los policías van a cancelar el concierto por esta mierda!

¿No te importa? Alguien puede estar muerto.

A la gente le disparan todo el tiempo, ¿no es verdad? Pero tener una noche libre cuando hay algo divertido que hacer. Eso nunca sucede.

¿Tú estás relajando?

César se mueve por el apartamento como si Las Hermanas Milagros estuvieran tocando. Va dando pasitos desde una esquina de la sala hasta la otra, le da la vuelta a la mesita y tropieza con la mesa, los gabinetes y el mueble. Tiene una pila de discos de vinilo en la mesita. Toma el de arriba, lo saca de la carátula, y lo limpia con el dobladillo de su camiseta.

El Pussy Cat . . . ay, ay, ay . . . Ana, ¡esto es lo mejor que hay!

¿El pusi qué? Pregunto mientras él aporrea por la sala. Trato de poner las cosas de vuelta en su lugar. Si tan solo se quedara quieto.

Mierquina, ¡Mongo Santamaría transmite a Dios cuando toca!

César chilla como un gato. El movimiento de sus manos, como si me fuera a arañar. Bate la cabeza y sonríe. Trepido cada vez que él salta a mi lado y me extiende la mano, con las rodillas y los codos doblados, la cabeza encorvada, los dientes pelados, listo para saltar.

César canta y canta mal, muy distinto a Juan.

Está bueno, ¿eh?, su aliento me entibia el rostro.

¿Cómo puedes bailar en un momento como este? Mira cómo está esa pobre gente.

Oye esta. De mí para ti, dice.

César limpia otro y lo coloca con cuidado en el tocadiscos, se dobla para asegurarse de que la aguja se encuentre exactamente al principio, que no resbale. Se tira en el sofá, sube los pies en la mesita y se pone las manos detrás de la cabeza. Cierra los ojos para escuchar.

Dime si esta no es la canción más hermosa, Ana.

Suena el teléfono. Que sea Mamá. Aunque solo sea para pedir dinero.

¿Mamá?, grito por encima de la música y el canto de César y el ruido de afuera.

Pero solo hay una respiración.

¿Juan?

La respiración cuelga e invade un espanto nuevo.

Más tarde, una imagen del Audubon Ballroom aparece en la televisión.

¡Reporte especial! Special! ¡Especial! ¡Reporte! Report!

Un joven. Un hombre negro. Hasta buenmozo. Malcolm X.

La muchedumbre en la calle amplifica el sonido de la televisión en la sala. Detrás del muerto que aparece en la camilla en la pantalla, está la tienda de productos dentales y un pequeño parque donde Juan y yo a veces nos sentamos y compartimos un helado. Ahí está, nuestra Broadway, ¡en las noticias! La entrada al tren de la calle 168, el letrero de la sala de emergencias. ¡Nuestro edificio! El luminoso letrero del restaurante Salt and Pepper de abajo. El pequeño rectángulo en el medio de todo. ¡Nuestras cortinas rojas! Ahí, una silueta, ¿seré yo?

Juan me da cinco dólares y un sobre cerrado que necesita un sello.

Ve al supermercado y compra huevos, dice. En la nevera no hay nada que yo pueda comer, solo avena y Cornflakes. Comida para pajaritos.

Hasta entonces, yo no había salido sola del apartamento. Siempre con César o Juan. La mayoría de los días no salgo. Entre César y Juan, que van y vienen, de un trabajo para el siguiente, la ropa tiene que estar lavada cada dos días. El baño cepillado. Las comidas preparadas. Además, yo ni siquiera tengo mi propia llave. Juan dice que no ha tenido tiempo de hacerme una copia. Siempre una excusa.

¡Ya vete!

Me siento como nuestras gallinas, allá en casa. Las sacan, las meten, según se le antoje al dueño.

Me pongo el vestido de lana que vino en la funda llena de ropa usada que le dieron a Juan.

Todavía no tengo una cartera o un bolso, por eso doblo el billete de cinco dólares y lo guardo en el bolsillo de mi abrigo. Baila ahí dentro. ¿Y si se me pierde? Salgo del edificio, aliviada de que no haya brisa fría golpeándome de frente. Cruzo la calle hacia la oficina de correos. Queda en la calle 165, como nuestro edificio. Frente al pequeño parque con banquitos, delante de la iglesia. Me paro en la fila con tres personas más. Trato de no quedarme viendo a nadie a los ojos, por lo que miro las relucientes losetas rojas y negras del suelo, el tablero de corcho lleno de notitas. Todo está en inglés. Ordenado y limpio como un hospital. Después de haber esperado en la fila, le deslizo el sobre a la dependienta. Habla como si tuviera la boca llena y le pone un sello al sobre. Asiento, sin saber con qué estoy de acuerdo. Le doy los cinco dólares, húmedos con mi sudor. Ella los desenrolla y cuenta el cambio. Todas estas monedas. ¡Cuatro dólares! Soy rica.

Debí haber estado sonriendo, porque ella me sonrió en retribución.

Ya afuera, le choqué la mano al sol. *¡Wepa! Mamá, mira, una neuyorquina de verdad, haciendo mis mandados, con el puño lleno de dinero.*

Doblo en St. Nicholas para echarle un vistazo a la escuela donde los estudiantes usan uniforme. Y entonces, derecho, derecho, voy a Foodorama a comprar huevos, leche y quizás manzanas y chocolate. Juan dice que la ciudad es una cuadrícula.

Cuadrados y rectángulos, Ana. Números que suben y números que bajan. El supermercado queda en Broadway, en la 161. No hay manera de que te pierdas. Pero ten cuidado. No hables con extraños. No entres a ningún edificio que no sea una tienda. No mires ni a los policías ni a los tecatos a los ojos. Si es necesario, cruza la calle. Y date rápido. Tengo que irme a trabajar.

Busco señales de vida dentro de la escuela, aunque las ventanas estén completamente cerradas. No se parece en nada a mi escuela allá en casa, llena de interrupciones y tigueritos sabelotodo. Menos Gabriel, que siempre pegaba su escritorio al mío. ¿Tal vez todavía piense en mí?

Doblo en la calle 164, hacia Broadway, pero hay una patrulla de policía estacionada en medio de la cuadra. Un oficial escribe una multa. Me devuelvo y doblo en St. Nicholas, paso la barbería llena de hombres en espera de que les rapen el cabello, pelucas en exhibición, una compraventa con anillos de boda, una cámara y una pistola en la vitrina. Hay tanto que descubrir. Lo único que tengo que hacer es quedarme en St. Nicholas, paralela a Broadway, y en la calle 160, subo una esquina y ahí tiene que estar el supermercado.

Pero la calle 162 es interminable. No hay más tiendas. No hay más calle 162. No hay más St. Nicholas. ¿Edgecomb?

Nada luce familiar. Me devuelvo, busco el puente George Washington. La heladería Carvel. La tierra empieza a girar. Las caras de los extraños se agrandan. Juan está esperando, va a llegar tarde al trabajo. Un carro reduce la velocidad y baja la ventana. Salen palabras de la boca del hombre. Yo corro. Los bolsillos, llenos de cambio, chocan con mi muslo. Corro en la dirección en la que venía, pero la 162 sigue y sigue. Entonces veo la compraventa, St. Nicholas. Encuentro Broadway. Pero voy retrasada. Demasiado retrasada. Miro a mi alrededor para cerciorarme de que no haya testigos. Voy a La Bodeguita. El hombre que no le cae bien a Juan no está. Qué alivio. Es otro muchacho, mucho más joven, que ni siquiera me saluda cuando entro. Compro leche. Huevos. Él suma la cuenta. No levanta la cabeza de los muñequitos que está leyendo en el periódico. Le doy un dólar. ¡Más menudo!

La puerta del vestíbulo ya está abierta. El ascensor ya espera. Para cuando llego al apartamento, estoy toda sudada debajo del vestido de lana.

¿Por qué duraste tanto?

Fila en el . . . ¿supermercado?

¿En serio? ¿A esta hora?

Encojo los hombros. Juan no es idiota.

Ahora no me queda tiempo para comer, dice.

Por supuesto que sí. Siéntate, digo en el tono de Mamá. Le pongo la mano en el hombro con firmeza y, como los animales en la granja, él se calma. Siéntate, Juan, siéntate.

Él ve mi dulce cara. La lana del vestido me pica en todos lados.

Si te pasa algo, yo no me lo perdonaría nunca, dice.

¿Ves que buen hombre es? ¿Por qué las calles de Nueva York tuvieron que venir a traicionarme de esa manera?

Antes de Juan, antes de Nueva York, Mamá, Teresa, Juanita, Betty y yo nos sentábamos alrededor del radio a escuchar a Jackie, la esposa perfecta, tan elegante, quien también se había casado con un buen hombre en los EE. UU. Era difícil de escuchar la voz entrecortada de la Primera Dama bajo las fuertes y estridentes traducciones de doña Alegría. Después que le dispararon a Kennedy, escuchamos acerca de lo mucho que Jackie amaba a su esposo (tanto, que ella misma se puso en peligro cuando los rusos amenazaron contra los Estados Unidos). Trece días de preocupación, mientras la pequeña y vieja Cuba sostenía las cartas.

Quiero morir a tu lado, Jackie murmuraba al aire, y los niños también, eso es preferible a vivir sin ti.

Aprendan de ella, nos advertía Mamá a las muchachas. Ella siempre dice exactamente lo que la gente quiere escuchar. Puede que sea una viuda, ¡pero es una viuda rica! Por eso es importante saber escoger bien.

Y entonces escuchábamos a Jackie con detenimiento, que compartía todos sus secretos femeninos.

Lo mejor que una esposa puede hacer es ser una distracción, dijo Jackie. Un esposo vive y respira su trabajo todo el largo día. Si él llega a la casa a encontrar más contrariedades, ¿cuándo se va a relajar el pobre hombre?

Es verdad. Cuando Juan llega a la casa, lo único que quiere es relajarse. No quiere oír que no prendieron la calefacción hasta muy entrada la tarde o que el desagüe del fregadero está muy lento.

Deshazte de tus preocupaciones, como una mosca de un caballo, fue el consejo de Kennedy.

No podemos dejarnos sobrecoger por la tristeza.

El sexo es malo porque arruga la ropa.

Las palabras de Jackie nos sacaban risillas. Su vestido debió haber costado más que nuestra casa, más que nuestras tierras, más que todo lo que nunca poseeremos.

Quizá sea mejor no ser tan rica ni tan importante porque así podemos tener sexo, secreteó Teresa lejos de los oídos de Mamá.

Ay, cuánto las extraño. Ojalá ellas estuvieran sentadas en mi cocina mientras yo friego los trastes. Quizá sea mejor ser viuda, le comento a las sillas vacías. ¿Qué tal si Juan sale de la casa y nunca regresa? Una viuda como Betty (¡oh, la prima Betty!), Shabazz, la esposa de Malcolm X, que tiene que criar a seis hijas ella sola. Como Jackie Kennedy, con dos hijos, pero que es tan elegante y frágil como una muñeca. Hasta mi voz, como la de Jackie, se entrecorta cerca de Juan, de tanto sostener la respiración antes de cada palabra.

Cuando suena el timbre de la puerta no respondo. Voy a la ventana. Un hombre sale del edificio y mira hacia arriba antes de que pueda esconderme. Es Antonio. La última vez que vino a visitar, dijo que Juan no le había dicho que se había casado. Juan no le había dicho que yo era bonita. No le había dicho nada a pesar de que se veían en el trabajo casi todos los días. Ellos han trabajado limpiando mesas en Yonkers Raceway desde que llegaron en el 60. Durante la última visita de Antonio, yo le serví whisky con hielo en la sala, pero, a diferencia de otros hombres, él hablaba en un tono suave. Si no abro la puerta va a ser peor, porque no podemos darle la espalda al negocio.

Presiono el interruptor y abro la puerta de abajo.

Me desprendo de encima la bata de casa y le sacudo las pelusas a la falda de lana. Me reaplico el pintalabios. Me desato la bufanda que llevaba envuelta en el pelo.

Enciendo el radio y espero con la espalda pegada a la puerta a que Antonio toque.

Como siempre, está acicalado: uñas de manicura y bigote recortado.

Estaba empezando a pensar que tenías cosas más importantes que hacer que verme, dice, y espera a que lo invite a pasar. Lleva consigo una pequeña bolsa rellena de un papel sedoso rosado, extraña en sus grandes manos.

Lo siento, digo, mirándome los pies, luego sus zapatos. Supongo que el radio estaba muy alto, no escuché el timbre.

¿Cómo mantiene los zapatos tan limpios, aun después de haber caminado en la nieve? Los de Juan se manchan y todas las noches tengo que limpiarles la sal. Antonio se quita el pesado abrigo de cuero y me lo pasa. ¡Afuera está helado! Su abrigo está frío. Asumo que sus manos y sus mejillas también deben estarlo. Se ríe como si yo lo pusiera nervioso. Los hombres mayores son así de graciosos.

¿Quiere agua u otra cosa antes de empezar?

Antonio ladea la cabeza.

¿Le hablas a todos los hombres de esta forma?

Se me calientan las mejillas. Usualmente ofrezco agua, que no cuesta nada. En casa, yo tenía que sacar agua del pozo, entonces hervirla y bebérmela tibia, porque Papá no nos permitía sacar hielo del congelador. El hielo es para los clientes. El agua de la ciudad de Nueva York es dulce, limpia y fría.

¿Podemos empezar?, dice. Hoy ando con un poco de prisa. Coloca su linda bolsita rosada en una mesita cerca de la puerta.

Sí, sí, por supuesto. Inmediatamente abro la puerta del armario que queda en el vestíbulo y saco dos trajes.

Juan tenía los trajes amontonados en la sala, brotando de las cajas. Cajas que sus socios habían sacado de camiones que iban camino a las tiendas por departamento: Macy's, Gimbels, B. Altman and Company. Pero yo los organicé en el armario de la misma manera en que lo hacen en las tiendas. Los que se venden menos están más visibles, justo al abrir la puerta. La mercancía nueva, escondida en la parte de atrás. Yo hasta los agrupé por tallas para mejor acceso.

Todo le sirve a Antonio, su cuerpo es como una percha. Lo ayudo con el saco. Él suaviza las solapas y endereza la espalda, se examina en el espejo pegado a la puerta del armario. Me aguanto la risa cuando él infla el pecho y arquea sus gruesas cejas.

Debería probarse los pantalones también. Juan no acepta devoluciones.

Juan es un necio. Si no lo conociera hace tanto tiempo, no haría negocios con él.

Lo voy a dejar solo para que se lo mida, digo.

Lo dejo en el vestíbulo para que se cambie, pero lo acecho por la brecha que hay entre la pared y la puerta de la sala. Tiene las piernas musculosas, la piel bronceada como la de un hombre que no le teme al sol (la piel de Juan es pastosa, velluda y reseca), y el cabello de Antonio está esculpido en un negro oscuro, alejado de su cara, brillante como sus lustrados zapatos.

Los pantalones le quedan bien de las caderas, pero necesitan que se les coja el ruedo. Antes de que él pueda decir palabra, saco una latita del gabinete llena de alfileres, agujas e hilo que César me dio para que yo empezara mi negocito.

Solo me llevará un minuto arreglárselos.

Juan no me dijo que fueras costurera.

No sea exagerado, Antonio. Yo solo le cojo el ruedo a los pantalones. Solamente eso. Lo puedo hacer mientras usted espera.

Juan no sabe que yo los coso y me quedo con el dinero. Mamá lo aprobaría. Las mujeres debemos guardar nuestro dinerito para cuando necesitemos cosas para la piel, el pelo, los pies, para esos días del mes. Pero también, para mandar dinero a casa. Ella espera que Juan ayude a la familia, pero él cuenta cada centavo. Cuando el precio del papel higiénico o de la leche baja, él corre al supermercado. En su mente, el que él me haya sacado de allá, es ayuda suficiente. Por eso estoy ahorrando, para mandarle dinero a Mamá, y darle el crédito a Juan por supuesto.

Mi esposa es mi sastre, dice Antonio en un tono serio, casi tenebroso. A ella no le gusta que otras mujeres anden tocando mis pantalones.

Oh. No es mi intención . . .

No te preocupes, corazón. Mi esposa es una mujer inteligente, eso es todo.

¿Entonces se va a llevar ambos trajes?

¿Me toca un descuento?

Esta parte del negocio me da nervios.

No puedo . . . No se supone que . . .

Antonio no insiste. Otros hombres se enojan y demandan que llame a Juan para ver si pueden hablar con él directamente. Un hombre una vez me arrebató el traje de las manos, lo enrolló y me tiró el dinero en los pies, pagando solo lo que creía era el precio justo.

Pero Antonio no.

Por ambos trajes, dice, sacando dinero de su clip plateado. Pero la próxima vez, Ana, dile a Juan que espero un descuento.

Su aliento de fumador, envuelto en menta, me recuerda a mi padre, que fuma pipa. Antonio se coloca los trajes sobre un hombro para que no ruede el plástico que los cubre.

Deja la bolsita rosada. No corro tras él. Recientemente, a la señora judía que vive debajo de nosotros le robaron en el ascensor. Ella ha vivido aquí por más de treinta y cinco años. Juan dice que no se puede confiar en nadie, especialmente en los negros que duermen en la calle en espera de su siguiente pase. Juan dice *esos negros* como si estuviera despellejando un chivo.

Son como los puertorriqueños, dice, queriéndolo todo a cambio de nada. Los dominicanos trabajamos duro por lo que queremos. Por eso es que siempre aparece trabajo para un dominicano.

Nunca he conocido a un hombre que trabaje más que Juan. Todos los días, caliento agua con sal para que él meta los pies. Todos los días, tengo que cepillarle las uñas y sobarle manteca de cacao en las manos para los callos.

Tomo dos dólares de los sesenta y dos que me da Antonio y los doblo y guardo dentro de mi dominicana de barro. Anoto la cantidad de la venta de los trajes en la libreta de Juan antes de añadirlo en su sobre. Juan solo sabe sumar, no restar, relajan todos los que visitan. Debajo del alféizar de la ventana apunto mis ganancias con un lápiz. Sumo cada dólar dentro de la muñeca y resto cada dólar que gasto. En seis semanas, ya he ahorrado quince dólares para mandar y calmar cualquier preocupación por mí.

Cuando Mamá llama, habla y habla.

Aló, Ana, ¿tú me escuchas? ¿Cómo va todo? ¿Aló?

Excelente. Yo . . .

Yo sabía que iba a ser así. Tú te vas a pasar la vida dándome las gracias.

Pero cómo está . . .

¿Hace frío allá? Te apuesto a que tienes el armario lleno de vestidos y zapatos. Recuerda mantener todas tus joyas organizadas para que no se te enreden. Entonces, ¿estás trabajando? ¿Ya empezaste la escuela?

No es tan fácil. Hay mucho papeleo que resolver, pero yo estoy administrándole el negocio a Juan desde la casa. Él tiene muchos clientes.

¿Pero te paga?

Bueno, no, pero . . .

Dile que tú quieres un trabajo. Tú tienes que ganarte tu propio dinero. No puedes simplemente quedarte en casa esperando. ¿Ya aprendiste inglés?

No es tan fácil.

Que no se te olvide decirle a Juan que nos mande algo de dinero. Tu papá se zafó la mano y la cuenta del doctor nos atrasó. Bueno, tú sabes cómo es. Cualquier cosita ayuda.

Espérese, ¿que Papá qué? ¿Él está ahí? Puedo . . .

Mándale ropa con alguien a Yohnny y a Lenny. Y a mí mándame desodorante y pasta de dientes. Teresa necesita un brasier.

¿Aló? ¿Aló?

¿Aló? ¿Ana? Dile . . . ¿Aló?

Oh, cuánto extraño mi casa, pero ¿cómo se lo puedo decir en persona con tan mala recepción?

Abro la bolsita rosada de Antonio. Obviamente un regalo para su esposa. ¿O para mí? ¿Por qué no para mí? Hasta un hombre bueno como Antonio tiene cola que le pisen. En la bolsa, una cajita roja, en forma de corazón envuelta con encaje. Dentro, cuatro pedazos de chocolate, en forma de dedal. Me meto un pedazo entero en la boca. No lo muerdo, sino que lo dejo reposar, entero y dulce.

Me como otro chocolate de dedal de la caja. Brota un jugo de cereza que me corre por las manos y termina mis dedos. Me los chupo. Se me acelera el corazón. Dile, dile, dice Mamá, como si fuera tan fácil hablar con Juan. Por supuesto que yo quiero trabajar. Aprender inglés y tener un armario lleno de ropa. Envuelvo el último pedazo en papel de aluminio y lo meto en una bolsa de plástico, dentro del gabinete debajo del fregadero, llena de cosas que voy encontrando mientras limpio. Cosas de otras mujeres. Como el maquillaje que me pongo cuando Juan no está y me quito antes de que él llegue a casa.

Juan llega tarde y no cena. Está borracho y, por la forma en que le pesan los ojos, está claro que ha tenido un mal día.

Ven acá, dice, con los pantalones ya en el suelo, la camisa desabotonada.

Me paro detrás de una silla, hasta ahora, experta en mantener la distancia, sabiendo cuánto le toma rendirse y cuánto quedarse dormido. Cuando trata de alcanzarme, le doy la vuelta a la mesita, esperando que él tropiece. La última vez que hice eso, yo fui la que tropecé y se me hizo un moretón en una pierna.

Pero esta vez se las arregla para agarrarme y arrastrarme hasta la habitación. Sé cuándo no echar la batalla, dejar que las cosas pasen para que el tiempo transcurra más rápido.

Me siento en la cama, una almohada en el regazo, cruzadas piernas y tobillos. Quiero guardar la cena en la nevera antes de que se asomen las cucarachas.

Mírame.

Pero ni siquiera a través de mis ojos le permitiré entrada.

Yo solo quisiera que me dijera que soy bonita, que me susurre al oído que yo soy su única pajarita y que lo diga en serio. Que cubra la cama con flores y me mire con ojos de hombre enamorado, como me miraba Gabriel, como si mis curvas fueran un acertijo. Me muerdo el labio inferior, aguanto las lágrimas y no miro a Juan porque si lo hago solo voy a ver sus grandes poros, grueso vello facial brotando de la barbilla y la nariz.

Coloco las manos sobre su agrio aliento.

Y él se me viene encima, me separa las piernas, me agarra los senos y me los hala.

Aprieto, como si a pura fuerza pudiera romper su virilidad en dos. Mientras más aprieto los músculos a su alrededor, con más fuerza él empuja. Mientras más fuerte empuja, más fácil se le hace entrar. Las piernas me tiemblan, la sangre se me acelera y corre hacia mi sexo. Quiero morirme. *¡Termina conmigo, termina conmigo de una buena vez!* Giro las caderas. Una ola tibia me sobrecoge las mejillas. Las entrañas se me contraen de tal forma que temo haberme orinado. Me tapo los ojos con vergüenza. Intento empujarlo, pero sus caderas empujan más fuerte, más profundo. Me agarra las piernas y se las sube sobre los hombros, y otra vez la ola se esparce por todo mi cuerpo, esta vez con más fuerza, con más rapidez. Mis ojos (mi núcleo) por las alturas.

Sí, me susurra al oído. Así mismo, ay, Caridad. Vente conmigo. Dámela.

Me acaricia la espalda, los brazos, las piernas, y su roce me hace tiritar de arriba abajo. Las gotas de sudor de su frente caen sobre mi rostro. Entierra la cara entre las almohadas. Sus dedos están enredados en mi pelo, halándome con suavidad, intensificando la inesperada sensación de satisfacción.

Caridad. Finalmente es un alivio escuchar el nombre pronunciado de manera abierta. Ella es la respiración que llama por teléfono, cuyo maquillaje encontré y guardé en el gabinete del baño.

Cuando Juan terminó, me envolví las sábanas en el cuerpo, avergonzada. La dolencia entre las piernas palpita, tiene hambre, hiere. Se acuesta boca abajo, su cuerpo desnudo es un jabalí dormido. Miro mi reflejo, la cara ruborizada, las manos todavía temblorosas. Algo le ha pasado a mi cuerpo. Algo inexplicable.

El día en que la respiración deja de llamar, Juan le pide a César que lo acompañe a hacer fila para un turno nocturno en el Plaza Hotel, donde Caridad ahora trabaja. El Yonkers Raceway cierra por algunos días después de que los trabajadores hicieran una huelga salarial.

César, aunque cansado por su tanda en la factoría, no sabe decirle que no a Juan, así que se tira otro abrigo encima y salen camino a Downtown.

Caridad nos va a echar la mano, dice Juan.

¿La misma mujer que casi te corta el güevo cuando se enteró acerca de Ana?, dice César y hace un ademán de negación con la cabeza al ver a los hombres en fila recién salidos del avión en pantalones demasiado cortos, exponiendo los tobillos.

¿Para qué fue que yo te hice caso?

¿Tú te acuerdas cuando esos éramos nosotros?, dice Juan. Unos hijos de la gran puta con hambre.

Caridad sale por la puerta lateral y ve a Juan y a César en la fila, los saluda. Los otros hombres los miran con desprecio, sin saber que por años Juan ha estado calentándole la cama a Caridad.

Yo pensé que ustedes eran demasiado buenos para hacer la fila, dice, ahora que son hombres importantes en New York.

Quería verte, Juan le dice al oído.

César, dile a tu hermano que yo no ando con hombres casados.

¿En serio? ¡Pero ella es la que está casada! Hipócrita.

Cálmate, hermano, tal vez esto fue una mala idea.

No digas que no traté, Juan le grita a Caridad, y se va a enfrentar la hora pico y la manada de gente saliendo de sus trabajos. El cielo empieza a tornarse púrpura. El frío pica.

César apenas puede caminar a la velocidad de Juan, que avanza con rapidez hacia la estación de tren, la cara roja, los dientes apretados. Toman el tren en silencio. Ya en Washington Heights, Juan arranca derechito para el único bar gringo en la zona. Es el bar perfecto para Juan, oscuro y tranquilo. No como el bar irlandés, donde se arman peleas, o el bar de los negros, donde la música siempre está demasiado alta.

Qué mierda es, dice César, señalando a Juan. Das mai bróder.

Look, man, I don't want trouble. El portero le da la espalda a César.

Bróder. Mai bróder! Esta no es la primera vez que un gringo no deja entrar al negrito de César. Pero esta vez, el portero también agarra a Juan por un hombro y lo escolta fuera del bar.

¡Coño, carajo! Las manos de Juan se elevan, buscando algo que golpear. Se torna rojo oscuro como esos muñequitos en la televisión a los que se les explota la cabeza y, de una, Juan le da un trompón a César en un lado de la cara que lo noquea.

El bajo a orina añeja, la mala yerba creciendo por entre las rendijas, la punzada por la cortada en la mano cuando trató de evitar la caída. Él nunca permitirá que Juan olvide esto.

La gente mira a César como si él hubiera estado buscando problemas.

¡No me vuelvas a pedir nada en tu maldita vida!, César le grita a Juan.

Finalmente, después de haber vivido dos meses y medio en el apartamento de Juan, le he encontrado un lugar a todo en nuestro hogar. Hasta César tiene una esquina designada para todas sus cosas. Aunque últimamente no ha estado viniendo mucho. Quizás encontró una mujer. Quizás se peleó con Juan. Eso explicaría por qué Juan ha estado tan irritable.

Me cepillo el pelo, me lo recojo en un gran moño y empiezo a limpiar. Le echo agua al piso, estriego la madera con una esponja. Mientras lleno la cubeta, me río de pensar en todos los boches que me daba Mamá cuando se me escapaba algo sin limpiar. Restriego satisfactoriamente, perdida en el aroma del jabón de pino en agua. Cuando suena el timbre, el corazón me da un salto hasta la garganta.

I need to get in to check a leak!, el súper grita a través de la puerta.

Bajo ninguna circunstancia, aunque el súper toque a la puerta, debo abrir cuando Juan no está en casa. Si es tan importante, ellos regresarán.

El súper toca otra vez, ahora presiona el timbre hasta que los oídos me retumban.

Tal vez sea una emergencia. Abro la puerta, con la cadenita todavía puesta, y miro. La cara del súper, de un rosado chillón, llena de pecas rojas, del mismo color que su pelo. Sus pantalones, cargando el peso de la correa de herramientas.

Miss, can I come in? We have a problem.

No problema.

Sí, problema. Se apunta a sí mismo con urgencia y luego al interior del apartamento.

Quito la cadenita de la puerta.

Al ver la cubeta, llena de agua de jabón, la levanta y grita, de la misma forma en la que regaña a sus dos nietas cuando andan corriendo por el edificio los fines de semana.

No! No! No! Don't do this!, mueve la cabeza en negación y levanta los brazos.

Yo no soy estúpida, digo. ¿Qué tiene de malo que yo limpie el piso?, entonces le doy un pedazo de papel y le pongo un lapicero en los cortos dedos y de punta cuadrada. Dedos de hombre trabajador.

No water on floor. Water leaks downstairs.

Desde que el súper se va, tomo el gastado diccionario de cuero negro, de español e inglés, del estante: *No agua en piso. Agua gotea abajo.*

Cuando Juan llega de hacer sus muchos deberes, le muestro la nota del súper.

Yo no quiero meternos en problemas, pero ¿cómo se supone que me deshaga de la mugre? Tengo que usar agua.

¿Él vio la cubeta?

Por supuesto, yo estaba limpiando cuando él entró.

Coñazo. Este es el edificio del hospital. Hay una lista de gente esperando para ser inquilinos. ¿Tú sabes lo que yo tuve que hacer para meternos en esa lista para que pudiéramos vivir en un buen edificio con gente decente?

La mente se me acelera. *No, no sé.*

Pero yo solo abrí la puerta pensando que era una verdadera

emergencia. Yo no creo que él nos vaya a dar problemas. Él parece buena gente.

¿Qué significa él parece buena gente?

Suena el teléfono.

Déjalo, dice.

¿Y si es Mamá?

Ana, ustedes me están volviendo loco.

El teléfono continúa sonando. Mamá tiene que hacer magia para llamarnos, digo.

Me arrebata el teléfono de la mano, luego me da un halón de cabello para que yo lo vea a los ojos.

Lo siento, no fue mi intención . . .

Su puño va dirigido a mi cara. Me encojo. Su cara se torna roja como una remolacha y es como si él hubiera estado esperando todo el día para golpear algo, para hacer daño, para gritar. En cambio, me lanza sobre el mueble. Me le resbalo de abajo y me encaramo en su espalda, y mis dedos le aprietan los ojos y se los quieren sacar. Ciego, mueve el cuerpo de un lado para el otro. Yo me sujeto como una garrapata. Él tropieza con la mesita y se encuentra a sí mismo con las manos contra la pared. Yo lo suelto y corro al baño. Pero antes de cerrar la puerta, él me agarra por la cadera y me carga como a una pelota de fútbol, mis piernas pateando, mis brazos golpeando. Me tira en la cama.

Quédate tranquila, una mujer de verdad sabe cómo manejar a un hombre, dice Mamá.

Mejor hacerme la muerta que seguir peleando.

Solo una mujer sabia puede lograr que un hombre vaya del burro al tren.

Una esposa diligente será recompensada a su debido tiempo.

Una piedra bien puesta en el río es capaz de cambiar la corriente.

Juan me sujeta del cuello, su cuerpo pesado sobre el mío me dificulta aún más la respiración. Ningún sonido sale de mi boca. Ojalá sonara el teléfono otra vez, que alguien tocara a la puerta. Se me nublan los ojos, la habitación empieza a dar vueltas, convulsiones por todo el cuerpo, entonces nada, una paz, el final.

Despierto a las cachetadas de Juan, me llama. Su voz se escucha distante, Ana, Ana. Entonces estalla en mis oídos, Ana, despierta. Por favor, despierta.

Cuando toso, cuando abro los ojos, él colapsa sobre la cama y llora sin frenos.

¡Vete al infierno!, lloro con él.

Después de algunos minutos, Juan desaparece en la cocina y se sirve su propia cena. Se sienta en la mesa de la cocina, come, chasquea los labios después de cada bocado. Cuando come empuja la comida, pasa por la lengua y de ahí a la garganta sin siquiera saborearla.

¿Qué tal si me despido de forma dramática (brazos abiertos, un gran salto desde la ventana)? ¿Cómo reaccionaría entonces? ¿Se culparía? ¿Iría a la cárcel?

Entonces Juan lava su propio plato y lo coloca en el escurridor (su forma de pedir disculpas), pero deja todos los calderos destapados. Triste disculpa, si es que es una.

Lo peor ha pasado. Pronto, Juan se va a cambiar de ropa para trabajar en la pista de carreras. En cuarenta y cinco minutos sus amigos van a darle una bola a Yonkers.

Yo voy a lavar medias. Estrego y estrego, sin mirar al espejo, con miedo de ver si las manos de Juan me han amoratado el pecho.

¿Ana?

Juan aparece en la puerta. Lleva el sombrero de charro mexicano que colgamos en la pared de decoración. Terriblemente patético.

Ven acá, pajarita.

Sus brazos levantados, extendidos. Sus labios se encorvan en las esquinas, como si pidieran perdón. En la voz más suave de las voces rotas, canta:

Ese lunar que tienes,
Cielito lindo
Junto a la boca,

Niego con la cabeza. Una canción no nos va a componer. No importa cuán bella sea su voz.

Ay, ay, ay, ay, canta y no llores

Vete. Ya vete.

Cielito lindo los corazones

Se me acerca y presiona mi cabeza contra su pecho.

Regresaré derechito a casa esta noche para que podamos estar juntos.

Me levanta el rostro y besa mi frente con suavidad.

Después, veo que no hay marcas en mi cara, nada. Solamente una cortadita en el labio inferior. El cuello un poco enrojecido.

Al día siguiente Juan llega temprano a casa del trabajo. Me encuentra sentada y callada en la mesa.

Yo hablé con el súper, dice.

Volteo la cara. No estoy lista para él. Todavía no.

No tienes que preocuparte, Ana. El agua no hizo muchos daños, solo una mancha que cubrir en el techo del apartamento de abajo.

Una de mis manos abraza el lado de mi cuello que está amoratado. Veo hacia la ventana. Todavía está claro. Por primera vez en mucho tiempo, la gente que se reúne para hablar de la muerte del político se ha ido. Solo queda la policía. Cada día, una mujer con sombrero rojo coloca flores en la entrada para que la gente no olvide lo que le pasó a Mr. X. ¿Una amante? ¿Su esposa, Betty? ¿Mrs. X?

Ana X. Repito en mi cabeza mientras Juan habla que habla.

Los pisos no son de concreto como los de allá, dice. Estos son como una canasta: les echas agua y se les cuela. ¿Me entiendes?

Torpemente se sirve un vaso de whisky. Qué bien. No me ha pedido que se lo sirva. Ni la cena. Bien, porque esposa no está planeando servirle. Hoy no me importa si me tira por la ventana.

Antes de que tú vinieras, aquí había ratones. ¿Sabías? Ellos viven entre el piso y las paredes. Pero tú mantienes todo bien arreglado, exactamente como dijo tu mamá que lo harías.

Juan golpea el piso con el tacón de sus zapatos.

¿Oyes eso? Está hueco. Cada vez que nos movemos, el hombre que vive debajo de nosotros nos escucha. La primera vez que yo vine a Nueva York, no podía dormir porque la gente de arriba salía en estampida de un lado del apartamento para el otro. Me volvían loco. Por eso busqué y busqué un apartamento en el último piso.

Juan me pasa una bolsa de regalo. Cuando no se la cojo, él saca una cajita.

Ábrela.

Yo no quiero que me toque la mano, ni el hombro. En ese momento decido que lo voy a dejar. Si me quedo me va a matar. Mañana, Juan no me va a encontrar sentada en la mesa como un pajarito enjaulado. En La Bodeguita escuché que hay una guagua que sale a diario de la terminal de la calle 179 al aeropuerto JFK. Son solo doce esquinas de distancia. Entonces, tres horas en un avión a Santo Domingo.

Tu mamá me lo dijo, Tú nunca vas a conocer a otra chica como Ana. Ella tiene el corazón del tamaño de una sandía. Y tú te sonrojaste. Estaba oscurito, pero tus mejillas, yo vi que estaban rojas. ¿Tú te recuerdas?

No, siempre estaba demasiado oscuro para que Juan si quiera me viera el blanco de los ojos, mucho menos el rosado de las mejillas.

Juan se ríe. Me toma del brazo con inusual caballerosidad. Me acaricia la cara. Me concentro en lo que me voy a llevar. Los quince dólares que están dentro de la muñeca no son suficientes. Hay un sobre en la caja fuerte de Juan; si él todavía no ha guardado el dinero de Antonio en el banco. Yo me sé la combinación, me la dio en caso de que le pasara algo.

Desde el momento en que te vi, Ana, supe que tú eras la mujer para mí. ¡Ábrelo!

Bato la cajita negra y escucho un tintineo que viene de adentro. Él toma la caja y la abre. Sostiene un par de aretes de oro con una piedra transluciente, en forma de una lágrima: ámbar. Los sostengo. Decido que se los daré a Teresa, que sueña con príncipes en caballos llevándosela a un castillo, pero que ante los ojos de Mamá ha fallado por haber escogido a un hombre con el corazón.

¿Tú me amas, Ana?, Juan pregunta.

Me muerdo la lengua y escondo los labios. Me enfoco en las piedras en forma de lágrimas. Aprieto las piernas con fuerza. Le deseo la muerte.

Dime que eres feliz conmigo.

El pecho se me desgarra, una fuente, las lágrimas empapan las mangas de mi suéter. Mi voz, una alarma, se escucha ancha a lo lejos. Quiero irme a casa, digo repetidamente. Me abrazo porque tiemblo como una olla hirviendo.

¡Maldita vaina!, Juan golpea la mesa con las manos, levanta el puño para darle una trompada a la pared, pero se retracta. Toma su abrigo y sale pisoteando, estrallando la puerta a su espalda.

Afuera ya está oscuro. El apartamento también lo está. Todavía no he encendido la lámpara. Toco las piedras, desabrocho los aretes y me los mido. Muevo la cabeza y veo mi reflejo en la pantalla del televisor, iluminado por la luz de la luna. En esta última noche en la ciudad de Nueva York, voy a limpiar todas las ventanas y los espejos, voy a terminar de remendar las camisas de Juan y a planchar el resto de la ropa recién lavada.

Si yo dejo a Juan y regreso a casa, esta es la forma en que Mamá va a prepararlo todo para mi llegada. Sobre la mesa ella va a poner una chancleta plástica, la correa de cuero de Papá, un saco de arroz crudo, una varita, un matamoscas y una percha. Dos cubetas llenas de agua y una barra de jabón nuevecita. Todos van a asistir a mi juicio. Ella me va a hacer escoger un instrumento y yo me rehusaré. Esparcirá el arroz por el suelo y dirá, Arrodíllate. Yo me arrodillaré sin protestar para evitar que ella se enoje más. De todos modos, no sentirá satisfacción. Yo tuve la osadía de tirar a la basura todo su arduo esfuerzo. Yo maté su esperanza. Me crucificará poniéndome a cargar las cubetas de agua mientras me arrodillo en la cama de arroz. Y yo aguantaré la quemazón en los músculos y el dolor en las rodillas. Retrocederé el tiempo y volveremos a ese momento antes de conocer a los hermanos Ruiz. Mi cara de piedra hará que me golpee la espalda, las piernas, los brazos con la chancleta o la correa o la percha. Y con cada golpe, ella sentirá más rabia consigo misma, temerá haber ido demasiado lejos como el día en que Yohnny casi se muere por una de sus pelas. No me dejará morir. Solo me pegará lo suficiente para que no se me olvide de lo que ella es capaz. Y después, Teresa y Yohnny me bajarán de la cruz y me sobarán sábila y Bálsamo de Tigre y me pondrán hielo donde tenga la piel hinchada y me dirán cuán feliz están de que yo esté en casa y preguntarán si les traje algo de Nueva York. Y con fiebre, voy a escuchar a algunos vecinos decir, Ana está fea para la foto; esa niña tiene que aprender que las acciones traen consecuencias. Qué pena, y con un futuro tan brillante delante de ella en Nueva York.

Y por muchas noches escucharé a Mamá lamentarse diciendo que Juan Ruiz no puede ser tan malo y que, si ella estuviera en mis zapatos, se estaría bañando en ríos llenos de oro.

Cojo mis quince dólares de adentro de mi dominicana y setenta y cinco de la caja fuerte. Me pongo toda mi ropa (el vestido de lana debajo de dos camisas y una falda sobre un par de pantalones) en vez de cargar una maleta. El resto, lo llevo en una bolsa de Gimbel que dejó un cliente. A las 8 a.m., salgo camino a la estación de guaguas de la calle 179. El sol ya salió; el aire frío del amanecer presiona contra mis mejillas, aunque estoy sudando como una cebolla estofada debajo de tres capas de ropa.

Nadie me conoce, pero todos parecen conocer a Juan, por lo que mantengo la mirada y la cabeza bajas. La bufanda me roza los moretones en la garganta.

Cierro la puerta del apartamento detrás de mí. Sin las llaves, no puedo regresar nunca. ¡Me fui! Camino tan rápido que casi tropiezo con un niño que iba agarrado de la mano de su madre. Doce cuadras, una avenida hasta la guagua. Si los noventa dólares en mi cartera no son suficientes para un vuelo, voy a rogar para que me dejen montar en el avión. Les puedo mostrar el cuello. Alguien tiene que apiadarse de mí.

Camino y camino, primero subo por Broadway, paso por la entrada del salón de baile, por donde, en unas horas, la mujer de sombrero rojo dejará flores frescas. Un grupo de madres con peluca y falda larga empujan coches del tamaño de carritos de compras cerca de la parada del tren. Más allá del triángulo en la calle 170, donde los árboles se iluminan al anochecer y la gente se sienta a mirar a sus hijos jugar hasta que la noche se impone.

Trato de no mirar a nadie a los ojos, solo los hidrantes de agua, la parada de autobuses, los postes de luz de hierro, las aceras desniveladas, agrietadas en lugares donde hay huellas de manos y suelas de botas. Las palomas comen del suelo húmedo por la reciente lluvia. ¿Será verdad que la alcantarilla alberga al diablo y que si me acerco me chupará? Yo sé que hay ratones. Zigzaguean de un lado de la acera hacia el otro, demasiado rápido para que los transeúntes lo noten, pero yo los he visto muchas noches desde mi ventana, entrando y saliendo de los pies de la gente. Camino y camino. ¿Qué irá a hacer Juan cuando regrese del trabajo? Se va a aparecer con flores o con otra chuchería, a una casa sin cena y sin camisas planchadas que ponerse para trabajar al día siguiente. Le dará un puñetazo a una pared o saldrá a darle un trompón a alguien. Camino y camino. El sudor gotea por mi espalda. Una loca debajo de tres capas de ropa. Pero no me importa. Que la gente piense lo que quiera, yo voy a la guagua, al JFK, al Aeropuerto Internacional Las Américas en Santo Domingo. Una vez allá, le haré saber a Yohnny o a Teresa. Ellos van a encontrar a alguien que me vaya a buscar.

En la terminal, hay guaguas en fila entre Broadway y la avenida Fort Washington. También hay largas filas de personas. Los números me vuelan en la cabeza: siete dólares una vía. Doce dólares ida y vuelta.

En la calle 179 y la avenida Fort Washington, me alejo de la boca del puente, el circular de los carros retumba en la parte superior, y escapo del ruido a través de las puertas de cristal. Con miedo a subirme en las escaleras eléctricas, subo las inmóviles a su lado. Trato de no ver al hombre sucio que duerme en el suelo. Intento no respirar el hedor a orina seca e ignoro a los mendigos. Agarro mi cartera y levanto mi bolsa en el vestíbulo de la terminal, donde la muchedumbre se mueve con determinación y certeza. Letreros por todos lados. Portones, números, luces que pestañean. Siento el corazón en la garganta. ¿Qué estoy haciendo? ¿Me dejará Juan ir alguna vez? ¿Me aceptará Mamá de regreso? Se me tranca la mente.

Una mano se posa en mi hombro. Grito. Esa mano me cubre la boca.

Shuuu, Ana. ¿Tú quieres que me metan preso?

César.

Lo muerdo con fuerza para que me suelte.

Yo me voy para mi casa, digo, dando la vuelta.

César sacude la mano como si le hubiera hecho daño. Oye, qué dientes tienes.

Saca un cigarrillo del bolsillo de su chaqueta. ¿Te vas sin decir adiós?

Tú no paras en la casa, siempre ocupado con todas tus mujeres. Digo en una voz que no reconozco. ¿Por qué estoy coqueteando? ¿Ahora? ¡Y con César!

Cambio el tono de inmediato y pregunto, ¿Por qué no estás en el trabajo?

Hace más de una semana que vino al apartamento. Siempre que le pregunto a Juan dice, No te metas en vainas de familia.

Te estaba buscando, dice César. Cuando me echo para atrás, él se ríe.

¡Tranquila, Ana! Estoy relajando. Iba a tomar una guagüita para juntarme con esta mujer que me va a conseguir un trabajo.

Lo golpeo con ligereza en el pecho. Su chaqueta de cuero está desabotonada.

Te vas a enfermar, digo. ¿No te molesta el frío? Nada de lo que digas o hagas va a evitar que yo regrese a casa.

Empiezo a alejarme, pero él agarra la bolsa y camina hacia la salida de la terminal.

Dame mis cosas. Yo sigo gritando, a rastras detrás de él, más allá de la puerta de cristal y luego una esquina fría tras otra. Finalmente se instala en un banquito sobre una piedra en la calle 175 y Fort Washington. Empuja algunos periódicos del banco mientras yo me detengo a recuperar el aliento.

Ven, César, que yo tengo que tomar una guagua. Por favor.

Pero si tú te vas, ¿quién nos va a atender?

¿Y eso es lo mejor que se te ocurre para convencerme?

De todos modos, me siento a su lado, demasiado cansada para pelear. Últimamente, hasta cuando duermo bien, estoy cansada. Presiona mi cabeza en su camisa con aroma a jabón de cuaba, misma que yo le lavé. Me da palmaditas en la espalda, sobre las capas de vestido, camisa y abrigo.

¿Sabes algo, Ana? Mi primera noche en Nueva York, estaba cagándome del miedo. No pude dormir. El calentador tosía como si hubiera tenido la garganta atorada de pelos. Y había un reguero de gente loca voceando afuera, cerquita de la ventana. En ese momento decidí que tomaría el primer avión de regreso a casa.

Déjame adivinar, te quedaste.

Nunca digas de esa agua no beberé.

Para los hombres es diferente. Ustedes pueden hacer lo que les dé la gana.

Empujo a César y camino hacia la verja de hierro que nos separa del río. Una línea de altos edificios. Los autos en el Hudson Parkway que se acercan suenan como el mar. Un tirar y halar. El canto de los pájaros. Un olor a mierda seca en algún pavimento cercano. A lo lejos, se encuentra el George Washington Bridge. Cuando llegué a Nueva York, el puente se iluminó como una constelación hecha por el hombre. Yo pensaba que el río era delgado, más azul, más parecido al mar. En cambio, es gris y masivo. Un remolcador aparece y luego desaparece. Siento los ojos de César clavándoseme en la espalda.

Lo que sea que haya pasado entre tú y Juan, te prometo que mejorará. Mi hermano puede ser un desgraciado, pero no es un tipo malo.

Tú siempre lo estás defendiendo.

Él también me encojona, pero somos familia. La sangre pesa más que el agua. Aun cuando me enojo con él, recuerdo que, en esta vida de mierda, la familia es todo lo que tenemos.

Por eso yo también quiero regresar a mi casa.

¿Y dar un paso atrás, Ana? ¿Qué futuro tiene ninguno de nosotros allá? Igual que tú, yo quería mandar esta ciudad para el carajo, pero a la mañana siguiente, el sol se derramó dentro de nuestra habitación y Juan me hizo café y me mostró lo linda que se ve New York City durante el día. Caminamos por Downtown hasta el Empire State Building. Carajo, todo era dulce y no salado. King Kong agarrando a una muchacha y golpeándose el pecho.

César se besa los dedos. Coño, qué lindura. En veinticuatro horas yo vi más de lo que había visto en toda mi vida allá.

La idea de tener que volver con Juan hace que el desayuno se me devuelva a la garganta. Me tiro de clavado en un zafacón de basura y vomito, luego me limpio la boca con la manga del abrigo. La cabeza me da vueltas debajo de esta cruda brisa mientras trato de sostenerme de la verja de hierro.

Me ciegan las luces florecientes del hospital. Sobrecogida por el olor a jabón antiséptico.

¿Qué pasó?

La cabeza me palpita. Apenas la puedo levantar. Tiro las piernas hacia un lado de la mesa de metal. César está sentado en una silla a mi lado. Me mira como si yo hubiera muerto y estuviera atestiguando un milagro.

Ana, te desmayaste.

Tengo frío y estoy desnuda debajo de esta fina bata, echo de menos la seguridad de mis múltiples capas de ropa. Frenéticamente, sondeo la pequeña habitación.

Mi cartera. ¡El dinero de Juan!

¿Y mi ropa? ¿Mis cosas?, pregunto.

César se para de la silla sobresaltado y abre un gabinete donde se encuentra mi ropa doblada y apilada en una montañita.

Está bien. Solo estamos tú y yo. ¿Quieres que busque a Juan?

Niego con la cabeza.

¿Cuánto tiempo he estado aquí?

Ni una hora. El doctor dice que debes hacer pipí en este vaso y que, si todo está bien, nos podemos ir a casa.

Me estoy muriendo de hambre. Veo el tazón de paletas sobre el escritorio del doctor, al lado de mi cama, y cojo una amarilla.

De la pared cuelga un dibujo de una jirafa para medir la altura de los niños. Me apeo de la cama y me paro al lado de la jirafa, cinco pies y tres pulgadas.

Oye, duendecilla, los baños están por allí, dice César. La enfermera dijo que dejaras el vaso en el estante que está en el pasillo.

Hago pipí en el vaso y seguido lo llevo al estante blanco. Todos los vasos tienen etiqueta: New York–Presbyterian Morgan Stanley Children's Hospital.

El mío dice: Ana X: fecha de nacimiento desconocida.

Me río aliviada, César sabe que no puede darle mi nombre verdadero a nadie. En el hospital me tienen que atender, aunque yo no tenga dinero. Pongo mi vasito de orina con los demás. Ana X: una mujer sin familia. Tal vez el precio de estar en los Estados Unidos es no tener una familia que te reclame.

El doctor regresa. Su cara, suave como una piedra de agua. Sus pestañas, cejas y pelo blanco hacen que sus ojos azules se vean más luminosos y sus palabras dan vueltas en mis oídos.

If you sign here, you can go home. During pregnancy, fainting is not uncommon, dice el doctor.

Espero a que César traduzca.

Esquius mi . . . plis, eslou, escucho a César decir.

El doctor hace la figura de un globo sobre su estómago.

Me tapo la boca con una mano, me agarro la barriga con la otra. Con una sola vez que pase es suficiente. Una sola vez y el Guardia preñó a Teresa. Ahora todo tiene sentido. Por eso el pudín que me comí por la mañana se me quedó pegado en el pecho. Las tantas veces este mes que he tenido que usar el baño. El agotamiento a mitad del día . . .

¡Felicidades!, el doctor le da una palmadita en la espalda a César y le da un frasco blanco de plástico como si fuera un cigarro y grita, ¡Vitaminas!

Tengo demasiada vergüenza para explicarle al hombre que todavía sangro. No mucho, pero suficiente. ¿Y si algo anda mal?

Sí, ¡bien! ¡Bien!, César le grita en respuesta, todo sonrisas. Me pasa la botellita blanca de plástico. La tomo. No sé si él está emocionado o asustado.

Cuando el doctor se va, César dice, Ahora no te puedes ir a ninguna parte. Vas a tener un bebé americano.

Un bebé americano, repito. Eso es lo que Mamá quiere. Lo que Juan quiere. Un bebé de sangre azul, oh, cuánto deseo que mi familia estuviera aquí para poder darle la noticia. Mi mente y mi corazón, una montaña rusa. Un minuto estoy lista para marcharme y el otro volando de alegría y miedo. ¡Un bebé! Para amarlo, para que me acompañe, sí, pero con un bebé no habrá forma de que Juan me deje regresar a mi casa y quedarme allá. ¿Y si nunca vuelvo a ver mi casa en Los Guayacanes? Estallo en llanto.

Deberías estar feliz, dice César, y me tira el brazo sobre los hombros y me aprieta con fuerza y en ese hospital, como nunca antes, me siento como una niña que necesita que la consuelen.

Caminamos de regreso al apartamento, ambos demasiado hambrientos para hablar. Él carga mi bolsa. Ensarto mi brazo en el suyo. El sol brilla sobre nosotros. El viento levanta los vasos de papel de los zafacones de basura de la esquina. Yo quiero gritar, cantar, dar vueltas, reír a carcajadas. ¡Voy a tener un bebé! Y, como si César pudiera leer mis pensamientos, me arrastra hacia el otro lado de la calle, al parque de las palomas que está frente al Audubon Ballroom. Todavía cargando mi bolsa, se sube a la gran roca que usan los niños en el invierno para deslizarse y, ya en la cima, se golpea el delgado pecho con las manos y dice mi nombre, ¡A-a-a-na-na-na!, se sacude y asusta la legión de palomas. Ellas se elevan hacia el cielo, bloqueando el sol. No tengo más remedio que esquivar la mierda de paloma que cae y correr junto a él para encontrar refugio bajo el toldo del cine, al lado del monumento Malcolm X.

¿Te cagaron?, pregunta.

Me examino el vestido y el pelo.

No, ¿y a ti?

Eso es buena suerte.

Yo creo que es todo lo contrario.

Coge un clavel rojo del monumento y me lo da.

No puedes hacer eso, César.

Huelo la flor antes de depositarla en el suelo con las otras.

A él no le va a importar, está muerto.

Un altar es un altar aquí y dondequiera.

¿Todavía quieres tomar ese avión de regreso?, pregunta.

No le digas a Juan que estoy embarazada.

¿Qué? Juan va a ser el hombre más feliz del mundo.

Tengo esta urgencia de sembrar mi cabeza en su pecho, sentir sus brazos a mi alrededor. Meto una mano en el bolsillo de su abrigo y saco su llavero, luego avanzo hacia el otro lado de la calle, en dirección al apartamento. Los semáforos cambian, dándome tiempo de cruzar, pero dejando a César clavado del otro lado de la calle, detrás del tráfico en movimiento. Él se echa a correr sin moverse de lugar, haciéndole seña a los vehículos para que sigan su paso.

Llego a la puerta del edificio y agito las llaves del apartamento en el aire. Me duelen las mejillas de tanto sonreír.

TERCERA PARTE

Juan espera que yo le prepare la ropa de trabajo. Han pasado tres días desde que intenté dejarlo. Desde entonces, lo he ignorado. Una bofetada es una cosa, una abolladura en la pared es otra, ¿pero ahorcarme? Pudo haberme matado. Oh, y deja que se entere que estoy embarazada. ¿Qué tan mal se sentirá entonces? ¿Por cuánto tiempo podré mantener este bebé para mi sola? César no es el mejor guardando secretos.

Me subo a la cama y me retoco las uñas de los pies. Las manos me tiemblan, haciéndome embarrar esmalte rojo en las cutículas, anticipando sus gritos, su puño, su cualquier cosa. Pero hoy, él es un océano sin olas. Quizás porque sabe que ha ido demasiado lejos. Otra vez.

¿Dónde está mi traje?, pregunta, casi cortésmente. Deja el relajo y sácame una corbata. No puedo llegar tarde.

Miro hacia fuera a través de la ventana. Después de semanas con un clima primaveral, la ciudad de Nueva York está congelada. Hay témpanos de hielo colgando de los bordes de las ventanas. Aun así, una creciente multitud se acumula frente al edificio de Audubon sosteniendo carteles, y se extiende hasta el parque donde se reúnen las palomas, hacia la entrada de la estación de tren.

Malditos salvajes, dice Juan para llenar el silencio, tratando de tumbar nuestro gobierno.

Al darme cuenta de que se refiere a los numerosos políticos de allá, me alejo de la ventana.

Podríamos perderlo todo, si la República Dominicana se va

a la guerra. Todavía no tenemos el título de propiedad de la tierrita.

Saco una corbata a rayas con diferentes tonos de azul y se la paso, cometiendo el error de pensar en voz alta. Papá dice, preocúpate cuando llegue el momento de hacerlo.

Por eso es tan pobre como un ratón.

Juan saca un dólar doblado de su bolsillo y se lo pega a la nariz.

Yo creo en esto, me dice. La forma en que mira el dinero, como un niño ve un dulce, me apena. Me voy a colar el café.

Una mujer va a venir a dejarme un dinero que me debe, vocea desde la habitación.

¿Una mujer?

Sí. Yo le presté cien dólares. Ella se llama Marisela. Como colateral, me dio su anillo de matrimonio. Está en la caja fuerte. Todas las semanas, por seis semanas, ella me va a pagar veinticinco dólares. El dinero más fácil que me voy a ganar.

¿Quieres el café con leche?

Por lo general se toma el café negro con un montón de azúcar, pero yo siempre pregunto. Si no lo hago, él me dice vaga. Porque ¿qué tipo de esposa no se va a molestar en hervirle la leche a su marido?

Ana, no encuentro mi correa.

Dejo el café para sacarle la correa a los pantalones que se puso la noche anterior. Cuelgan de la silla en la sala y huelen a grasa de pollo y a caballo. No me molesta el olor. Me recuerda Los Guayacanes, a caballos holgazanes pastando cerca de la casa mientras frío masa en el anafe. El olor también significa que Juan tiene dinero extra en los bolsillos después de las carreras, después de haberles servido en sus garitas a los dueños de los caballos, que dan mucha propina. Pero lo que encuentro dentro de los pantalones es un papel doblado (¿una carta?) que guardo en el bolsillo de mi falda.

Vestido, Juan parece importante: un americano exitoso. No el carajito que una vez vendió paletas descalzo por la calle. Lo veo terminarse el café, de pie. Lo veo ponerse un abrigo de tweed. Se envuelve en el cuello la bufanda roja impregnada de un perfume de mujer.

Pórtate bien, pajarita.

Me toma de la cintura y me aplasta los labios con la boca. Me da tres cachetadas ligeras, como lo haría con las nalguitas de un bebé.

Finalmente estás cogiendo libras, pajarita. No me atraen las mujeres flacas a las que puedo quebrar como a una ramita.

Cierro la puerta a su espalda. Cuando Juan se va, una calma tangible sobrecoge el apartamento y también a mí. Desde la ventana, lo veo caminar rápidamente a través del gentío, grueso como una pila de hormigas. La gente marcha con flores, fotos de Malcolm X y pancartas.

BLACK AND WHITE TOGETHER!
JUSTICE!
GONE TOO SOON!

Juan mantiene la cabeza baja cuando pasa por el frente de la policía. Dentro del apartamento, es un toro. En la calle, se ve pequeño, vulnerable, incluso asustado. Como si yo lo pudiera mandar a volar como a una mota de polvo.

Hasta la carta huele a boñiga de caballo.

Querida Caridad,

Por favor perdóname. Yo estoy desesperado por estar contigo, pero la situación es complicada. Hay momentos en la vida de un hombre en los que tiene que sacrificarse por el bien de su familia. Tú sabes eso más que nadie, con tu esposo en la guerra, sin saber si va a regresar. Y ahora con lo de Vietnam.

Tú me pides que me vaya contigo, pero yo no puedo simplemente dejar a A sola. Ella no conoce a nadie. Su familia me la confió. Ella es mi responsabilidad. Tú no tienes idea de lo difícil que esto ha sido para mí.

Cari, mi vida, mi corazón. Dios, te extraño, o tal vez es mejor decir que, con la distancia, te recuerdo, toda tú, la forma en que los labios se te enroscan para formar un signo de interrogación, siempre sospechando que ando en algo malo. Tus ojos tan brillantes, siempre cristalinos y curiosos. Dios, el olor de tu piel, su suavidad. La manera en el que tu cuerpo desnudo se siente junto al mío. La forma en que la luz entra hasta tu cama por las mañanas. ¿Y cómo es que siempre, siempre, despiertas tan hermosa?

Te amo. Te amo,
Tu Juancho

A través del ojo de la puerta veo a Marisela en el pasillo mirándose en su espejito compacto. Una cara perfecta: ojos de gato, nariz fina, labios delineados de color rosa. Su pelo lacio tan bien portado, las puntas para arriba en un gran rizo. Cuando abro la puerta, puedo ver el esquema completo: abrigo, cartera y botas del color de las esmeraldas. Con una cabeza más alta que yo, es un anuncio de la mujer más feliz del mundo.

Marisela me besa en ambas mejillas al saludarme.

Entonces, ¿tú eres Anita, la esposa de Juan?

Asiento, una idiota con la boca abierta, simple y con la contextura de un carajito. Yo soy la niña que no conoce a nadie. Ahora soy Anita, o simplemente A, una gran responsabilidad para Juan, incapaz de tener mis propios amigos, mi propia vida.

¿Te comieron la lengua los ratones, Anita?, Marisela se invita ella misma a pasar.

Sus cejas finas se levantan al examinar, primero a mí y luego el apartamento. He acolchado las almohadas, desempolvé el gran espejo que está sobre el sofá. El sol entra en la habitación a través de las ventanas libres de polvo. El apartamento se ve simple con ella dentro.

¿Desea tomar café?, pregunto, y luego me arrepiento. Nunca preguntes, solo sirve, Mamá suele decir.

Huele rico aquí. ¿Es hora del almuerzo?

Es la cena de Juan, digo demasiado rápido. La preparo temprano porque él pasa por aquí entre un trabajo y otro. Pero, por favor, siéntese. Hay suficiente para todos.

Asiente y se quita el abrigo. No hay por qué decirle que, para almorzar, por lo general me como una lata de Chef Boyardee. La pasta es tan suave y blandita, que parece que la hubieran hecho para gente sin dientes.

Marisela es la primera visita mujer que tengo desde que llegué a Nueva York. Por eso pongo la mesa y uso los mejores platos. Incluso su voz aterciopelada pertenece en la radio. Tarareo mientras caliento el aceite de maíz para freír el último plátano que queda en la nevera. Gracias a Santa Altagracia por mi buen juicio y haber hecho moro de guandules y carne de res desmenuzada. No siempre preparo una comida completa.

Eres una dulzura, dice. Me recuerdas a mi hermana. Con el dinero que Juan me prestó, le compré un vuelo para que venga a New York. Desde que llegue aquí va a conseguir un trabajo, pero también va a estudiar. La ignorancia es lo peor que hay en el mundo, especialmente para una mujer. ¿No crees?

Yo también quiero ir a la escuela, digo.

Deberías ir a esas clases de inglés que ofrecen gratis en la rectoría, ahí abajo en la calle 165, al lado de la entrada de la iglesia. Así puedes conseguir tu GED. Todos necesitan por lo menos un GED.

¿Un GED?

¿Cuántos años tienes, dieciocho? ¿Diecinueve?, pregunta Marisela.

Quince.

¡Oh!, ella me ve como si fuera la primera vez que lo hiciera, luego se pone a mirar sus uñas, largas y de manicura.

Yo tuve quince, hace quince años. Imagínate eso. Y ya tú estás casada. ¿Tú gente está contenta por ti?

Sí. Ellos están contentos.

Yo fui una de las primeras en venir aquí en el 61. Lloraba, pidiéndole a mi esposo que me mandara de regreso a casa, ¿pero qué vida tenemos allá? No es fácil para nuestra gente en esta ciudad. La única razón por la que me llaman de casa es por dinero. Tengo las manos destruidas de tanto limpiarles a otras personas. Mira lo resecas que están. ¿Tú tienes crema?

Me muestra sus manos. Por el aspecto de las palmas de Marisela, llenas de líneas oscuras, Teresa diría que es una mujer que ha vivido muchas vidas, una persona de quien aprender.

Avergonzada le digo que no tengo crema de manos. Cada vez que trato de comprar una, Juan me apura, por eso uso aceite de cocinar en la piel. Marisela sonríe como que sabe.

Oh, la buscas después, cuando termines de preparar el almuerzo.

¿Limpiar casas paga bien?

Mejor que trabajar en una factoría. Yo soy la mejor sirvienta que vas a conocer. Limpio oficinas por las noches, Downtown. Esa es la mejor parte. El trabajo duro es durante el día, pero paga el doble. Yo trabajo para dos mujeres. Una tiene dos bebés, y la casa es un solo reguero. Y te das cuenta de que ella no levanta un dedo cuando yo no estoy allá porque cuando llego, la comida está pegada en los platos. La nevera es un desastre, especialmente después del fin de semana. Y las gringas siempre se quejan. María, por favor no te olvides de limpiar debajo del mueble y de las camas. Oh, recuerda lavar las ventanas, ya hace mucho que no lo haces.

Me río cuando Marisela imita a sus jefas levantando el meñique y retorciendo la nariz.

Y me vuelven loca cuando reciben visita y se sientan a tomarse su té y a verme trabajar (o peor, cuando se me paran detrás a ver si estoy haciendo bien mi trabajo). Si tienen tanto tiempo para observarme, ¿por qué no limpian su casa ellas mismas?

Me río tanto que me duele el estómago.

María, porque así me llaman (no importa cuántas veces les he dicho que es Ma-ri-se-la), ¿te importaría preparar un poco de café? Me gusta más cuando tú lo haces. Y ay, Anita, esas mujeres actúan como si fueran las primeras en tener un bebé. Los cargan como si fueran un plato con agua, con un solo miedo de dejarlos caer. Se deshacen por cualquier pequeñez.

Me doblo sobre el fregadero y casi se me salen los pipís de la risa. ¿Qué clase de mujer no sabe cómo cargar a un bebé?

María, el bebé no para de llorar. María, por favor tómalo, ¡tómalo!

Marisela se para y me extiende los brazos, y agarra uno de mis platos finos como si fuera un bebé hediondo.

Ay, ay, ay, estas gringas no tienen que trabajar, no tienen que limpiar sus propias casas y cuando los bebés lloran no saben cómo hacerlos que paren. Una de las mujeres quiere que le trabaje tiempo completo. Pero esa es la más loca y yo solo puedo ir a su casa en dosis moderadas. Si solo supieran cómo es mi vida. Yo tengo dos niñas viviendo en casa de mi mamá en Puerto Plata. Hace dos años que no puedo ir a verlas. Si tan solo yo tuviera un hombre rico que me mantuviera para poder quedarme en casa y cuidar a mis hijas.

Marisela hace una pausa para tomar un poco de agua antes de lanzarse de nuevo a su diatriba.

María, ¿dejaste que se quemara el café? María, la próxima vez, echa el agua *sobre* la bolsa de té, esa es la forma correcta de hacerlo. María, acuérdate de . . . Ay, mi niña, me muerdo la lengua porque si pudiera hablar, Váyase a hacer algo con su vida. O deme un día libre para yo hacer algo con la mía.

Los plátanos están listos. Le sirvo a Marisela un buen poco de arroz con guandules. No puedo parar de mirarla y ver a Juanita, a Betty, a Teresa, a todas nosotras, riéndonos y chismeando en la mesa de la cocina.

Estoy loca por empezar a trabajar, digo.

No. No. No seas como esas gringas que no saben la buena vida que llevan. Tú tendrías que trabajar doblemente, afuera y en la casa. ¿Y el frío allá afuera? El simple hecho de caminar hasta el tren me mata.

Marisela se soba la cara y bate los brazos, anticipando el frío.

Ay, Anita, yo me paso los días mirando ese reloj. Ay, cómo me encantaría estar en casa.

Imagino el apartamento de Marisela siendo mucho más bonito que el nuestro, que es tan insignificante y desperdigado. Juan no quiere gastar en más cortinas, sábanas ni manteles. Apuesto a que el de ella está lleno de cuadros en marcos dorados. Candelabros. Camas con dosel. Tazones de cristal. Mantelitos por todas partes.

Ay, mi casa es un verdadero santuario. Cuando vengas a visitarme un día vas a ver qué bonita es. Una mujer se define por su casa.

Trato de esconder mi emoción tras la invitación. Será maravilloso tener a una amiga a quien visitar.

Marisela saborea la carne de res guisada, mientras yo cojo pequeños, pequeñísimos bocados para asegurarme de que quede suficiente para Juan. Rezo para que ella no pida más.

¡Tú eres divina! Un regalo. Si yo cocinara así de bueno, mi esposo me haría un desfile.

Ella se ríe y yo me río también.

Ella se come toda la comida de su plato, luego mira el reloj.

Tengo que irme. Mi turno de esta noche empieza en dos horas. El tiempo suficiente para cambiarme, preparar la cena para más tarde, e irme al trabajo.

Saca un esmalte de uñas rosado de su cartera.

Toma, un regalito.

Lo tomo, deleitada. El mismo color que ella lleva.

Veo sus dedos abotonar su abrigo luego saca del bolsillo un gorro de punto negro con un ribete esmeralda. Se lo ajusta para que le cubra parte de la cara.

¡No te vayas!, le quiero decir mientras nos abrazamos y mi nariz roza la longitud de su cuello. Su perfume floral se queda conmigo.

Mantengo la puerta abierta hasta que Marisela está dentro del ascensor. Ella saca la cabeza y grita: ¡Solo tengo que llegar al tren! ¡Deséame suerte!

Momentos después de cerrar la puerta, ella toca otra vez.

Lo siento, Anita, ¡soy yo otra vez!

Cuando abro, posa los veinticinco dólares que le debe a Juan en la palma de mi mano y luego la cierra formando un puño.

Mamá no cree que las mujeres puedan ser amigas. Pero Marisela es distinta. Y yo ahora soy una chica de ciudad.

Me pruebo algunas de mis ropas más elegantes para estar lista cuando Marisela me invite. Tengo unos pares de zapatos con los tacones gastados que eran de una vecina que murió recientemente. Ve a ver si algo de eso sirve, dijo Juan, y aunque la ropa no se ve nada especial, me ajusta bien.

Del armario de Juan, también me pruebo una de sus camisas relucientemente blancas. El dobladillo me llega las rodillas. Su ropa huele a lana húmeda y al perfume de Caridad: ¿Rosas? ¿Lirios? ¿Vainilla? Me miro en un espejo, luego en otro. El apartamento está lleno de espejos pegados a las puertas de los armarios.

Me tiro un beso a mí misma, posando como la foto de Marilyn Monroe. Me descubro los hombros y muevo las caderas. Dejo que la camisa caiga al piso e imagino a Gabriel viéndome los senos. Ahora están más grandes que cuando llegué.

Nado dentro de la chaqueta del traje de Juan. De un bolsillo, saco uno de sus pañuelos y finjo estornudar tan alto como lo hace él, cuyo estornudo de cuerpo entero hace vibrar los vasos en el estante.

Se puede decir mucho de la manera en la que un hombre estornuda. Ja, ja, ja.

Me tiro en el sofá, pies al aire.

Ana, ¡tráeme un trago! ¡Avanza! ¿Dónde está mi cena? ¿Por qué te tardas tanto? ¡Ana! ¡Ana! ¡Ana!

Oh, Juan, ¡busca tú mismo tu estúpido trago!, le digo al sombrero sobre la mesa y lanzo una carcajada.

Cruzo las piernas como una estrella de cine y fumo un cigarrillo de aire, como mi madre sentada en la acera de la casa de Carmela. Cuando inhala, ella se ilumina, sus ojos, su sonrisa, y veo a la mujer que una vez tuvo que protegerse de muchos pretendientes (antes de casarse y tener hijos, antes de cuidar la finca, o mantener nuestra familia unida).

Exhalo una bocanada de nada. Mis manos bailan en el aire, imitando el flamenco bailarín del programa del mediodía en la televisión.

Meto las manos dentro de los bolsillos de su traje. *¡Los hombres necesitan tantos bolsillos para guardar sus cosas!* Dentro: un recibo doblado de la pista de caballos donde Juan trabaja. Desdoblado: un número de teléfono, una huella de sus labios en un rojo desvaído.

La respiración hace un tiempo que no llama. ¿Tal vez todavía no ha perdonado a Juan?

Cari. Caridad. Mascullo los nombres y me los trago. Se me revuelve el estómago. Copio el número en mi cuaderno. Doblo el recibo y me aseguro de que la puerta principal esté cerrada. En el baño (la única habitación en la que tengo privacidad) me siento en el inodoro para ver los números con cuidado, la forma en que escribe Cari, como Juan le dice de cariño. Los bordes del papel están desgastados, la letra suelta y grande.

Trato de imaginar su cara, su pelo, su boca, la talla de su cuerpo. ¿Alta con las tetas como dos melones? ¿El pelo largo ondulado como un sunami inundando su espalda?

Caridad. Caridad. Caridad. Enrollo su nombre en mi lengua.

Tal vez Caridad también se sienta sola. Pero, por lo menos, ella sí es verdaderamente amada por Juan. ¿Por qué no me fugué contigo, Gabriel, con tus tiernos ojos y labios de almohada? Los muslos me tiemblan por el repentino y urgente deseo de regresar en el tiempo, saltar en aquella piscina y tener sus manos en la parte baja de mi espalda mientras yo floto. Ese día, bajo el sol, fue totalmente nuestro. Gabriel y yo teníamos todas las llaves de todos los candados. No se lo digas a nadie, dijo acerca de la casa secreta. No se lo digas a nadie, decía Teresa cada vez que se escapaba.

Ana X, la poseedora de secretos.

Ahora puedo llamarla y respirar en su oído.

Caridad y Juan finalmente se reconcilian. Encuentro las pistas en su ropa, en los recibos y en sus contradicciones. Deduzco que Juan ve a Caridad entre trabajos y que se mete en su cama al final de la jornada. Cómo, a veces, se queda dormido accidentalmente, sin que se den cuenta sus hijos, que duermen en la otra habitación. Cuando finalmente comienza a llamar de nuevo, escucho sus conversaciones desde el teléfono de la cocina, él encerrado en la habitación, en el teléfono junto a la cama.

¿Y por qué yo, Caridad?

¿A qué te refieres?

De los cientos de hombres parados en el frío buscando trabajo, tú me escogiste a mí.

Parecías el tipo de hombre que no iba a hacer demasiadas preguntas.

¿Y yo soy tu primer hombre de la fila?

¿Eso importa? Ya casi nunca cantas. Me encanta cuando lo haces.

¿Y de qué se supone que cante?

Ay, Juancho, ¿por qué ya no me miras como antes?

Juan no mirará, no mientras su cuerpo esté completamente abierto. Los brazos sobre su cabeza, palmas hacia arriba. Juan voltea la foto en la mesita de noche del esposo de Caridad, que se encuentra en Vietnam y escribe cartas para decir: Espérame. Dile a mis hijos que los amo.

¿Tu esposa sabe de mí?, Caridad le pregunta a Juan.

¿Estás loca?

¿Todavía me amas?

Juan sigue diciendo que le duele el pecho, pero es porque sigue conteniendo el aliento.

Porque quiero contarle todo, la próxima vez que Marisela viene, suelto la lengua al momento de abrir la puerta. Estoy embarazada.

Qué felicidad, dice, cruzando como un rayo por la puerta, tirándome el abrigo en los brazos, dándome un pintalabios rosado escarchado que saca de su cartera, todo en un solo movimiento.

Bienvenida, Anita, al club de las madres. Solo nosotras sabemos lo que es cargar con otro ser humano. Al principio es del tamaño de una arveja, luego de una uva, una manzana, un aguacate y entonces tan grande como una lechosa. Y pensar que algo tan grande proviene de algo tan pequeño. Cuando tuve a mi primera hija, ay, pensé que me mataría, pero pujé y pujé, lista para morir por mi bebé a quien ya amaba como nunca había amado nada antes. Estar parada entre la vida y la muerte es extraordinario. Ya verás. Ya verás.

Ya veremos, digo con una risa quieta, ya veremos.

Yo no había pensado en la realidad del parto. En su amplitud y en mi pequeñez. El inevitable dolor.

Tienes mucha suerte, dice, acariciándome la mejilla. Tu hijo va a nacer aquí, en Estados Unidos. Debemos celebrar.

Marisela enciende el radio y busca una estación que toque merengue. Me toma la mano y mueve las caderas al ritmo de la música, me tira para la derecha y para la izquierda.

Mueve esas nalgas, ¡mueve esas caderas! Canta. ¡Enséñame de dónde vienes!

Trato de desamarrar las caderas, de soltarme. La mano de Marisela cae para agarrar la mía; entonces, con gentileza me empuja para darme una vuelta y luego otra y de regreso frente a ella, ambas de cara al espejo en la pared.

Mira esa cara, le dice a mi reflejo. Esos grandes ojos que tienes, tan sabios. Saben más de lo que tú quieres admitir, incluso a ti misma. Esa estructura de tu rostro y la nariz de una diosa griega.

Si fuéramos caballos, Marisela se quedaría a mi lado por once meses hasta que el bebé naciera. Todos los caballos en nuestra finca tienen una compañera.

Solo recuerda, dice Marisela, las mujeres lo deciden todo. Mi esposo no quería que mi hermana viniera, pero ella ya viene de camino. Y vamos a abrir un salón de belleza. No muy grande, algo manejable. Y la gente va a venir de todas partes de la ciudad, porque nadie sabe pasar blower como nosotras las dominicanas. Quién sabe, quizá tu hermana pueda venir a New York y trabajar para mí. ¿Eso no sería maravilloso? Y tú nos puedes llevar comida. Te pagaríamos, por supuesto.

Sería bueno poder ganarme mi propio dinero.

Veo la hora, 2:10. Marisela se va a tener que ir en unos minutos para ir a trabajar.

No te preocupes. La próxima vez que venga, te voy a cortar el pelo. El mar mataría por esas olas. Un buen corte va a ayudarlo a que baje en cascada. Incluso el mar necesita una playa.

Se apunta a sí misma: ¿Tú crees que todo esto viene por sí solo?

Marisela, ¿te puedo pedir un favor?

Sí, cualquier cosa. Somos comadres.

No le digas a Juan lo del bebé. Quiero darle una sorpresa.

Ay, hermana, querida hermana. Tu secreto está a salvo conmigo.

No era mi intención quedarme dormida. Incluso después de varias tazas de café, mi cuerpo se hizo pesado y los huesos se me enfriaron. La televisión era solo líneas. No más programación por hoy.

Juan irrumpe en el apartamento y enciende las luces del techo. Doy un salto y me quedo sentada.

¡Coño! ¡Cabrones! ¡Idiotas!, murmura. Patea una silla a su paso.

¿Qué sucede ahora? ¿Pasó algo en el hipódromo, donde a veces está tan ocupado que ni siquiera le dan sus quince minutos de descanso, o le permiten ir al baño, donde puede reposar los pies y fumarse un cigarrillo? ¿Peleó otra vez con César, que ya casi nunca viene? ¿O es Caridad?

Ara su camino hacia la cocina.

Me doy cuenta de que no he limpiado el plato plástico que dejo para las palomas. ¿Qué pasaría si llegara a ver el arroz desperdiciado en las palomas? ¿Y si fue que Marisela o César le dijeron del bebé?

Lo sigo.

Ve, siéntate, le digo. Déjame calentarte la comida.

Bajo la brillante luz de la cocina, puedo notar que ha estado tomando. La nariz y los cachetes sonrojados. Los ojos caídos, y esto lo hace ver triste. Él toma la tapa del caldero y con los dedos saca un puñado de arroz blanco y se lo mete a la boca.

No tengo hambre, dice.

Desde la escalera de incendio, el plato refleja la luz de la luna y me muevo para bloquearlo de su vista. La corriente fría de la ventana ligeramente abierta me hiela la espalda.

¡Qué frío hace aquí!

Cuando no me muevo lo suficientemente rápido para cerrar la ventana, Juan me empuja para un lado. Hace una pausa, entonces abre la ventana, toma el plato y lo tira en el suelo. El arroz se esparce a través de las losetas de la cocina y los pisos de madera de la sala.

¿Tú le estás dando comida a las palomas otra vez?

No, yo . . .

¡No me mientas!

No, digo. Quise decir sí.

Corro hacia la sala, me vuelvo un ovillo sobre el suelo y giro el cuerpo hacia una pared para protegerme la barriga, como he visto en la televisión a los manifestantes en las marchas.

¿Qué mierda te pasa a ti?, dice, casi para sí mismo. ¿Tú crees que yo soy un maldito monstruo?

Vamos a tener un bebé, estoy a punto de gritar. Pero cuando volteo para verlo, él está parado allí mirándome sin poder creer lo que está viendo. Con las manos me protejo la cara, el cuerpo me tiembla. Los granos de arroz me pinchan las piernas y los brazos.

Juan se va a la habitación. Yo me levanto del suelo, limpio el reguero, guardo la comida. La paloma Teresa, la que tiene las alas rosadas y verdes, picotea en la ventana, acechándome.

Shuuu. Susurro. ¿Qué haces aquí tan tarde?

Debiste haber ido a la playa con nosotros, Ana. Debiste haber corrido cuando tuviste la oportunidad.

Ella picotea, picotea, picotea. Infla su cuerpo y eleva las alas. Vuela, Ana, vuela.

Yo extiendo los brazos y me empino y alargo el cuello.

Cuando no me puedo subir la cremallera del vestido, Juan dice, Vamos a El Basement.

¿En serio?, digo emocionada. ¿El Basement?

El Basement lo administran Giselle y Gino. Es donde Marisela dice que compra mucha de su ropa de marca.

Date rápido, antes de que cambie de opinión. Entonces Juan eleva su índice. Solo puedes comprar un vestido. Nada más. ¿Tú me estás oyendo?

Juan tiene una forma de chuparle el aire a una goma.

Caminamos hacia el callejón que queda detrás del edificio, luego entramos por una puerta lateral y continuamos a través de un pasillo estrecho, pasando ladrillos recién pintados. Aguanto la respiración, temerosa de sentir náuseas por el hedor de la basura acumulada detrás de las grandes puertas de metal: comida podrida, ratas muertas, pintura seca. Me agacho para evitar que las bombillas desnudas que iluminan el pasillo sin ventanas me golpeen de frente.

Pasamos unas cuantas puertas más antes de llegar a una con un timbre. Gino responde, nos invita a pasar y veo a Giselle con el pelo teñido de naranja, organizando cajas.

Frente a ellos, Juan dice, Ana, puedes coger lo que quieras.

Oh, yo solamente quiero un vestido, digo, aunque en verdad quiero todo lo que he visto en el anaquel que hay de pared a pared.

Giselle me mira de arriba abajo, arquea una ceja, y regresa a desempacar una caja que se cayó recientemente de un camión.

Pero Juan continúa el espectáculo. Ana, dice, puedes coger lo que desees. Me pega un beso en la frente como mandándome a empezar la carrera.

Miro entre los estantes, atestados de ropa, cubierta con un plástico transparente. Etiquetas de tiendas cuelgan de las mangas. Escucho a Juan y a Gino mientras hablan del potencial presidente dominicano, Joaquín Balaguer.

Es posible que pueda poner el país en orden otra vez.

Mejor un malo conocido.

Pero, ¿y qué tal este tipo, Caamaño, supuestamente en confabulaciones con Fidel?

Las rodillas me chocan de la emoción. ¡Qué sedosos son los suéteres! ¡Y los hilos cruzados en las chaquetas de los trajes, el pelaje suave en los cuellos de los abrigos! Mantengo las manos entrelazadas para controlarme.

Por qué no te muestro algunas de mis prendas favoritas, dice Giselle, cuando me ve contemplando una cartera tachonada en lentejuelas color esmeralda.

Por favor, digo. Mirar no cuesta nada.

Yo hasta tengo los zapatos que van con esa cartera, dice, listos para pasarla bien.

Juan da golpecitos con los pies mientras yo avanzo a tocar cuidadosamente las pilas de suéteres de diferentes colores con botones sobre las mesas. Entonces Giselle me convence de que me pruebe numerosos vestidos, con abrigos que hacen juego. Luego busco mi talla en las cajas de zapatos apiladas al azar desde el suelo hasta el techo.

Pajarita, yo tengo que irme a trabajar, dice Juan con una sonrisa forzada.

Un minuto más.

Mira cómo te consiente, dice Giselle.

Oh, sí, Juan es muy especial, digo, y le devuelvo la sonrisa a Juan.

Me pongo y me quito ropa detrás de una sábana rasgada que cuelga de un cordón en una esquina. Todos los vestidos son demasiado grandes alrededor de los hombros y me tiran del vientre y las caderas. El embarazo se ha vuelto cada vez más difícil de ocultar.

Finalmente escojo un vestido azul marino, de una línea, a la altura de los muslos.

Pruébate el abrigo que le combina, dice Giselle y me muestra un par de tacones de charol de una pulgada con grandes broches. El abrigo de algodón resulta ser dos dedos más largo que el vestido. Los zapatos un poco grandes, pero perfectos para cuando se me hinchen los pies. La cartera a cuadros azul y crema tiene una hebilla de charol. Me miro en el largo espejo apoyado contra una pila de cajas de zapatos.

¡Wao! ¡Una verdadera modelo!, Giselle le grita a Juan.

Qué feliz se pondría Mamá si viera a la mujer reflejada en el espejo. Hecha y derecha.

Juan asiente. ¿Ya nos podemos ir?

Exige. Exige. Exige.

Entonces, sin andarme con rodeos, le devuelvo la afirmación a Juan y digo, Sí, lo quiero todo.

Juan espera hasta que estemos fuera del alcance de los oídos de Gino y Giselle. Me toma de la muñeca. Dejo caer la bolsa con las compras.

¡Yo te dije un vestido! ¡Un vestido! ¿Tú te crees que yo estoy hecho de cuarto?

No me espanto. Me quedo mirándolo fijamente.

Atrévete, le digo, sabiendo que es demasiado orgulloso para hacerme cualquier cosa donde lo puedan ver.

Deja que lleguemos a la casa. Vas a lamentar esa boquita tuya.

Una pequeña intoxicación nunca ha matado a nadie.

Por eso, salgo a la escalera de incendios, me siento en los escalones, y espero a mis palomas. Agarro a Betty porque ella siempre está molestando a Juanita. La aprisiono con ambas manos. Me vuelvo a meter al apartamento. Ella arrulla en protesta. La tabla de picar está sobre la mesa de la cocina. En la estufa, la olla de agua caliente. La cubeta está en el fregadero. Está bien, le digo, calmándola, mirándola a los ojos, y luego le corto la cabeza. Un corte limpio. El cuerpo le tiembla, luego, involuntariamente, tiene convulsiones. Ato sus pies con una cuerda y la cuelgo del grifo. Mientras ella se desangra, yo trabajo en los condimentos. Dentro de un tazón, mezclo un puñado de cilantro, el jugo de un limón, dos dientes de ajo y algunas especias.

Después, la escaldo y le arranco las plumas como si le arrancara el pelo a Juan de la cabeza. La paloma desnuda sobre la tabla de picar espera para ser marinada. El olor a paloma es abrumador. *Justo como en casa.*

La corto en seis pedazos y la lavo en agua fría. Froto las presas en el sazón. Le echo una cebolla pequeña picada y medio ají verde, y coloco el tazón dentro de una bolsa de plástico grande para sellarlo todo.

Mientras tanto, caliento el caldero en la estufa, le agrego aceite de maíz, un chin de azúcar para el color. Cuando el azúcar se carameliza, agrego la paloma. La dejo que hierva a fuego lento y enciendo el radio. Los Panchos están sonando. Limpio el fregadero y meto en dos fundas la cabeza, las tripas y las plumas de la paloma y las tiro en el incinerador que está en el pasillo. Cuando la carne se dora agrego el arroz y cuatro tazas de agua. Le echo sal a gusto. *Vamos a ver quién va a pagar, Juan.* Una vez que el agua se evapora, cubro el cardero y lo dejo que se cocine a fuego lento.

En lo que la comida está, me doy una larga ducha con agua caliente para deshacerme del olor. Para el momento en que Juan llega, un invitante aroma llena el apartamento. Se detiene en la puerta, los ojos pegados a la mesa que decoré con la vajilla y los vasos que él trajo del hipódromo.

Le sirvo el arroz y la paloma y una pila de plátanos fritos. Le sirvo una cerveza fría en un vaso.

Esto se ve bueno, dice, y me pica un ojo.

Se ve famélico después de un largo día de trabajo. Llegó temprano, entonces no fue adonde Caridad. Tal vez no está tan enojado por lo del vestido.

Tal vez yo reaccioné exageradamente.

Espera, digo, y remuevo el plato antes de que él pueda comer bocado. Él me lo quita, pero el plato se cae al piso.

¡Ahora mira lo que hiciste! Esas manos tuyas. A veces te comportas como si tuvieras la cabeza vacía, Ana.

Ahora, jódete, Juan.

No te preocupes, digo. *Hay paloma por un tubo.*

Limpio el piso y le sirvo un plato más grande.

Él come y come.

Pobre paloma Betty, ¿cuáles enfermedades cargará?

Está delicioso, dice.

¿Tú crees?

Estoy rebosante de alegría. Es el primer elogio que recibo

por mi comida en mucho tiempo. Le sirvo agua y él me mira. Realmente me mira. La barriga se me abulta a través de la ropa. Mis senos están más grandes.

Te voy a hacer una cita médica, dice.

Sí, está bien.

Ahí es cuando sé que él entiende.

Juan sobrevive la cena de la paloma sin siquiera un dolor de barriga. Me hace la cita médica para el 15 de abril.

Yo me pongo mi vestido nuevo.

Recuerda decir que tienes diecinueve años, como en tus papeles, no quince.

No le digo a Juan que ya he estado en el hospital antes. Él espera afuera.

La doctora me indica que me quite la ropa de la cintura para arriba y que me ponga una bata.

Nunca había conocido a una mujer doctora.

Los espejuelos se le deslizan hasta la punta de la nariz. Su pelo, corto y plateado como el de un hombre. La doctora me da unas palmaditas con gentileza en el brazo, sus manos están tibias. Sale de la habitación para que yo me desvista.

Salvo por un afiche de una familia en la pared, firmado por un tal Norman Rockwell, el cuarto es de un blanco resplandeciente. Hay un lavabo, algunos contenedores de cristal llenos de palitos y de bolitas de algodón. No sé si deba o no quitarme el brasier o los zapatos, por lo que me quito todo, excepto por las medias, y me pongo la bata.

Espero sobre la mesa acolchada. Mi barriga, aunque pequeña, se me abulta. ¿Se estará estirando el bebé? ¿Será un niño o una niña? ¿Me dolerá el examen?

La doctora toca la puerta y entra antes de que le pueda responder. Ella coloca su mano en mi pecho, me dice que me acueste. Nota algunos moretones en mi brazo y en mi cuello, ya de semanas atrás (pero duran mucho para quitarse). Por unos segundos me mira a los ojos, yo le devuelvo la mirada lo más inexpresiva posible. Me toma la temperatura. La presión. Coloca el frío estetoscopio en mi barriga y escucha.

¿Cuántos añious tú tianes?, su voz hace eco en la habitación.

Quin . . . Es decir, diecinueve.

Me aprieta alrededor de la barriga.

Ver bueno, dice con alegría. Ver mucho bueno.

Me muestra un dibujo laminado de un bebé dentro del útero.

La doctora señala el papel y dice, Caubeza, y luego señala su propia cabeza. Delinea la cabeza del bebé con los dedos sobre mi barriga. Toma mis dedos y me muestra cómo está la cabeza cerca del hueso púbico. Siento algo duro y redondo.

Me hace señas para que me vista y dice, Buenou.

La doctora sale. Yo me quedo sentada, sola, deseando más que nunca que Teresa pudiera estar aquí conmigo. O Marisela, la única persona a la que puedo llamar amiga. O hasta Mamá, aunque me vuelva loca con su habladera. Oh, ¡se va a poner tan contenta cuando se entere!

La doctora regresa, esta vez con otra mujer cargando una cartera de cuero llena de archivos.

Hola, señora Ruiz, dice la enfermera en un español marcado.

Ruiz-Canción, la corrijo.

Se sienta a mi lado, extiende su mano y sujeta las mías.

Su bebé se ve en excelente estado, señora Ruiz-Canción.

Qué alivio finalmente poder entender, le digo con un suspiro.

¿Y sus familiares? ¿Están aquí con usted?

No, ellos están en la República Dominicana. Pero tal vez

pronto vengan o yo vaya. Mi esposo dice que no es fácil viajar. Usted sabe, el dinero. Papeles.

¿Su esposo está aquí?

Sí, afuera, esperando.

¿Todo está bien en casa?

¿Por qué me están haciendo tantas preguntas?

¿Debería preocuparme por el bebé?, le pregunto a la enfermera que habla español, pero miro hacia la puerta.

Solo queremos asegurarnos de que su casa es segura para el bebé.

La enfermera me pasa unos folletos laminados, pero la atrapo mirándome el cuello y los brazos.

Aquí hay información, señora Ruiz-Canción. Lugares a donde puede ir si necesita ayuda o tiene problemas.

Reviso uno de los folletos. Una foto muestra a una mujer con el labio hinchado y un ojo morado, llena de pánico.

¡No hay problema!, digo, y reajusto mi tono. No hay problema.

Le devuelvo los folletos y, cuando ella se rehúsa a tomarlos, los meto en mi cartera.

Gracias, le digo y le devuelvo la sonrisa, lista para continuar el examen.

Yo nunca voy a ser la mujer en la foto. Juan no es así de terrible. A él se le suelta la mano cuando se enfurece. Eso es todo. Me cubro la barriga con ambas manos. Ellas no me van a quitar a mi bebé.

La doctora se dirige a la enfermera y ella traduce.

Debes hacer una cita y regresar en un mes para que podamos darle seguimiento a tu progreso.

Gracias, digo, muchas gracias.

La doctora me pasa el mismo frasco de vitaminas que el anterior me había dado. Ella lo llama una muestra, para que yo empiece. Ya casi termino la otra, la cual escondí de Juan debajo del fregadero. Ahora me las puedo tomar sin temor.

Y aquí tienes una de hierro, dice la doctora. Bate el frasco como si fuera una maraca y la enfermera me informa que estoy muy delgada. No es inusual que a una mujer embarazada le dé anemia.

Por eso debes asegurarte de comer bien, me explica la enfermera. Come espinacas, ahuyama, carne roja.

Pero lo vomito todo.

Se te pasará, dice la enfermera con compasión.

No quiero soltarle las manos, aunque lo más probable es que ella no sea de confiar.

Guardo los frascos de vitaminas y hierro dentro de mi cartera y espero que ellas noten que combina con mi abrigo y mis zapatos. Tienen que ver que mi esposo sí me cuida.

Afuera, también desearía que pudieran ver cómo Juan ya está de pie esperando ansiosamente a su esposa. Me siento extrañamente aliviada cuando lo veo. Él es todo en lo que puedo confiar en este momento.

Entonces, ¿tienes un bebé ahí adentro?, canta y me agarra la mano. Aunque va retrasado para el trabajo, descubro una nueva ternura en su roce.

La doctora dice que todo está bien.

Bien.

Él me escolta con rapidez por la calle hasta nuestro edificio. Dentro del apartamento, me levanta del suelo y me abraza.

Estoy tan feliz de que vayamos a ser una familia de verdad verdad.

Me da una palmadita en la mejilla y me dice adiós. Y me siento aún más aliviada cuando se va. Desde la ventana, lo veo caminar hacia la estación de tren en Broadway. ¿Cambiarán las cosas entre nosotros? Abro la ventana de la cocina para que entre aire fresco y echo arroz en el plato plástico para las palomas.

Tiernos pajaritos.

Marisela me tiene un trabajo. Pasa por aquí temprano, desde que Juan se va a trabajar. Trae dos fundas llenas de muñequitas de cerámica, cintas delgadas, pegamento y encaje.

¿Para qué es todo esto?, tomo una de las bolsas y las coloco sobre el mueble.

Marisela se arranca el abrigo de encima, revelando su atuendo: pantalones de lana, un suéter de colores claros y botas altas y peludas. Su cabello en un moño francés. Su rostro no es el mismo de siempre, pero incluso sin maquillaje se ve hermosa. Me miro a mí misma, mi cabello aún está marcado por el sueño porque no esperaba a nadie.

Escuche bien, comadre. Deberá tenerlos listos en tres horas. Yo volveré más tarde a comer y a llevármelos. Le voy a dar cinco centavos por cada uno. Son suvenires para la boda de una amiga. Ahí tiene que haber doscientas unidades. Yo le dije que conocía a una muchacha que podía hacerlos rápido y barato.

¿Yo?

Por supuesto que tú. ¿Lo vas a hacer?

Toco la muestra que trajo de ejemplo: *Edwin Martínez & Andrea Thome forever 10/04/1965.*

Ten cuidado con el pegamento, es más fuerte de lo que parece, te puede llevar un pedazo. Asegúrate de que los nombres queden en el frente y de no taparles la cara a las muñequitas. Y el encaje, ¿tú ves cómo está doblado en la parte de atrás, como alas de mariposa?

Sin darme tiempo a pensar en una pregunta para hacerle, Marisela me planta un beso mojado en la mejilla y se envuelve otra vez en su grueso abrigo de lana. Me dice adiós y cierra la puerta después de salir.

Suena el teléfono.

Corro a contestarlo, siempre con la ilusión de que alguien me esté llamando de casa.

Es Juan. Quiere venir a almorzar. Justamente hoy. Su voz, un puño golpeando a mi puerta. Casi nunca viene durante el día, pero ahora con el bebé se la pasa vigilándome.

Oh, no tienes que afanarte tanto. Es decir, aquí siempre hay comida esperándote, le digo, tratando de sonar indiferente. Le echo un vistazo a las bolsas llenas de suvenires sobre el mueble, preguntándome si Marisela va a poder llevárselo todo antes de que Juan llegue.

¿Tú me extrañas?, pregunta.

Jum, la casa se siente . . . callada sin ti.

Es la absoluta verdad. Cuando Juan está aquí habla como si yo estuviera sorda. Se chupa los dientes y chasquea los labios cuando come. Los días buenos, canta.

Desde que cuelgo, empiezo con los suvenires: a cinco centavos cada uno, doscientas unidades, ¡son diez dólares más para alimentar a mi Dominicana! Pego la mesita a la pared y organizo todas las piezas en el piso. Estudio una de las muñequitas de cerámica, más pequeña que la uña de mi meñique. Es de una novia y un novio y se supone que debo pegarla a la cinta. En la muestra, no se ve el pegamento. Trato de hacer lo mismo. Al principio, no puedo mantener el pegamento alejado de los dedos, pero en el momento en que establezco un sistema, trabajo más rápido y cometo menos errores.

El teléfono vuelve a sonar. Corro a responder. La maldita respiración otra vez. Ella espera a que yo diga hola, pausa, y entonces cuelga. Esta mañana ha llamado dos veces. Entre Juan queriendo venir a almorzar y sus llamadas, supongo que han peleado. Tal vez él le dijo lo del bebé.

Termino los doscientos suvenires con tiempo de sobra. Los alineo en la mesa de la cocina. Los pongo de cara a la puerta para que saluden a Marisela cuando ella entre. Corro a preparar comida para todos.

Cuando Marisela llega todavía tiene la cara sin maquillaje, como si no fuéramos solo amigas, sino íntimas amigas, como hermanas que se ven por quienes son.

Marisela toquetea los suvenires y los coloca en las fundas. Me da los diez dólares como había prometido.

¿Verdad que se siente bien hacer tu propio dinerito, Ana?

Bueno, se siente bien poder ayudar a mi familia en el campo. Siempre necesitan. ¿Le tengo que contar a Juan sobre este dinero?, le digo para cambiar de tema.

Lo que tú hagas con tu dinero es cosa tuya.

Marisela se come todo lo que le sirvo. Quiero ofrecerle más, pero luego no habrá suficiente para Juan. Quiero compartir tantas cosas con ella, pero Mamá (aunque esté lejos), todas sus advertencias en contra de las amistades, me cohíben de hablarle a Marisela con libertad. Aún así, ella está haciendo más por mí que nadie, aunque mi casa sea simple, aunque yo deba parecerle una niña inocente. Ella está aquí, comiendo conmigo. Está conmigo. Ayudándome a ganar dinero. Es imposible para mí no quererla.

Marisela se acerca y me toma de las manos, de la misma manera en que lo hizo la enfermera en el hospital. No sé para dónde mirar, por lo que me miro las uñas, cortas de comérmelas.

Tú eres tan generosa y buena de corazón, Ana.

Los ojos se me aguan. Ni siquiera mi mamá me dice cosas así. Entonces me doy cuenta de que, un día, voy a tener la edad de Marisela y mi hija va a tener la edad que tengo ahora. Qué fortuna es tener a Marisela en mi vida, en mi cocina, llenando el vacío en mi corazón y en el apartamento. La lengua se me traba y temo sonar como una idiota. En cambio, hago algo que nunca había hecho antes, ni siquiera con mi propia madre. Me arrodillo en el frío piso de linóleo, meto la cabeza en el regazo de Marisela y la abrazo. Es la primera vez, en mucho tiempo, que tengo una amiga verdadera.

Después de matar a la paloma Betty, las demás dejan de venir. No son estúpidas. Ahora no puedo contar con ellas para que le pasen mensajes secretos a Teresa, que nunca hace el viaje para llamarme. Ahora ella debe recibir noticias de mí a través de Mamá. Cuando le escribo a Mamá para decirle que estoy embarazada, recibo un sobre tan fino y frágil por la humedad, que la tinta negra se ha decolorado. Es casi imposible leerla. Me la pego a la nariz para capturar un trazo de Los Guayacanes.

Queridísima Ana,

Este embarazo es oro en el banco. No esperes a que Juan te haga los papeles. No es lo más conveniente para él. Empieza a arreglarlos tú misma para que nos puedas mandar a buscar. Tú no puedes tener un bebé sin nuestra ayuda. Yo sé que Juan está en problemas porque tiraron una pila de cemento después de vender un pedazo de nuestra tierra para la construcción, pero aquí no pasa nada. Por eso tu Papá le vendió tres tareas y un caballo a una mujer que vive en Nueva York. Ella quiere plantar una finca de caña, lo que le he estado diciendo a tu papá que deberíamos hacer. Pero a él no le gusta el negocio de la caña. La cosa se ha puesto fea aquí, una verdadera tragedia. Les están entregando armas a mocosos en los parques de la Capital. Así que solo puedes imaginarte el lío que hay aquí. Lenny come, pero no crece. Y Juanita y Betty solo necesitan encontrar a alguien con quien casarse para que yo no tenga que mantenerlas. Dile a Juan que mande dinero. Ahora él está obligado porque tú estás embarazada con su bebé. Créeme cuando te digo que él le va a sacar beneficio. No te olvides de nosotros. No hay luces tan brillantes que te hagan olvidar de dónde saliste. Recuerda. Recuerda.

Con amor,
Tu madre

Los hermanos Ruiz se reúnen los domingos. Este domingo vamos a visitar a Héctor, hasta Tarrytown, para discutir la posible invasión estadounidense en la República Dominicana. Finalmente conozco a Yrene, la esposa de Héctor, que siempre se queda en su casa con el bebé. También es lindo ver otra vez a César después de su corta desaparición. ¿La cama de qué mujer habrá mantenido caliente en esta ocasión?

Aunque Juan puede conducir, César maneja el carro.

Él prefiere tener chofer, dice César, como una gran mierda.

Juan se ríe, pero César tiene razón, Juan camina por la vida con un aire de ser mejor que sus hermanos. Porque su piel es más blanca. Porque tiene el pelo lacio. Y también es más alto.

César es de piel oscura, con el pelo crespo y rizado y la nariz achatada. A diferencia de Juan, que se preocupa mucho del qué dirán, a César eso parece no importarle. Tiene los ojos llenos de líos y diversión. No importa lo que lleve puesto, siempre parece quedarle bien. Y se comporta como si el mundo completo estuviera en la obligación de hacerse cargo de él. Cuando César cumplió cinco años, sus padres murieron, uno detrás del otro, y él estaba muy pequeño para recordarlos. Básicamente sus tres hermanos mayores lo criaron.

Héctor e Yrene se mudaron a una casa (no a un apartamento), en Tarrytown. Y no está llena de cosas apiladas como la de nosotros. Ellos viven en su propio terreno, con sus propias plantas en su propio patio. Tienen un niño. Yrene no es dominicana.

Yo no confío en las mujeres puertorriqueñas, dice Juan. Bien podrían ser americanas: frías y solo piensan en ellas mismas.

Lo dice con dolor, obviamente ligado a su experiencia personal con Caridad.

Juan enciende el radio. Estoy sentada en la parte de atrás, como una niña. Pero así es mejor para que su pesada mano no descanse sobre mi muslo. Sus cejas se estiran como una V. En la radio transmiten el juego de los Mets vs. los Giants, desde San Francisco. Lanzando para los Giants, Juan Marichal, a quien Juan le vive apostando dinero.

Un día, los dominicanos van a dominar el mundo de la pelota, dice Juan. Aunque Marichal sea uno de los pocos dominicanos en las grandes ligas, y no se le preste la atención que merece, cuando levanta la pierna y lanza su fuetazo asesino, es imposible negar que estos blanquitos no pueden con él.

Avanzamos rápido, el viaje no nos lleva ni una hora. Pero Washington Heights y Tarrytown no pueden ser más diferentes. En Tarrytown hay pajaritos piando, perros ladrando y se escucha la leve risa de los niños jugando en los patios. Verjas pintadas de blanco y banderas saludando. Flores en masetas color terracota.

Héctor nos espera en la galería, sentado en una silla de hierro, fumando un cigarrillo tras otro. Una pila de colillas en un cenicero en el suelo. Se le está cayendo el pelo, su frente pecosa y pronunciada. No es el hermano más guapo, pero la barba al descuido de un día y la suavidad en sus ojos dejan en claro que es inofensivo, un buen hombre.

Hermanos, grita, incluso antes de que César estacione el carro en la entrada de su marquesina.

Héctor me sostiene de los hombros, me mira con detenimiento, y me da varias palmaditas con fuerza en la espalda. Entonces, me echa para un lado para agarrar a Juan del cuello y entrar con él a su casa, César camina detrás de ellos. Son como ciempiés, un organismo, muchas manos y piernas.

Héctor nos hace entrar por el patio. El piso de cemento. Una cerca de alambre oxidado marca la división de su terreno. Su gran perro de pelo corto está amarrado a un poste y le ladra sin cesar a Juan, que se esconde detrás de mí.

Siéntate, Héctor le ordena. High five! Enseguida, el perro se sienta y le da una patita a Héctor.

Debí haber estado sonriendo, porque Héctor le pica un ojo a Juan y luego me pregunta, ¿Quieres intentarlo?

Aléjate, Ana, dice Juan, como si yo fuera la que tuviera miedo.

Me agacho y dejo que el perro me huela la mano. Jai fai, digo, en mi voz más fuerte.

El perro levanta la patita y me la da. Su suave pelaje entibia mis frías manos.

¡Suficiente!, dice Juan, aterrorizado.

Cálmate, hermano, dice César.

Nos miramos, contentos. Juan le tiene miedo a un dulce perro. Juan, un verdadero hombre de ciudad.

Vamos a entrar, dice Héctor.

Ya dentro, Juan se relaja. La sala está llena de marrón. Nos hundimos en el mueble achocolatado, con unos cojines tan suaves, los espirales del colchón que está debajo nos punchan el trasero.

Los pisos están cubiertos con una alfombra color crema. Hay juguetes tirados por todos lados. Nadie ha limpiado la alfombra en meses. Comida con costra pegada por aquí, tierra seca por allí. El pequeño televisor, lleno de huellas digitales. Un fuerte tintineo de ollas me lleva hacia la cocina.

Me paro en el pasillo esperando a que Yrene me salude. La llave está abierta. El radio está encendido. Ella asoma la cabeza y me deja con la boca abierta.

¿Qué haces, en oscudo?, pregunta en un español machacado. Su voz es extraña, como si no conociera todas las palabras.

Yo soy Ana, la esposa de Juan.

Ella me mira de pies a cabeza y se chupa los dientes. Al igual que ella, la miro fijamente y le sonrío, mostrándole todos mis dientes como si pudiera romperla. Acaba de quitarse unos rolos del pelo; grandes rizos le rebotan alrededor de la cabeza. Su pelo recogido con un gancho, de la misma forma en que se peina Teresa. Extraño tanto a Teresa que duele. Yrene es mucho más oscura que Teresa, pero con los pómulos más elevados, y una nariz enjuta. Tiene los huesos del cuello salidos. Teresa es redondita y suave por todos lados. Las cejas de Yrene son una fina línea, un perfecto arco, como si pasara horas en su cara y pelo. Pero ni una gota de maquillaje. Lleva una bata de casa y unas chancletas. Yo estoy vestida demasiado elegante, con la ropa de ir a la iglesia. Voy a tener que trabajar muy duro para caerle bien.

Me inserto en la cocina. Ella me pasa un plátano verde y un cuchillo. Sus uñas cortas y cuadradas como las de un hombre. Se desplaza de forma que se me hace difícil verle la cara.

Está bien, Ana, ayuda, dice.

Pelo el plátano y lo rebano diagonalmente en trocitos de una pulgada.

Ella calienta el aceite y frunce sus gruesos labios, levanta la barbilla, indicándome que la siga ayudando. Los hombres están hambrientos, su hijo duerme. Yrene habla poco. Eso me alegra. Es mayor que yo, treinta quizá. Su cuerpo, en forma de pera. Sus caderas, maternales y voluptuosas.

Se mueve a través de la cocina como un pulpo, aplastando moscas, rebanando, cortando, lavando. La cocina es pequeña y está atestada, todo está apilado en estantes: los platos, las ollas, los frascos de comida para bebés, los biberones. Empiezo a lavar los platos. Con cuidado, sin usar demasiado jabón, asegurándome de que el agua no salpique ni se salga del fregadero. El nerviosismo de Yrene me pone nerviosa, como si estuviera haciendo algo mal. Dejo caer un plato. Se resbala y se rompe a mis pies.

Yrene respira con intensidad, exasperada.

Enseguida me pongo a recogerlos. Seis, tal vez siete pedazos.

Lo siento.

Porque el piso necesita una buena barrida y trapeada, saco la escoba de un pequeño clóset, más estrecho que mi mano, y barro toda la cocina.

¿Dónde está tu suape?, pregunto, lista para ayudar. Ella obviamente necesita ayuda.

¡Fueda! ¡Vete!, su voz se tensa. Sus ojos se llenan. Se le ha aflojado el gancho y el pelo luce desaliñado.

Ahoda, baby despiedto, refunfuñe, y me deja en la cocina. Todas las hornillas están encendidas. Inmediatamente frío los plátanos y muevo el arroz. Toda la comida se ve lista. Apago las hornillas.

Me asomo a la sala. Los hombres beben whisky. Héctor llama a Yrene en inglés.

¿Tú hablas inglés?, le pregunto a Héctor.

Todos los hombres se echan a reír.

¿Y cuál es el chiste?

Héctor tuvo que aprender a la fuerza, dice César, se casó con una gringa.

Los hermanos se miran mutuamente como si el secreto que guardaran fuera demasiado grande para ser dicho.

Para nosotros, Yrene no posee una lengua materna. Su papá vino de Puerto Rico a pelear en la Segunda Guerra Mundial. Ella es cien porciento americana, algo que yo nunca voy a ser. Qué suerte tiene de hablar inglés tan bien. Y qué extraño ha de ser para ella parecerse a nosotros, pero ser una de ellos.

Ven acá, dice Juan, y le da una palmadita al espacio vacío del mueble a su lado.

Me siento y él me frota la cabeza, alisándome el pelo.

Ana va a ser una hermosa mamá, dice. Ella sí sabe cómo atenderme.

Eres un hombre muy dichoso, dice Héctor, con los ojos ya borrachos.

César levanta su cerveza, me pica un ojo, y dice, Vamos a brindar por Juan.

¡Voy a ser papá!, dice Juan.

De un salto, Héctor se pone de pie.

Yrene, trae unos vasos. Tenemos mucho que celebrar.

¡Ojalá sea varón!, brinda Juan.

Con cerebro, añade, sirviendo ron y Coca Cola en los vasos, una vez que Yrene llega con la bandeja.

Ella le corta los ojos a Héctor cuando él le dice que deberían intentarlo otra vez, como si el hijo de trece meses no contara. Ellos perdieron su primer bebé días antes de nacer, y su segundo hijo nació con problemas mentales.

Y esperemos que el carajito saque la cara de la mamá, dice

César. Yrene sonríe y luego frunce el ceño cuando se acerca para chocarme el vaso y se deja caer en la silla junto a mí. Su muslo toca el mío y se queda tocándome como en un acto de solidaridad.

Todos se quedan mirándome como esperando a que sonría.

Extiendo la mano para encender el radio. Los Giants perdieron tres a cuatro.

¡Hijos de la gran puta!, dice Juan, luego se acerca y me agarra del hombro y me frota la cabeza un poco más. Me le deslizo por debajo y me disculpo. Necesito aire fresco, así que salgo por el frente de la casa.

Me siento en la silla. Me envuelvo el abrigo con fuerza. El frío está atrapado dentro de mis huesos. Todo esto es tan distinto a Los Guayacanes. Las casas con césped uniforme. No hay animales. Solo palomas y ardillas. No huele a fruta ni a flores. Las nubes algodonadas salpican el cielo azul. Al mirar el sol brillante, pensarías que hace calor como en casa. ¿Por qué las nubes están tan esparcidas aquí? ¿Qué las hace de ese modo? ¿El aire frío? ¿Están Mamá, Papá, Lenny, Betty, Juanita y Yohnny afuera ahora, mirando el mismo cielo, el mismo sol?

Desde el momento en que saludo a Marisela en la puerta, me doy cuenta de que trae malas noticias. A pesar de la alegría de sus pantalones tejidos rosado vivo y el suéter que le hace juego, su cara la traiciona.

Por favor siéntate, Marisela dice casi inmediatamente, y me sostiene ambas manos en su regazo. Imagino lo peor: se está muriendo. Su hermana se está muriendo. Su esposo la dejó.

Estoy metida en un gran problema, dice.

¿Qué?

Mi esposo regresó anoche de R.D., y se dio cuenta de que yo no tenía mi anillo de matrimonio puesto.

No sé exactamente qué es lo que va a pedir, pero me lo imagino.

¿Tienes hambre?, digo, hice sancocho.

Los días que Marisela viene a hacer los pagos del préstamo, yo siempre cocino una comida completa. Raciono los ingredientes lo necesario. Comiendo fielmente el Chef Boyardee cuando estoy sola para estirar nuestras provisiones.

Voy a la cocina; Marisela me sigue.

Él piensa que yo me lo quité para estar con otro hombre, dice, viéndome verter una bolsa de habichuelas en un tazón. Anita, ¿tú puedes creer eso? Como si con todas las cosas que yo tengo que hacer, iba tener tiempo para eso.

Le cuento cómo yo no puedo decirle a Juan que un hombre me ha tratado con amabilidad sin que él se moleste.

Ay, Anita, mi hermana, mi amiga. Yo sabía que tú entenderías.

Llevo el tazón conmigo a la mesa, para protegerme, para asegurarme, y reviso las habichuelas en busca de piedrecitas.

Marisela coloca la mano sobre el tazón y dice: Escúchame, Anita.

Me pone su cara. Por primera vez, noto las canas en su pelo, las dos pequeñas líneas entre sus cejas, un número II. Su cuerpo se desploma hacia mí, suplicante.

Las mujeres no ruegan, le recuerdo a Marisela, con la esperanza de aligerar la atmósfera.

Mira, muchachita, esto no es un relajo. Necesito el anillo de vuelta.

Ahora eres tú la que estás relajando, Maris . . .

¡Anita, escúchame! Yo te prometo que voy a pagar el dinero de la misma manera en que lo he hecho hasta ahora. Juan no necesita el anillo. Él tiene mi palabra. Tú tienes mi palabra.

No, Juan no lo va a permitir.

Él no tiene que saberlo.

Pero Marisela, yo no puedo rebuscar en las cosas de Juan. No sabría ni dónde buscar.

Puede parecer herida, pero no voy a darle a un perro una correa hecha de longaniza. Juan me entrenó más de una vez respecto la combinación de nuestra caja fuerte. Me dio instrucciones detalladas sobre cómo manejar sus papeles por si él se muriera. El anillo de Marisela está en la caja fuerte dentro de un pequeño sobre amarillo. Pero ¿cómo puede Marisela pedirme algo así?

Por favor, Ana. Yo siempre hago los pagos a tiempo. Yo no te voy a defraudar. Te lo prometo.

Marisela, me estás pidiendo algo imposible.

¿Yo no he sido una buena amiga? ¿Yo le dije a Juan del dinero de los suvenires? ¿Yo le dije de tu embarazo?

Estoy en la cuerda floja.

Me toma de la muñeca.

Niña, si yo no tengo el anillo en el dedo cuando mi esposo llegue esta noche, voy a estar tan muerta como esos hombres en Vietnam. Él piensa que está en la joyería. Ni siquiera quería que mi hermana viniera. Yo le dije que ahorré el dinero haciéndome yo misma el pelo y las uñas.

Reconozco el miedo en sus ojos. Tal vez el esposo de Marisela también le pega. Ella nunca me ha dicho, pero yo tampoco se lo he dicho a ella. Cuando me vio el cuello colorado hace algunas semanas, le dije que era un sarpullido. Si somos tan buenas amigas, ¿por qué no nos decimos la verdad?

Por favor, Ana, si mi esposo se entera de esto, nunca me lo va a perdonar. Él y Juan ya tienen una relación complicada.

¿Cómo complicada?

Marisela palidece. Se muerde el labio inferior y baja los ojos, contemplando.

Mira, Anita, hay cosas que tú no puedes entender. Es mejor que ni pienses en eso. Eres tan inocente. Ay, Anita, ¡si yo pudiera tener tu edad y empezar de nuevo!

Su cabeza se dobla sobre mi manga. Ay, llora. Le rasco los brazos y la espalda, sintiendo los contornos de su cuerpo, sus lágrimas humedeciendo mi blusa.

Te voy a buscar el anillo, digo sin pensarlo.

Dejo a Marisela gimoteando en la sala con un rollo de papel sanitario. La caja fuerte, del tamaño de una caja de zapatos, está escondida dentro del armario, detrás de la ropa. La combinación es la fecha en que murió su madre. Respiro profundo, casi lamentando mi decisión. Aun con la cabeza metida en el armario, puedo escuchar los sollozos que provienen de la sala.

Cada vez se hacen más altos. No exageres, es lo que Mamá diría porque ella no confía en nadie. Especialmente si no es parte de la familia. Pero yo no quiero ser como Mamá. Además, Juan nunca lo va a saber (siempre y cuando Marisela continúe pagando todas las semanas).

Regreso a la sala y le pongo el anillo en el dedo.

Te extrañé, dice Marisela, admirándolo. En su mano, el anillo toma vida. El pequeño diamante se ve más brillante, más grande. Ella me abraza.

¡Gracias! ¡Gracias!

¿Te vas a quedar a comer?

Ay no, hoy no puedo.

Solo me tomará un minuto prepararla, digo.

Mi hermana está sola en la casa.

Una tristeza me inunda. Yo hasta le había echado tomates frescos al arroz y había rallado zanahorias para darle color.

Tú sabes cómo es cuando llegamos aquí. Todo es tan confuso. Pero la próxima semana, te prometo que vendré. Voy a traer a mi hermana. Te va a encantar. Ella te lleva unos años.

Marisela me da un abrazo de despedida. Voltea a mirar como si hubiera olvidado algo. Trato de no pensar en ello. La semana que viene vamos a comer juntas. Me voy a poner el vestido, el abrigo, la cartera y los zapatos nuevos que Juan me compró en El Basement. Tal vez Marisela y yo finalmente demos un paseo juntas por el parque.

Ayer Juan llegó borracho del trabajo. Se tiró en la cama sin decir palabra. Me hizo una seña para que me fuera. Se durmió antes de que pudiera preguntarle si quería algo de comer, antes de que pudiera quitarle las medias. Cuando está borracho, a veces se da vuelta en la cama y me sofoca con su peso muerto. ¿Sabrá lo pesado que es? ¿Cómo el hedor de un día de trabajo en el hipódromo está enterrado profundamente en su piel, en su pelo? ¿Cómo se me revuelve el estómago cuando se acerca a mí con los olores a las bebidas de su trabajo?

Lo dejo dormir hasta tarde porque, finalmente, tiene un día libre. También estoy aliviada ya que está demasiado cansado para preguntar por la visita de Marisela.

Me mantengo ocupada organizando los vasos en la vitrina hasta que él me llama desde la habitación. Me he vuelto experta en distinguir sus tonos de voz.

¡Ana!

La mente se me acelera. El anillo de Marisela. El dinero que estoy ahorrando para mandarle a Mamá. Un mal día en el trabajo. Algún lío en República Dominicana. Un pleito con Caridad o una pelea con alguno de sus hermanos.

¡Ana!, su voz se hace más fuerte.

Es un mal día en el trabajo. Su voz, como si tuviera cabello en la garganta.

Doblo las rodillas hasta la barbilla, mis pies sobre los cojines. Me sujeto las piernas y balanceo el cuerpo como si estuviera en una mecedora. Espero. A veces Juan me llama y se vuelve a dormir.

¡Ana!

Me paro junto a la puerta del cuarto, la abro un poco y veo que él se sienta al borde de la cama. El sol llena la habitación.

Ven acá. Da una palmadita en el espacio vacío junto a él.

Aquí estoy. Me paro debajo del marco de la puerta como se supone que se debe hacer durante los terremotos. Me aferro a las molduras y planto los pies, sintiendo cada uno de mis dedos desnudos sobre el piso de madera.

Me hace seña para que me acerque, quitando la colcha como si fuéramos a dormir. Me acercó un poquito y, antes de darme cuenta de lo que ocurre, él me hala para que me siente a su lado. En un puño sostiene uno de los folletos que me dio la doctora.

¿Qué coño es esto?

Yo no sé.

Miro hacia la puerta, volteándome lo más que puedo para que él no me vea la cara; me cubro la barriga con los brazos, en espera de lo peor.

¿Quién te dio esta mierda?

Me soba los papeles en la cara. En mi mente veo la lista de números de teléfono y el mapa de la isla de Manhattan, con puntos rojos y flechas que apuntan a lugares donde mujeres como yo pueden obtener ayuda.

La mujer en el hospital. Ella me lo dio.

Ese folleto estaba en mi cartera. ¿Qué hace él buscando entre mis cosas?

¿Qué tú les dijiste?

La mujer con el labio hinchado de la foto nos mira fijo, me mira fijo.

Nada, te lo juro, Juan. Ellos se lo dan a todo el mundo, le digo con voz calmada.

Juan respira profundo otra vez.

También me dieron muchos papeles acerca de la nutrición y del bebé. ¿No encontraste esos?, digo, dejando escapar una acusación.

Él revisa otro folleto. En él hay un renacuajo dentro de una matriz. Su espalda se desploma, su cabeza es una flor marchita. Cuando sus rodillas se ensanchan, me empuja la pierna. Uno de sus muslos es del ancho de los dos míos. Se vuelve hacia mí y me levanta la barbilla para que mis ojos lo miren.

Dime que me amas, dice.

Tú lo sabes.

Dime que eres feliz de estar conmigo.

Estoy feliz. Soy feliz.

Conmigo. Dime que eres feliz conmigo.

Asiento con la cabeza.

Juan toma mi mano, me desamarra los brazos, me levanta la blusa para exponer mi barriga. Tengo miedo de que le meta un trompón.

Ahora tienes un pedazo de mí dentro de ti. ¿Sabes lo que eso significa?

La garganta me duele de aguantar las lágrimas, las palabras.

Tú y yo estamos conectados para toda la vida.

Sus grandes manos pegajosas frotan mi vientre como si fuera su bola de la fortuna. Me empuja para que me acueste. Pone la cabeza sobre mi vientre y me pega una oreja. Su cabeza se desliza entre mis senos y los agarra. Agarra mi cabello, tira de mi oreja, su aliento mañanero en mi cara. Me abofetea, rápido y con fuerza. Mi piel se pega a su palma.

Más te vale que no andes por ahí contando nuestras cosas. ¿Tú no sabes cuánto yo te quiero? ¿Tú quieres que venga alguien a llevarse a nuestro bebé? ¿Que te lleve a ti? ¿Tú te crees que ellos no lo hacen? Esto es Nueva York. ¿Tú me oyes?

Estudio las líneas de mis manos para sentirme segura. En casa, una vieja me dijo que yo iba a tener una larga vida. Él se arrodilla, exhausto, ojeroso. Necesita afeitarse.

Ay mi chiquita, por favor no llores. Hoy no, ¿sí?

Sus brazos me envuelven. Meto la barbilla en el pecho, contengo la respiración contra su agrio hedor. Tengo que cambiar las sábanas. Hay que lavar la ropa, hervir plátanos para el almuerzo.

¿Qué haría yo sin ti, Ana?

Irías a donde Caridad y la harías feliz, quiero decir. Vete con ella de una buena vez.

No soy nada sin ti, Ana.

Me tira en la cama, de espaldas a su cuerpo. Se queda dormido de nuevo.

Me concentro en mi propia respiración. En la bebé que crece en total oscuridad, incubando en un calor similar al de Los Guayacanes. Mi hija y yo, un día corriendo por el agua, sobre las piedras, recogiendo grandes conchas rosadas y escuchando a los vendedores de pescado fresco en sus carretas y a las mujeres peleándose por los pesos en mi bolsillo, todos diciendo que su pescado es el más fresco, todos afirmando que tienen la mejor salsa. Mis pies descalzos dejando huellas, cenizos por el agua salada. Los rizos gruesos de mi bebé, sus grandes ojos Canción pidiéndome que nombre las palmeras, las buganvillas, las semillas de flamboyán, las nubes, los colibríes, los gatos salvajes, las pequeñas islas en la distancia. Y, por primera vez, sabré todas las respuestas.

Aunque solo hace una semana que no he visto a Marisela, parece como si fuese un mes. Preparo comida adicional para su hermana. El pequeño pollo asado que dejé marinando toda la noche en la salsa especial de Mamá: limón, romero, perejil y ajo. Enciendo el radio para escuchar a Johnny Ventura, quien, según César, va a cantar en Happy Hills, en la calle 157. Hasta Juan quiere verlo tocar en vivo.

Vamos a bailar hasta que nos duelan los pies, promete César.

La mayoría de los días, doy vueltas con mi barriga al ritmo de la música en la radio.

¿Por qué se tardará tanto Marisela? Del otro lado de la ventana, los árboles verdes y los tulipanes sembrados a su alrededor están en pleno florecimiento. Las mujeres figurean sus abrigos nuevos de primavera y sus sombreros de colores claros que les hacen juego. Las judías caminan en grupos de dos y tres, empujando coches, mientras que los niños mayores agarran a sus madres de los abrigos. Un día, tendré mi propio coche y lo empujaré por las concurridas calles.

La voz de Ventura llena el apartamento al ritmo de un merengue encendido. Yo canto, sacudiendo las caderas de la misma manera en que él lo hace para que la audiencia se vuelva loca con mi espectáculo. ¿La hermana de Marisela será tan diferente a ella como lo es mi hermana a mí? Canto con la escoba de micrófono y me río para mí mientras barro la sala por enésima vez. El olor a pollo hace gruñir mi estómago. Abro la estufa y vierto los sazones sobre la carne para evitar mirar el reloj que está sobre el refrigerador. Miro por la ventana, admiro todas las flores de cerezo que bordean las pequeñas islas entre los autos que van hacia el norte y el sur. Tarrytown está al Norte. El Empire State Building está al Sur. El río está al Oeste y al Este. El oeste y el norte son seguros porque los judíos viven allí. El este y el sur no son seguros porque los negros viven allí: queman carros y zafacones y se arrojan a la calle sin ninguna razón. Autodestructivos, es como Juan los llama.

Él nunca menciona a la mujer negra de sombrero rojo que todavía se aparece para cambiarle las flores a Malcolm X, frente al Audubon. Con sus hijos. ¿Por qué este hombre X fue tan querido? ¿Cantaba ante una gran audiencia como Johnny Ventura? Es difícil no amar a un hombre que puede cantar bien. Hasta cuando estoy enojada con Juan, cuando él canta, se me rompe el enojo.

Pego la frente al cristal de la ventana y busco la cadencia de Marisela en cada mujer que camina sobre Broadway. Cuando entiendo que Marisela ya no viene (probablemente ya en camino a su otro trabajo), como. Y después, enciendo una vela blanca para Marisela, y le pido a Dios que la proteja. Saco veinticinco dólares de mi muñeca de barro para abonarle a los setenta y cinco dólares que Marisela debe. Juan preguntará por el dinero. Él preguntará si ella está bien. Yo diré que sí.

A Dominicana ahora solo le quedan cinco dólares.

De seguro que Marisela me va a dar el dinero uno de estos días, como me lo prometió. Debí pedirle su número de teléfono. Las amigas deberían tener sus números de teléfono.

No quiero que Juan llegue a casa y vea que he cocinado tanta comida. Así que preparo un plato generoso para la señora de abajo, que pasea a su pequeño perro por las mañanas y me saluda siempre que nuestros ojos se topan en el vestíbulo.

Me paro frente a la puerta del apartamento de la señora, con miedo a tocar. Justo cuando doy la vuelta para marcharme, ella abre la puerta de repente como si me hubiera estado esperando. Me toma el plato de las manos y dice, Thank you, luego me invita a entrar con un gesto de mano. El perro saca la nariz de entre sus piernas. Frunzo los labios: qué extraño es eso de tener un perro dentro de un apartamento.

Tenkiu, digo.

Se señala a sí misma y dice, Rose. My name is Rose.

Mai nem Ana, digo.

Come in, dear.

Eso lo entiendo porque ella sigue moviendo el brazo señalando el interior del apartamento. Desde que cierra la puerta a mis espaldas, me llega un olor a flores muertas y a mentol. Su mueble es verde claro, las paredes atestadas de pinturas con círculos y líneas radiantes. No sé cómo pararme, dónde pararme. Se mueve con lentitud hacia la cocina, cuadrada y organizada. Se ve que no cocina.

Do you want some tea?, pregunta.

Sonrío ante sus palabras. ¿Qué habrá detrás de cada puerta? ¿Un armario? ¿Una habitación? Una colcha de retazos cuelga de una silla. Los pisos y los gabinetes están empolvados y las paredes de un blanco grisáceo. No les caería mal una mano de pintura. La sigo hasta la cocina. Debido a que sus ventanas dan a la parte trasera del edificio, hacia otras ventanas, debe mantener las luces encendidas en el apartamento, aun durante el día.

Coloca el plato que le traje dentro de la nevera sin siquiera ver qué hay dentro. Quiero decir, Lo acabo de hacer. Se lo puede comer ahora mismo. Una pena que lo tenga que calentar más tarde. ¿Otras personas le traerán comida? De solo pensarlo me pongo inexplicablemente celosa.

Pone una olla pequeña y gorda sobre la estufa. ¡Y empieza a hablar la vieja! Asiento y sonrío y asiento. Ella coloca dos tazas de té en una bandeja. Saca unas gruesas galletas de aspecto sencillo de una lata. Me sobresalto cuando la olla de agua silba. Esto la hace reír. La levanta, con manos temblorosas, vertiendo cuidadosamente el agua caliente sobre pequeñas bolsas llenas de hierbas. Temo que la deje caer. ¿Y por qué una olla tan extraña para hervir agua? ¿Tiene una olla diferente para todo lo que hace? Ella dice más cosas mientras coloca la bandeja cerca de mí. La bolsita flota dentro de mi taza de té. Ni una astilla de canela y ni un clavo dulce. La veo sacar la bolsa con su cuchara. Yo hago lo mismo. Coloca un terrón de azúcar en la taza. Yo hago lo mismo. Revuelve. Revuelvo. Entonces ella toma. Yo tomo. La galletita simple está deliciosa. Suave, dulce, desmenuzable. Tomo nota de la lata, la lata azul con grandes letras blancas. Cuando termino mi té, la señora se golpea los muslos con ambas manos y camina hacia la puerta. Entiendo que debo irme. Hemos terminado. Sin alboroto, sin abrazos, sin nada.

Tenk yu, digo, asintiendo con la cabeza y sonriendo. Ella me dice adiós y al mismo tiempo se despide con la mano, como si sintiera alivio de que nuestra visita hubiera terminado. Corro escaleras arriba, me sostengo el vientre para evitar que rebote. Los muslos me arden al subir la empinada escalera. El corazón me late fuerte y a prisa. Cierro la puerta detrás de mí. La vela en el alféizar de la ventana sigue parpadeando sobre Broadway donde el edificio en Audubon inhala y exhala personas. También veo gente salir de la estación de tren, subiéndose y bajándose de las guaguas, entrando y saliendo de los edificios. ¿Rose me devolverá el plato? Todo el día me pregunto si se habrá comido la comida que le hice. La imagino sentada en su cocina mirando las paredes de ladrillo y otras ventanas. ¿Se comerá mi comida fría, sacada directamente de la nevera? ¿Comerá pollo?

Han pasado dos semanas desde la última vez que vi a Marisela. El dolor de cuerpo, la pesadez en mi pecho es tan terrible que temo que se me pare el corazón, que la bebé se vaya a morir de tristeza. A Marisela le queda hacer solamente un pago, según Juan. Mamá va a estar decepcionada. Yo confié en alguien. Perdí el dinerito para mis necesidades. Ahora no puedo ayudar a mi familia. Tanto trabajar para nada. Listo. Para este último pago, tomo prestado del dinero que Juan tiene reservado para una emergencia, el cual recientemente descubrí bien enrollado y metido dentro de un pomo de pastillas. Si no repongo ese dinero, Juan definitivamente me va a matar.

Me despierto con dolor de cabeza, con escalofrío en los huesos. La quietud interior me aterroriza. Los periódicos solo dan malas noticias. República Dominicana está en guerra. La marina de los Estados Unidos ha desembarcado completa para evitar que los rebeldes tomen poder. Santo Domingo está cerrado. ¿Qué será de mi tierra, de mi restaurante?, dice Juan, más ansioso que nunca. ¡Esos desgraciados!

Olvida dónde dejó sus llaves, su billetera. Se revisa dos veces los bolsillos, una señal de que está preocupado. Yo lo entiendo. Marisela se ha llevado todo lo que tenía. Ay, los líos que hacemos. Solo nosotros sabemos. Miro por la ventana de la habitación hacia la catedral y veo gente vestida para la iglesia. Marisela va a la iglesia. Quizá la encuentre allí.

Juan duerme, medio desnudo, apesta a cocina de restaurante y a ron. Tiene resaca de una larga noche de sábado. Abro la ventana para que circule el aire de la habitación. Me mira mientras me peino y ajusto el broche de mis aretes.

¿A dónde crees que vas?, Juan me llama.

A la iglesia, digo. No somos paganos. Nosotros creemos en Dios.

En casa, ir a la iglesia era un viaje, solo en días festivos. Pero en la ciudad de Nueva York la iglesia queda calle abajo. Ya he esperado suficiente.

La voz me tiembla en espera de su reacción, pero Juan se entierra un poco más en las sábanas y se queda acostado, su mirada medio dormida.

Me pongo mi vestido de una línea y los aretes de oro con lágrimas de ámbar que me compró. Me pongo el pintalabios rosado que me dio Marisela, esperando que eso la conjure. Me pongo los zapatos.

Juan me mira, no de forma amenazante, casi tierna. Tiene nuevas canas cerca de las sienes, probablemente debido a los problemas en Santo Domingo.

Espera, espera, te puedo acompañar. Se empuja para sentarse.

No es necesario. Voy a estar bien.

De acuerdo, mujer. Lo único es que no te quedes pajueleando por ahí.

Me da la espalda como si no quisiera verme ir. Últimamente, solo habla sobre el pequeño terreno en el que se encuentra el restaurante. Incluso con todos los sobornos, todavía no hay título. Pan Am ha cancelado todos los vuelos. Se siente atrapado. Entiendo.

Afuera, respiro el aire primaveral. Hace cuatro meses la nieve se acumuló tan alto; ahora los árboles muestran nuevos brotes.

La gente se ha ido quitando las capas de ropa. Mientras camino a la iglesia, Rose me agarra del brazo. Quiero agradecerle por haber devuelto el plato hace una semana (dentro de una bolsa de plástico, en el manubrio de la puerta, limpísimo y vacío como un hueso lamido), pero no puedo encontrar las palabras en inglés. Quiero preguntarle sobre el pollo. ¿Estaba bueno? ¿Tendrá alguna familia? Espero que no haya alimentado al perro con el pollo. Cada vez que la veo, la pobre señora está sola. En casa, incluso a las mujeres locas se les alimenta y son visitadas por alguien.

La luz, a través de las manchadas ventanas, me baña la piel de rojo, azul y amarillo. La iglesia es cinco veces más grande que la de San Pedro de Macorís. Rose y yo nos sentamos juntas en el frente, cerca del altar. Inmediatamente lamento nuestra elección de asientos porque no puedo ver a todos los que entran. ¿Cómo voy a encontrar a Marisela? Los sacerdotes hablan de Dios en inglés. Respiro el incienso y aprecio la calma de la gente, escuchando el sonido del órgano, el canto del coro. Los bancos se tambalean y crujen cuando la gente se para, se sienta y se arrodilla. Yo hago lo que hacen. Los niños frente a mí se halan el pelo unos con otros. Cuando uno me saca la lengua, la madre se da vuelta para disculparse.

Yo sonrío. Un día, le susurro a mi barriga, tú me vas a explicar lo que la gente dice.

Rezo por mi madre, mi padre, mis hermanos y mi hermana. Rezo por Juanita y Betty. Rezo por la bebé dentro de mí.

Si estás escuchando, Dios, tráeme a Marisela.

Cuando termina la misa, el sacerdote desfila por el pasillo seguido de un grupo de monaguillos, el coro y finalmente la congregación. Las personas sentadas al frente salen primero.

Busco en los bancos la cara de Marisela. Cero Marisela. Tal vez le pasó algo malo. Tal vez se la llevaron. ¿Cuántas mujeres en casa no han desaparecido de un día para otro? Demasiadas para ser contadas. Quizás Marisela esté atrapada. ¿Cuántas mujeres pueden elegir con quién casarse y pueden realmente dictar su propia vida? Con Dios de testigo, mi hija tendrá opciones. Rezo para que sea terca y libre como Teresa.

Fuera de la iglesia me detengo en la parte alta de los escalones. La multitud bien vestida se multiplica. El sacerdote estrecha la mano de las personas cuando salen. Espero en la fila. Cuando es mi turno, él me toma la mano; las suyas son suaves y acolchadas, no son manos de trabajadores, y sus ojos son grises, su sonrisa amable. El sol dibuja un halo sobre su cabello castaño claro mientras habla. Sin entenderlo, solo lo abrazo, le rodeo la espalda con los brazos, agarro la pesada tela de su larga túnica y la sostengo dentro de mi puño. Respiro el olor de su iglesia y él me deja aferrarme a él, me acaricia la cabeza y me empuja suavemente.

Bendición, digo en español.

God bless you.

Se da vuelta para saludar a otra persona.

Me paro entre toda la gente y lucho contra las lágrimas. Extraño a mi padre. Extraño a mi madre. Bendición, me susurro a mí misma. Todas las mañanas les pido a Papá y Mamá y ellos me bendicen.

Dios te bendiga, Ana, y te dé sabiduría.

No puedo mover los pies. Caminen, les digo, caminen. Un brazo tira del mío; Rose me indica que la acompañe a su casa. Y de repente siento las piernas otra vez.

Rose me sostiene del brazo hasta que estamos dentro de nuestro edificio, hasta que llegamos al segundo piso, donde su perro empieza a ladrar antes de que salgamos del ascensor. Subo los cuatro pisos más para llegar al apartamento.

Cuando llego, Juan espera en la sala, ya vestido, fumándose un cigarrillo.

Entonces. ¿Qué tiene Dios que decir?

En lo único que puedo pensar es en Marisela.

Que los traidores no merecen el perdón, digo sin emoción.

Se ve desconcertado, casi encantado de que Dios diga semejante cosa. En su mente, Dios es para los desafortunados, los pobres y los desesperados. Juan piensa que él no es ninguna de esas cosas.

Juan y sus hermanos ahora sintonizan la radio a todas horas y revisan los periódicos para averiguar qué significa toda esta politiquería para ellos. Invirtieron más dinero del que realmente tenían, pidiendo prestado aquí para pagar allá, un verdadero riesgo. Después de años haciendo amigos en los tribunales, en el gobierno, en los bancos, para sortear la interminable burocracia, tienen pánico. En República Dominicana no se puede hacer nada si no conoces a alguien. Si el país se va con la izquierda, quieren estar listos, pero si se va con la derecha, también quieren estarlo.

El 24 de abril de 1965, José Francisco Peña Gómez, el único hombre negro que ha tenido la posibilidad de ser presidente en los últimos tiempos, tomó el control del gobierno y de Radio Santo Domingo. El anuncio fue programado para las dos de la tarde, estratégicamente después de la comida, cuando la mayoría de los ciudadanos estuvieran despertando de sus siestas y escuchando la radio. Peña Gómez anunció el derrocamiento del gobierno provisional de Donald Reid Cabral, respaldado por Estados Unidos, y llamó a la gente a tirarse a las calles.

Olvídense del toque de queda, les dijo Peña Gómez, no se hará cumplir. Y así, en todo el país, la gente se desbordó por las esquinas y las avenidas, celebrando. Incluso Juan, que nunca había confiado en un hombre negro, admiraba a Peña Gómez.

Se necesitan unos cojones de verdad para apoderarse de la estación de radio, dice Juan.

Juan, César y Héctor se sientan alrededor de la mesa a hacer sus apuestas mientras yo los alimento. No quiero preocuparme por Mamá, Papá y todos en casa, pero es imposible no hacerlo con la habladera de los hermanos Ruiz.

La hermana de la prima del hermano de la esposa de Ramón, que es ama de llaves en el Palacio, ha estado pasándole información de primera mano a Ramón sobre lo que está sucediendo en el terreno. Ella es quien hace las camas de los generales y friega sus inodoros. ¿Qué ama de llaves no guarda un archivo de la valiosa basura de su jefe? Ramón menciona documentos que datan de 1963, y que prueban que Estados Unidos ha estado entrometiéndose en los asuntos de la República Dominicana, escondidos debajo de los colchones, en caso de que un pobre diablo necesite un favor.

Así como fueron a meterse a Vietnam, dice Ramón, los americanos ahora están en República Dominicana. Punto final.

Incluso si Donald Reid Cabral no fuera elegido por el pueblo, él gobierna el ejército. Puede que no sea un dictador como Trujillo, pero tampoco lo pensaría dos veces para que, en el mejor de los casos, todos nos arrodillemos sobre un poco de arroz. Entonces, Ramón apuesta su dinero a Cabral.

No hay forma de que un líder dominicano gane sin las armas de los Estados Unidos.

Juan Bosch ganó una vez, volverá a ganar, dice César.

Eso era porque tenía la atención de Kennedy, dice Juan. Pero mira dónde está Kennedy ahora. Muerto. Soñar es bueno cuando estás durmiendo. Pero mientras estemos despiertos, nadie quiere pasar hambre.

Juan se sienta en la mesa de la sala, en una silla floja.

Tenemos que hablar, pajarita, dice.

Su tono trae un escalofrío a mi nuca. Él solo me dice mi pajarita cuando tiene malas noticias. No quiero escuchar qué podría estar mal ahora. Por primera vez en tres meses, no me he despertado con náuseas. El embarazo finalmente se me ha asentado en el cuerpo, mi cabello está grueso y mi piel limpia, tersa y luminiscente como un huevo duro.

Déjame hacerte un café, digo, y salto de la silla. ¿Queda algo de whisky en la botella? Mejor lo sirvo también.

No, Ana, siéntate. Sujeta su mano alrededor de mi muñeca.

¡Marisela! Él debe haberla visto. Miro mis uñas rosadas recién pintadas, esperando que el conteo de la bomba se detenga.

Juan, solo me tomará unos minutos hacer el café.

En ese tiempo puedo correr hacia la puerta. ¿Y mi cartera? Dominicana está en el alféizar de la ventana, pero sin un dólar que hable por ella. Mis zapatos están en el armario de la habitación. Tendré que huir descalza.

Pajarita, dice, tengo que dejarte.

¿Me estás dejando?, digo, sintiendo una mezcla de alegría y miedo.

Solo para ir a Santo Domingo. Tranquila. Me iré por unas semanas, tal vez un mes, ojalá que ni un día más. Tú sabes cómo están las cosas allá, todo lleva más tiempo del que debería.

Bajo su firme mirada, respiro profundamente para contener la emoción.

No te preocupes. Yo traté de arreglar las cosas para no tener que viajar. Pero si no voy, todo por lo que hemos trabajado se perderá. Han empezado a salir vuelos de Pan Am desde Puerto Rico. Ya estoy en una lista de espera para viajar desde aquí, así que seré el primero en ir.

Pero no entiendo, digo, y lo digo en serio.

Dada la oportunidad de flexibilizar su papel en los asuntos mundiales, Juan se lanza a dar una conferencia. Esta vez estoy más que feliz de escucharlo, sabiendo que pronto me quedaré sola para hacer lo que me venga en gana, sin nadie a quien esperar o atender.

Sucede que los americanos han ocupado Santo Domingo, poniéndose del lado de los militares para evitar otra Cuba donde la tierrita de Juan habría sido tomada y redistribuida entre la gente. Fue idea de Juan, ¡su idea, no la de Ramón!, invertir en la tierra para abrir un restaurante al lado de La Reyna, el motel de los políticos y muchachitos ricos que hacen sus negocios en secreto. Antes de que los hermanos Ruiz pusieran la primera plancha de cemento, el terreno ya se ha cubierto de árboles frutales y maleza. Ahora es un restaurante con un menú limitado, pero con un bar completo. Pero un día, dice, un día las camareras usarán uniformes y Juan instalará una vellonera.

César me prometió que te cuidará, dice Juan, ahora de pie y caminando en círculos.

Lo que sea que deba hacerse, digo con el suspiro de una mala actriz. Por dentro, estoy gritando. ¡Sí! ¡César! Puedo empezar las clases de inglés, dar largos paseos y César me llevará a bailar. Por supuesto, también podré localizar a Marisela. Ella no pudo haber roto su promesa a menos que tuviera que hacerlo.

Juan da vueltas alrededor de la mesita de café, sigue y sigue hablando sobre la política dominicana, cómo él conoce a algunas personas con suficiente influencia que todavía pueden proteger sus activos. Sin el título, podría perder la tierra. Mamá y Papá tampoco tienen título. ¿Quién podría recordar cuándo la familia de Mamá comenzó a anidarse allí?

¿Y qué pasó con el café que me ofreciste?, pregunta Juan.

Me dirijo a la cocina y a mi nueva vida. Ya estoy afuera echándole el ojo a la vecina de abajo, ayudándola a cruzar la calle y haciéndole los mandados. Me dirijo a Woolworth, que está a solo unas cuadras, revisando todos y cada uno de los artículos en el estante, intoxicada con el olor a panqueques y miel de arce. Adiós, Juan, me voy a ver una película con César y luego a probar los perros calientes que vende el señor debajo de mi ventana.

Negro y dulce, como a ti te gusta, le digo, entregándole el café a Juan.

Después de viajar por el mundo, me siento y escucho a Juan todavía hablando de papeles y dinero, papeles y dinero, y cuánto podríamos perder.

Antes de irse al aeropuerto, Juan me muestra cómo cerrar y abrir la puerta y cómo cerrar las ventanas.

Recuerda llevar las llaves dentro del puño. No hables con extraños y no le abras la puerta a nadie a menos que yo te haya llamado. ¿Tú entiendes? Tienes que ser inteligente y cuidadosa.

Mis ojos deambulan hacia sus dos maletas. Pasé la noche y la mañana llenándolas cuidadosamente de regalos, ropa usada para la familia, cartas para todos y todos los favores que les pidieron los amigos de Juan para que él les llevara a sus familiares. Estoy demasiado contenta como para escuchar.

Ve por los ojos. Juan levanta el puño con las llaves entre los dedos y finge golpearme en un ojo.

Sí, sí, no te preocupes, le digo sin alterarme (y sonrío del mismo modo como lo hacía con mis hermanos cuando jugábamos a luchar).

Tal vez todo este tiempo Juan realmente me ha temido. No hace mucho, una niña de doce años apuñaló a una anciana en el tren. Y luego fue ese chico de catorce años que apuñaló a un hombre en el pecho por cinco cheles. Cada dos días hay una historia de una violación, de un asalto, del robo de un bolso. Pero Juan tiene algo más que miedo. Siente que cualquier paso en falso de su parte puede hacer que los policías se lo lleven. Uno pensaría que Trujillo todavía está vivo, sus espías llegando hasta la ciudad de Nueva York. Tanta gente desapareció después de haber mirado al Jefe de la forma incorrecta. Pero ¿cómo trabaja la policía secreta en Estados Unidos? ¿Qué hace Johnson, el presidente estadounidense, cuando su gente se porta mal?

Juan se arrodilla en una pierna para besarme el vientre. Su tono alegre, forzado, me da miedo, pero trato de mantener claridad en el aire. Casi se ve tan guapo como Ricky Ricardo en su traje.

Ay, Juan, actúas como si nunca volvieras. Yo me encargaré de todo.

Me sorprendo de mí misma y lo abrazo para el programa *Ana ama a Juan*.

No. No. Es mi trabajo preocuparme, Ana.

Una pista de risa llena mi cabeza.

Ahora mira Lucy, no vamos a repasar todo esto de nuevo. Tú no puedes estar en el programa.

Dame una buena razón.

No tienes talento.

Dame otra buena razón.

Juan me besa en la cabeza.

Cuando escuchamos el carro de Héctor tocar la bocina desde abajo, Juan recoge sus abultadas maletas.

Una vez que sale por la puerta, me apresuro hacia la ventana y espero. Enseguida veo a Héctor y a Juan compartir un cigarrillo junto al carro. Entonces Héctor abre el maletero y coloca su equipaje dentro. Entran al auto. Conduce hacia la esquina. Se detiene en la luz roja. Y finalmente, finalmente, finalmente, la luz cambia a verde.

CUARTA PARTE

En el momento en que Juan se marcha, el zumbido del refrigerador se amplifica y el grito de las sirenas de afuera invaden el apartamento. Pronto caerá la noche. Los portones de las tiendas se cerrarán; se encenderán los postes de luz. Prendo el radio y el televisor. También enciendo todas las lámparas. Preparo la cena.

Se supone que César vendrá inmediatamente después del trabajo, que no se quedará deambulando como suele hacer, o pasando la noche con una de sus mujeres como también suele hacer. César trabaja en una fábrica de vestidos en el centro, por la calle 30, donde, según él, las telas que llenan los escaparates cubren las ventanas y los camiones bloquean el tráfico. Él trabaja con judíos que pagan puntualmente en efectivo y no hablan tonterías como hablamos los dominicanos. Después del trabajo, a menudo se puede encontrar en un bar con una mujer que termina alimentándolo.

Pero no como yo, pienso mientras muevo el arroz. Te daré comida tan buena que correrás a casa todos los días para hacerme compañía.

Me froto la barriga porque la bebé sabe especialmente lo bien que cocino. Ay mi bebé, mi conspiradora, mi compañera, mi todo.

Juan dejó la nevera y las alacenas llenas, así que tengo mucho para elegir. Insistió en que me aprovisionara de Chef Boyardee porque nunca se pudre, pero el olor me enferma y su blandura me pone peor. Saco dos rodajas de carite del refrigerador, una lata de agua de coco y coco seco todavía en su corteza. Juan se quejó de que el coco estaba caro, pero se me antoja, e incluso los hombres más estúpidos saben que no se le puede negar nada a una mujer embarazada.

Guayo la masa blanca sobre la tabla de cortar. Cuanto más oscuro se pone afuera, más busco a César caminando por Broadway hacia mí. Pelo y luego corto un plátano verde en trozos gruesos, los frío y los coloco sobre una servilleta. Todas las comidas favoritas de César. Pongo la mesa en la sala de estar. Me doy una ducha.

¿Dónde carajos está César? Espero hasta que nos podamos sentar juntos a comer, pero se está tardando demasiado. La última persona que se sentó a la mesa conmigo fue Marisela. Me duele pensar en ella. Por lo menos Juan nunca dijo nada sobre el dinero que falta.

Como todos los hombres, ese César. Me paro frente a la estufa y volteo el arroz, luego lo dejo reposar un poco más sobre la llama para que el fondo se endurezca y se convierta en concón. Todo el tiempo, mis oídos permanecen sintonizados a la telenovela *Corona de lágrimas* que suena en la otra habitación.

Te quiero . . . Te odio . . . Ven a mí.

Las trompetas en la radio resuenan sobre el diálogo.

Corona de lágrimas: solamente el título de la telenovela me hace pensar en la corona de rizos en la cabeza de César. Me preocupa que merodee por Harlem solo después del trabajo. Juan le ha peleado al respecto. Harlem arde, y los problemas lo van a encontrar allí. Harlem es donde a César se le ocurrió la alocada idea de dejarse crecer el cabello y hacerse un afro con una peineta. Pero César dice que se siente como en casa en Harlem, donde las mujeres no se aferran a sus carteras ni cruzan la calle cuando él les pasa por el lado. Nadie lo detiene en la puerta cuando va a entrar a un bar. Y luego están las chicas blancas, que van a los bares de

Harlem a bailar, a beber, a puncharse, a tener relaciones sexuales, y entran a su taxi con los monederos vacíos. Sí, a él le gustan esas chicas a quienes se les respira cierta desesperación, que quieren ser olvidadas. Que no están pensando en el futuro. Háblame en español, le ruegan. Please, pretty please.

Estúpido. César probablemente está comiendo comida de la calle cuando le preparé un festín con tanto amor y cariño.

Cierro los ojos: el calor de la estufa, los sonidos que compiten, el olor a salsa, el aceite de maíz caliente, el pescado y de repente Yohnny se escabulle detrás de mí y me mete las manos entre las costillas. ¡Ana!, me llama Mamá. Lenny me hala la falda y me pide que me una a él en algún juego que ha inventado. Juanita, Betty y Teresa se ríen de un chico. Ellas nunca me incluyeron en esas conversaciones. *Ana es demasiado pequeña para saber de esas cosas. Mírala ahora, jugando a ser mujer con esa barriga, cocinando para su cuñado que ni siquiera se molesta en aparecer.*

Ana-na-na, escucho a Mamá y la radio y la televisión también me llaman.

Meto un tenedor en el pescado y como de la sartén.

Cuando César finalmente llega a cenar, toda la comida está fría. ¡Tres horas tarde! Me está mirando raro. Huele a lana mojada y a sudor viejo.

No fue el trabajo o el bar lo que retrasó a César. Fue el aeropuerto. Fue a último momento con Héctor para dejar a Juan.

¿Qué está pasando aquí?, apaga las luces del techo, el televisor y baja el radio.

¿Estaba cocinando?

Estoy sorprendido de que los vecinos no se hayan quejado, dice.

Es que es tan callado cuando aquí no hay nadie.

Respiro hondo, de alivio. Al menos está en casa.

¿Por qué tardaste tanto?, pregunto y hago un escándalo al volver a encender la

estufa. César se sienta a la mesa, suspira y se limpia la cara con una servilleta.

Juan me dio algunos problemas.

¿Qué quieres decir?

Cuando llegamos a la terminal, después de cargar sus pendejas maletas para facturarlas por él, me acusó de que le había robado dinero. Entonces, le digo que está más loco que un reloj de a peso. Pero él sigue preguntando que por qué yo le robaría su dinero, gritándome frente a todo el mundo.

Por lo menos César se tomó unos cuantos tragos. Lucho contra el impulso de quitarle la pelusa de la fábrica, atrapada en su cabello, y peinar sus gruesas cejas.

En cambio, digo: ¿por qué no comes? Hice pescado con coco. Voy a terminar de freír los plátanos.

Ana, dice, mirándome fijamente, ¿cogiste el dinero de Juan?

Se me cae la quijada. Ah, ¿entonces ahora me estás acusando de ser una especie de vividora?

Tú lo dijiste, Ana, no yo.

Su rostro se torna duro, enojado, protector de Juan.

Me mira la barriga y tuerce la boca. Luego camina a mi alrededor como un policía, agarrándose las manos en la espalda. Me concentro en servir la comida.

Apuesto a que fue Antonio, le digo con toda la calma. Él se tranca en la habitación para medirse los trajes. Pudieron haber sido cualquiera de los hombres que van y vienen haciendo negocios con Juan.

César sacude su dedo índice y dice: Juan no dudaría en cortarle la mano a Antonio, así que ten cuidado a quién señalas con el dedo.

¿En serio?, digo y le pongo mi cara de Lucy Ricardo. ¿Mi esposo haría eso?

César deja mi pregunta en el aire. Se sienta de nuevo y saborea el pescado. Luego se ríe. ¿Por qué estás asustada? ¿Estás metida en algún problema?

De verdad, César, ¿por qué tendría yo que coger el dinero de Juan? Él me da todo lo que yo necesito.

En lugar de estar robándole dinero a Juan, deberías ponerte a vender comida. Coño, qué pescado que está bueno.

Come y déjame en paz.

Me dirijo a la cocina a esconder la cara.

Lo digo en serio, ganarías mucho dinero vendiéndole comida a los muchachos del trabajo. Matarían por una comida casera.

Quién sabe. Tal vez algún día.

¿No fue por eso que te casaste con Juan? ¿El motivo por el que viniste aquí? Delante de mí tú no tienes que fingir que no te importa el dinero.

Me está tirando puyas. Puyando y puyando. Le arrebato el plato.

Oye, no he terminado.

¿Por qué me estás tratando tan mal?

Me quita el plato y se come lo que queda.

Se para y toca tambora a ritmo de salsa y canta con la canción que suena en la radio, *Esa mujer fue mala . . .*

Se tira en el mueble, se cubre la cara con una almohada, sus pies desnudos cuelgan del borde. Un cordón de cuero negro con un signo de paz pende de su cuello.

Tú no puedes simplemente irte a dormir después de insultarme, digo, limpiando los platos. Por lo menos ofrécete a fregar.

¡Ja!, dice por debajo de su almohada. Te haces la mosquita muerta, Ana, pero, a diferencia de Juan, yo te veo clarita.

Mamá dice que todos los animales tienen que defenderse a sí mismos. Los chivos reculan y embisten a sus atacantes, los peces nadan para protegerse, pero las moscas se hacen las muertas.

Juan me llama cada dos o tres días, casi siempre por la mañana.

Todo está bien, Juan.

¿Te hago falta?

Por supuesto.

En la distancia, esas palabras salen de mi boca tan fácil como decir hola, adiós, por favor, y gracias, tanto en español como en inglés.

¿Ya viste a Mamá?

Yo no ando de vacaciones, tú lo sabes.

Mamá pronto verá que no metí dinero en las cartas. Todo el dinero que había ahorrado se fue en la deuda de Marisela.

Iré al campo la próxima semana, dice Juan cuando no contesto.

Asegúrate de darle a Mamá todo lo que les envié.

Intento sonar autoritaria, pero mi voz es pequeña incluso por teléfono.

La lista es larga. Una caja de mezcla de panqueques para Lenny. Cornflakes para Yohnny. Ropa interior para ambos. Latas de Chef Boyardee. Desodorantes, pastas de dientes, jabones con olor a Nueva York para Mamá y Papá. Y las cartas que les dicen que estoy bien. Que todo va según lo planeado. Que incluso con la bebé estudiaré y seré profesional. Les digo que estoy ahorrando dinero para traerlos. Primero a Mamá y a Yohnny, para que puedan trabajar. Luego a Lenny, que estudiará y aprenderá inglés ya que todavía está lo suficientemente joven. Y oh, que estoy feliz. Cómo todo salió bien gracias al buen juicio de Mamá. Lo maravilloso que está el clima. ¡Ni una gota de lluvia ni de nieve! Le digo a Yohnny que no pierda su tiempo neceando con política y que se mantenga alejado de problemas y que se concentre en prepararse para Nueva York. No dejes que Mamá lo esconda todo, le digo a Teresa. Tú sabes cómo es ella. Y aunque Teresa no puede admitir que el Guardia tiene mal genio, le digo que debería leer el folleto que incluí en el sobre (el que me dio la doctora sobre cómo protegerse del peligro). Señala a tu asaltante. Muestra tus dientes. Grita, pero no repetidamente. En los Estados Unidos se espera que todos luchen como una chiva. Yo guardé el folleto con los mapas y le envié el otro. Está en inglés, pero hay dos fotos. Una de las mujeres se parece a Teresa: cabello oscuro y rizado, cejas gruesas, labios carnosos. Y oye, ¿es cierto lo que dice Juan, que las personas se están matando unas con otras sin una buena razón? ¿Que los americanos están lanzando fuego en República Dominicana como en Vietnam? ¿Es realmente solo una pelea sobre si convertir mansiones en escuelas o hacer públicas las playas? Hablando de playas, ¿cómo está Gabriel? Salúdalo de mi parte. Y a Juanita y a Betty les envié muestras de perfumes.

Olvido que estoy hablando por teléfono con Juan hasta que él pregunta: ¿Y César? ¿Te está cuidando?

Sí, está bien, digo, contenta de que, por lo que puedo ver, Juan no sospecha en lo absoluto de mí.

Hay un precio que pagar cuando te metes con flores bellas. Esto es lo que Mamá dice cuando a Lenny lo pica una abeja y salta en un pie del dolor.

Cuando una abeja pica, hace estallar su propio corazón. ¿Sabías, Lenny? Al menos tú estás vivo para contar la historia, Mamá se ríe mientras Lenny llora.

Eso no es cierto, dice Teresa. Solo cuando la abeja intenta escapar, se le arranca el culo y se muere.

¿Ellas saben que van a morir?, pregunto.

Ay, Ana, ¿todavía no entiendes? Todas las hembras tienen que hacer sacrificios por el bien de la colonia. Pican para proteger a sus hermanas y hermanos. Y harían cualquier cosa para proteger a la reina. Todas las colonias necesitan una reina. Por eso es que le dan de comer toda esa gelatina, para que se ponga grande y gorda y ponga todos los huevos.

Mamá se mece en la mecedora frotándose la barriga mientras todos nos sentamos a sus pies en la hierba.

César es de los que atrapan con miel y no con vinagre. Por eso finge que todo está bien entre nosotros. Sus rizos gruesos y crecidos están envueltos por un halo de humo del cigarrillo que cuelga de sus labios. Y cuando estira los brazos sobre su cabeza, se le marcan los huesos de las caderas, tengo que luchar para contenerme y no meter la mano en sus axilas y atrapar su olor a clavo dulce. Sus ojos dormilones se me quedan merodeando hasta después de la cena. Mientras más grande es mi barriga, más cortas se vuelven mis faldas. Le tiro el paño de cocina y le sirvo café.

Vamos al cine, dice.

¿Al cruzar la calle?

No. Conozco a un boricua que trabaja de seguridad en Radio City. Adonde van los ricos.

Entonces, ¿no estás enojado conmigo?

¿Debería? Ponte un vestido y arréglate un poco.

César se pone una camiseta manchada de amarillo y azul.

Mi novia diseña esta tela.

Siempre una novia.

Por supuesto. Ella toma una tela de color liso, la tuerce y la tiñe de otro color y luego otro color. A ella se le ocurrió la idea mientras viajaba en la India. ¿Qué opinas? Genial, ¿no?

Con esa camisa, parece uno de esos tipos que protestan en las calles y tienen carteles contra la guerra. Durante toda esta primavera, el presidente Johnson ha estado bombardeando Vietnam como si le hubieran herido el ego cuando mataron a algunos estadounidenses. Ahora miles y miles son enviados a morir. Solo espero que ningún dominicano sea tan estúpido como para matar a un americano.

César se peina y su pelo se convierte en una gran bola de espuma. Le ajusto la gargantilla de cuentas, admirando su piel, firme y suave. Se ve ridículo, pero tan único. ¿Qué pensaría Marisela del colorido atuendo de César? ¡Futurista!, diría. ¡Individual! Estaría impresionada de que César trabaje en el mundo de la moda y que salga con las gringas que modelan vestidos en pasarelas. Quienes, dice, comen paqueticos de azúcar de almuerzo y el resto del día viven de cigarrillos y café.

Me siento simple, gorda y aburrida.

¡Espérate, César! Salgo corriendo a pintarme los ojos con un delineador negro y grueso y me agrego otra capa de rímel. Me tiro el pelo para atrás y me pongo una bufanda rosada de venda. Hago una pose como Twiggy. ¿Qué opinas ahora?

Diablo. Si Juan te viera, *nos* arrojaría a los leones.

Hay un *nosotros*. Es innegable. Un nosotros que no puede existir cuando Juan esté cerca.

César enlaza su brazo al mío y no lo dejo escapar, ni por un minuto. Ni en el andén del tren, donde esperamos y observamos las palomas volar de un lado de la plataforma al otro, donde el rugido del tren me hace cubrir solo una oreja. Incluso dentro del vagón del tren, donde las luces fluorescentes hacen que las manos se me vean amarillas, me aferro a él.

En Radio City Music Hall, las luces de la marquesina sobre nosotros destellan las palabras *Sound of Music* en su rostro. El olor a maníes tostados del vendedor de la esquina llena el aire. Mientras la gente espera para entrar al teatro, los manifestantes al otro lado de la calle gritan 'Nam! 'Nam! 'Nam! y Dom. Rep.! Dom. Rep.!

¿Siempre es así aquí?

Pero César no puede oírme mientras aprieta los puños y se une al canto: *¡Dom. Rep.! ¡Dom. Rep.!* Emocionado, nos aleja del teatro y nos acerca a la multitud. Se me suelta su brazo y me quedo sin aliento cuando un taxista toca la bocina para que se mueva fuera de su camino. El grupo de manifestantes se hincha en el tráfico y unos policías extienden los brazos construyendo un muro humano para hacerlos retroceder.

Por un minuto pierdo a César.

¡César! ¡César!

Siento que me hala hacia atrás, hacia la acera, luego atravesamos la fila de personas que va al teatro y doblamos la esquina hasta llegar a la puerta lateral.

Solo empleados, dice, sin aliento, y se lleva los dedos a los labios. Toca la puerta y espera.

Me siento abrumada. Quiero decirle que quiero volver a casa.

La puerta se abre.

¡Boricua!, César toma la mano del tipo, lo hala y se dan un medio abrazo. El tipo lleva cuentas gruesas, sandalias claras, una larga trenza. Ambos parecen venir de otro planeta.

Paz, mi hermano, el hombre le dice a César. Disfruta el espectáculo.

Me sostengo el vientre con una mano y a César con la otra mientras él nos mueve por un pasillo oscuro. Nos asomamos a la entrada principal, donde un gran candelabro se cierne sobre nosotros, resplandeciente. Las horas que debe tomar mantenerlo desempolvado. Y el gran auditorio, con arcos altos y brillantes cortinas doradas. Llegamos a la primera fila, donde los asientos están cubiertos de un terciopelo bermellón que combina con la alfombra. ¡Todo combina! Incluso en la audiencia veo chaquetas de trajes de color sombrío y vestidos monocromáticos, con bolsos y zapatos a juego.

¿Y si nos agarran por no tener boletos?, digo, ahora avergonzada por la extraña camisa y el gran afro de César.

Te preocupas demasiado. La película está a punto de comenzar, dice, y mira a su alrededor como si esperara ver a algún conocido.

En Radio City Music Hall hace frío. Nuestro teatro en San Pedro de Macorís es un horno. Las películas que muestran son casi siempre en blanco y negro. No hay nada brilloso allí, excepto las envolturas de los caramelos que el dueño del cine, que nos conoce de toda la vida, les da a los niños que asisten. Aquí, en Radio City Music Hall nadie me sonríe. Nadie habla. Lenny, con sus codos cenizos, no está en mi regazo. Yohnny no me está contando chistes estúpidos. Teresa no está rizando las puntas de mi cabello. Nadie le tira palomitas de maíz a la pantalla.

La cámara recorre a través de hierba iridiscente, montañas nevadas y vastos cielos azules. ¡Tanto color! ¡Qué pantalla tan grande! Mis ojos están demasiado acostumbrados a nuestra pantalla de televisión en blanco y negro, más pequeña que una caja de cereal. Pero ahora yo soy María y vivo en una gran casa con toda esa tierra. Y cuando María canta, mis ojos se levantan. ¿Finalmente me he enamorado? ¿Finalmente estoy ciega?

Salimos del teatro. Los manifestantes se han ido, la ciudad se encuentra repentinamente tranquila y desierta. César me agarra del brazo.

Caminemos a la próxima estación de tren, dice, y enciende un cigarrillo.

Las calles del centro son más luminosas que en Washington Heights. Él camina entretejiendo sus pasos hábilmente de cuadra en cuadra, evitando los signos XXX y los hombres en las esquinas vestidos como pájaros.

¿Disfrutaste la película?

Sí, y pasar tiempo contigo.

En el momento en que lo digo, me arrepiento. ¿Pero qué se supone que María diga?

Caminamos en silencio. Trato de recordar las calles y los edificios: 53.ª y 55.ª, la Sexta Avenida, y esta Broadway distinta. Cada pocas cuadras otro pliegue, cada barrio con sus secretos. Esta es la ciudad, grande y complicada. Qué fácil es perderse. Me aferro a César hasta que llegamos a casa.

Se tira en el mueble de la sala. Se cubre el cuerpo con el abrigo y se despide: Hasta mañana, hermoso mapache.

Solo entiendo una vez que estoy frente al espejo del baño que el delineador me ha manchado debajo de los ojos.

Me acuesto en la cama, inquieta. Me quedo de mi lado, aunque Juan está muy lejos. Me froto la barriga pensando en Marisela, Juan y mi familia. En César, que está en el otro cuarto. Me pregunto cómo resolvería María un problema como el mío.

Con Juan lejos, asisto a las lecciones gratuitas de ESL (Inglés Como Segundo Idioma) en la rectoría, al lado de la iglesia. Me meto en una pesada falda de lana que me cubre las rodillas, demasiado caliente para el clima, pero todavía me queda bien. Cierro la puerta detrás de mí, voy al ascensor, luego regreso a la puerta del apartamento para asegurarme de que esté cerrada. La rectoría está a solo dos cuadras de distancia, pero el saber que nadie me estará esperando me hace sentir vulnerable. ¿Qué tal si inmigración me atrapa y me lleva como lo hicieron con la hermana de Giselle, la de El Basement, que fue a la policía después de que un tipo le robara el monedero y de alguna manera entendieron que no tenía papeles? Se la llevaron.

Pensándolo bien, debí haberle dejado una nota a César en el apartamento, pero llega el ascensor y no quiero llegar tarde a la lección de las 10 a.m.

Camino con las llaves en la mano, para punchar a alguien en el ojo si me acosa. Sé cómo presentármele a la maestra, en inglés. *Aló. Jeeelo*. Ya no soy la niña que mi madre mandó. Estoy a punto de convertirme en madre. No hay razón para tener miedo. La gente camina por las calles de la ciudad todos los días y sobrevive. Solo necesito meterme en mis propios asuntos y cuando vea problemas, caminar por el otro lado.

Alrededor de la cabeza me aseguro el pañuelo florido que encontré debajo del fregadero, con olor a lo que seguramente es el perfume de Caridad. Está por todo el pañuelo.

Bob, el portero del edificio que barre la entrada principal, señala el cielo y hace un gesto como quien abre un paraguas. No, no me voy a devolver, aunque el cielo amenace con lluvia. El aire se espesa con la humedad y un fuerte viento me empuja al otro lado de la calle, lejos de la iglesia. ¿Es esta una señal para que me devuelva? Las personas me sonríen, me saludan con la cabeza cuando les paso por al lado, como la gente de la ciudad solo lo hace con los niños y los ancianos.

Agarro las llaves con más fuerza.

Hoy la acera de concreto se siente más dura bajo mis pies. ¡Tanto cemento!

En casa el cemento significa progreso. En la ciudad de Nueva York, son los árboles y la hierba los que denotan riqueza.

La rectoría huele a incienso y pan horneado. Soy la primera en llegar. Imágenes de la Virgen María, velas encendidas y Jesús cubren los paneles de madera oscura. Sillas de metal plegables rodean una mesa de conferencias. Sobre la mesa, una pila de revistas, tijeras y pegamento líquido. La gran pizarra no se ha corroído con sal ni se ha manchado con lecciones anteriores. Se ve completamente nueva.

Excuse me, can I help you?

Giro la cabeza y retrocedo un paso cuando me encuentro con una mujer, cubierta de pies a cabeza con un hábito negro, que se eleva sobre mí. Se me revolotea la barriga.

Inglis? Señalo el letrero.

La piel de la monja brilla y sus ojos se iluminan.

Welcome! Yes, here we learn English. You're early, but take a seat.

Báfrum?, pregunto. La bebé, del tamaño de un guineo pequeño, me pesa en la vejiga; cuando tengo que ir, ¡tengo que ir!

La monja señala el largo y estrecho pasillo. Las paredes son paneles con gabinetes de madera oscura y pulida. Montones de Biblias y otros libros encuadernados en cuero llenan los estantes. Al final del pasillo, la luz se filtra a través de una vidriera y aterriza en una mesa en la cocina atestada de bolsas transparentes llenas de hostias. ¡El cuerpo de Cristo! Levanto una bolsa y me la pego a la nariz. Cuando escucho a la monja venir por el pasillo, meto la bolsa en mi cartera. Titubeo al abrir la puerta, entrar y encerrarme dentro.

Cuando salgo del baño, ella me está esperando. Sus mechones parecen espaguetis cocidos. Incluso sin maquillaje es bonita. Aunque había planeado devolver la bolsa de hostias, la sigo a la habitación principal. ¿Qué tal si el sacerdote ya las bendijo? Si las monjas tienen comunicación directa con Dios, ¿qué tal si Jesús le susurra al oído a la monja que lo llevo dentro de la cartera?

En la mesa, hay otros seis estudiantes. Busco a la hermana de Marisela entre las caras desconocidas. Nadie se ajusta a su descripción. La monja nos entrega una hoja de papel en blanco. Pega otra en la pizarra y escribe: My name is Marta Lucía.

Se señala a sí misma y pregunta: What is your name?

Escribo: My name is Ana.

Una mujer con melena roja y un labio velludo levanta su hoja y se la muestra a la hermana Lucía.

Very good, dice la hermana.

Cuando se le pregunta algo en español, ella responde solo en inglés. Estoy perdida, así que miro a los otros estudiantes y los sigo. Una señora mayor habla en otro idioma que tampoco entiendo. Nadie más habla español excepto la hermana Lucía. Qué confuso.

Ella camina por detrás de mi silla y choca con mi cartera.

It's okay, Ana.

La hermana Lucía toma mi cartera y se la lleva consigo.

Pero señorita . . .

Estoy lista para caer de rodillas y confesar. Pero todos están muy ocupados tratando de entender a la hermana Lucía, que habla demasiado rápido como para ver mi pánico.

Por favor, le mascullo a la monja, a Jesús, mis pies pegados al suelo, mis ojos al borde de las lágrimas.

La veo colgar la cartera en un gancho al lado de algunas chaquetas y otras cosas. La veo asegurarse de que la puerta de la rectoría esté cerrada, asegurándome que mi cartera está segura. La veo regresar a la mesa.

Gracias, Dios, digo mientras la hermana Lucía coloca otra hoja en blanco y un marcador frente a mí. Pega su propio papel en el pizarrón y en inglés escribe: Nací en Chile.

¿Dónde naciste?, pregunta en inglés a la clase, toma una de las revistas, corta una fotografía de una casa y la pega en su hoja. Ella les pide a todos que hagan lo mismo y agarramos revistas como si hubiera menos revistas que personas.

Me encantan los caballos, así que recorto uno. A diferencia de Marisela, las yeguas cuidan de sus amigas embarazadas. Hay algunas manzanas en R.D., por eso recorto manzanas. Solo en Navidad se me permite darle una mordida, excepto por el año en que Yohnny se robó una y la escondió debajo de la cama, y allí se la comió un ratón. Entonces nadie comió manzana.

Para cuando la calefacción no funcione en el apartamento, recorto una chimenea. Y debido a que una adivina me dijo que yo tendría una larga vida y dos hijos, recorto dos, una niña y un niño, ambos rubios con grandes ojos azules, vestidos con ropa combinada, hermosos y ricos.

La hermana Lucía pega mi hoja en el pizarrón junto a la suya y la de los demás.

I was born in Greece.

I born in China.

I was born in Russia.

Ella repite todas las oraciones y luego nos pide que repitamos después de ella, Born.

Boln . . .

Bon . . .

Bone.

Born! Born!

Cuando lee mi oración en voz alta, la hermana Lucía dice, I was born, y escribe Dominican Republic sobre mi República Dominicana.

Do-mi-ni-can Re-pu-blic, dice.

Yo repito.

Very good, Ana, very good! La hermana Lucía aplaude.

My name is Marta Lucía. I was born in Chile. And you, Ana?, ella me señala.

My name is Ana. I bon in Dominican Republic.

No, Ana, di: My name is Ana. I *was* born in Dominican Republic.

Repito.

Muy, muy bien, Ana. Ya puedes decir que hablas inglés.

La hermana Lucía me da un fuerte abrazo al terminar la clase. Cuando me entrega la cartera, la deja caer sin querer.

¡No!, me lanzo hacia ella y se la arranco.

Es más pesada de lo que parece, dice.

Me hago la loca y digo: Gracias, hermana Lucía.

Camino tan rápido como puedo, temerosa de mirar hacia atrás y convertirme en sal. La cartera pesa más que el pintalabios, el espejo y el monedero. Aunque mis pies están más pesados que dos ladrillos, voy volando por la calle.

Miss, miss!, escucho a un hombre gritar detrás de mí.

Giro, agarrando las llaves en la mano.

Un joven negro agita la bufanda de Caridad. Está vestido con uno de esos trajes a la medida que a menudo admiraba frente al Audubon los domingos por la tarde. Me pego la cartera al cuerpo, pensando en todas las cosas que Juan me ha dicho. Camino tan rápido como puedo, la bebé empuja contra una costilla y no hay nadie allí para salvarme. Tropiezo. El hombre se acerca, me toma del brazo y cuando miro hacia arriba, lo único que veo es una tela de flores.

Miss, you okay?

¡Juan!, grito y me pongo el brazo frente a la cara y enrollo el cuerpo alrededor de mi estómago y mi cartera.

El hombre se acerca.

Mi nem is Ana, digo una y otra vez. I bon in Dominican Republic.

Él se ríe. Admiro sus deslumbrantes dientes. El miedo se evapora y me siento tonta. Dejo que su mano me ayude a levantarme.

Tenk you.

You're welcome, miss, responde, alejándose y diciendo que no con la cabeza.

Me pongo la bufanda alrededor del cuello, articulando, You welcome, una y otra vez en mi cabeza. Cruzo la calle y entro al edificio. Bob, el portero, me abre la puerta. Yo digo: Tenk you, y él dice: You're welcome. Entro en el ascensor y digo: You welcome, y finalmente cierro la puerta del apartamento detrás de mí.

Me siento en el sillón. El departamento se oscurece a medida que grandes nubes negras se ciernen sobre la ciudad. De mi cartera, saco la bolsa de pan sin levadura. Coloco a Jesús en mi boca y dejo que se me derrita en la lengua. Me como una hostia tras otra. Quizás él pueda protegerme desde adentro; tal vez ahora no pueda ignorarme como lo hizo el día que le pedí que trajera a Marisela de regreso. Me lo como hasta que me lleno. Me acuesto en el mueble y respiro lentamente porque no quiero vomitarlo.

Jesús, bendice a mi bebé.

Para poder aprender inglés, la hermana Lucía dice que tengo que practicar todos los días. Todas las mañanas, cuando César sale para el trabajo, lo encamino hasta el vestíbulo y cojo un periódico prestado. Pero no es robar. Me tomo la tarea de recoger todos los envoltorios de chicle, las colillas de cigarrillos y otras basuras que dejan mis vecinos y sus visitantes.

Vas a hacer que el portero pierda el trabajo, dice César.

Bob viene entre las 4 y las 10 p.m., seis días a la semana, digo, recogiendo un vasito de café desechable del piso del ascensor, y todavía queda basura. También es nuestro edificio. Quién sabe, tal vez si me ocupo del edificio, algún día él se ocupará de mí.

También tomo libros que la gente deja en la mesa por los buzones, incluso si están en inglés. Un día leeré: *To Kill a Mockingbird, Anne Frank, One Flew over the Cuckoo's Nest.*

Estudio algunos grafitis en la pared del elevador escritos a lápiz: Víctor y Emily dentro de un corazón. ¿Debo dejarlo o lavarlo? No me importa ayudar al canoso Bob, cuyos ojos están cubiertos por una capa. Me hace sentir segura, siempre abriendo y cerrando la puerta para todos, vigilando el edificio.

Arriba, me siento con el periódico y una taza de café recién colado.

¿Por qué el inglés es tan difícil?, le pregunto a mi Dominicana, que mira sin rostro desde el alféizar de la ventana. Coloco un diccionario cerca y comienzo mis lecciones. La educación es la clave para ser independiente y llegar a ser alguien. Le echo un vistazo al periódico, buscando palabras familiares. *Dominican*

Republic salpicada por todas partes como confeti. Nuestro pequeño país llega mucho a las noticias.

Ha fallecido un José Xavier Castillo. Un disparo en la cabeza. Jugando. ¿De dónde es José? No hay pistas. Solo que está muerto.

La lluvia cae más fuerte, como si estuviera enojada con aquellos que se atreven a caminar por debajo de ella. Sombrillas de colores inundan Broadway.

El ejército dispara contra Óscar Alida Pérez, de diecisiete años de edad. Poison GI.

¿Poison? Busco la palabra, Veneno. GI. Accused of poisoning. Busco la palabra, acusado.

No más viajes a Cuba.

El coronel Francisco Caamaño dice, EE. UU. vete a tu casa. La lucha continúa.

Cuarenta y tres personas mueren en terremoto en San Salvador.

Demasiado. ¿Por qué no tienen nada bueno que decir?

Tomo el teléfono para ver si está funcionando. Nada de Mamá. Ni siquiera está la respiración. Debería estar aliviada de que Caridad ya no llame. ¿Juan la llamará desde República Dominicana?

Subo el volumen del radio a todo lo que da. César ha cambiado la estación habitual, por lo que ahora la música rock retumba a través de las bocinas. *I can't get no, satisfaction!* La hermana Lucía dice que escuchar música en inglés es una buena forma de aprender el idioma. Salto sobre el sofá y bailo, sacudo la cabeza y las caderas, grito: *Ay con gue no satifason!* Toco una guitarra de aire, golpeo una batería, agito mi guitarra, salto del mueble a la mesita y sacudo los puños en el aire.

¡Bang! ¡Bang! ¡Bang! Cuando termina la canción y aparecen los anuncios, apago el radio y escucho un golpe desde abajo. Pego la oreja contra el suelo. La escoba del vecino.

¡Lo siento mucho, señor O'Brien! No se preocupe, ¿está bien? ¡Terminada la lección de inglés!, le digo por las grietas del piso al hombre al que le falta un dedo y usa ropa de guerra. Haré más comida para compartirla con él. Hay tanta gente viviendo sola en la ciudad. Apuesto a que nadie lo visita.

Levanto el teléfono y marco el número de Caridad que había copiado en mi cuaderno. Suena y suena. Entonces, finalmente, Hello. Hello. Ella escucha. Yo respiro.

Mi querida Caridad,

Los días son largos en Santo Domingo. Fumo cigarros para hacer soportable la espera. Estoy agotado. Todo está húmedo. La humedad es una perra. Presiono el lapicero ligeramente para no punchar la hoja. Nos turnamos para vigilar la puerta de la casa. Ramón me hace agarrar un arma mientras lo hacemos. Todo eso me pone nervioso. Especialmente el perro. Ramón insiste en tener un perro. Ladra sin cesar y no bromeo, me odia. Ayer, mientras todos estaban durmiendo, en total oscuridad, solo una vela para hacerme compañía, escuché un gemido, como un gatito, pero era un niño, atrapado en unos alambres que Ramón colocó alrededor de nuestra propiedad. Estaba tratando de trepar. Cables, botellas rotas, nada impide que se suban y se metan al patio. Pobre muchacho. Un muchacho con hambre. Un muchacho perdido. El perro se lo habría comido si no hubiera salido, así que le disparé al perro. Jodido perro. Él seguía ladrando. El cabello se le puso blanco al muchacho.

No recuerdo tu olor. ¿Me mandas algo con tu olor? Pronto volveré a casa. Esta guerra no puede continuar por mucho más tiempo. Recuerda cuando te visitaba a tu cama y todo era tan fácil. Me arrepiento tanto. Debimos haber tenido más coraje, tú y yo.

Te amo,
Juancho

Mientras César trabaja, yo doy largas caminatas alrededor del barrio. Entro a Woolworth y estudio todos los potes de cremas para la piel y productos para el pelo. Escribo los nombres y los ingredientes para luego buscar las traducciones. Quiero juntarme con las personas sentadas en el mostrador. El olor a panqueques, perros calientes y miel de arce es tentador, pero el hombre detrás del mostrador me mira como si no quisiera que yo estuviera allí. Tanto de la ciudad pertenece a otras personas. No quiero problemas, así que me voy.

Voy por el parque cerca del río y veo jugar a los niños. Miro los restaurantes en Broadway y observo con qué cuidado los camareros llevan grandes bandejas llenas de platos elaborados, moviéndose como bailarines en los salones llenos de gente.

Me paro frente a un edificio de ladrillos rojos que ocupa toda una cuadra. Una mujer de pelo morado lleva un loro en el hombro. Ella arroja una envoltura de caramelo al suelo. Yo, la tiro a la basura por ella. Noto a alguien usando gafas de sol grandes y rolos debajo de una bufanda. Ella entra al edificio al otro lado de la calle. La pisada decidida: ¿Marisela?

¡Marisela!, grito. El semáforo en rojo y los carros no me dan oportunidad. ¡Marisela! Reconozco los pantalones rosados. Entra al edificio. La sigo. Pero ya no está en el vestíbulo. Veo los números en el ascensor ir, 2, 3, 4, 5. Se detiene en el 5. El vestíbulo apesta a orina. Las paredes están en proceso de ser empañetadas con yeso. A la lámpara le falta un bombillo. Tal vez esté visitando a alguien. Este no puede ser su edificio. Su santuario. No la Marisela que conozco.

Debí haberme ido a casa. Nadie sabe dónde estoy. El edificio no se siente seguro. ¿Y si no es ella? Pero no puedo detenerme. He estado esperando por semanas, esperando verla. Quiero pegarle, besarla, abrazarla. Preguntarle.

Tomo el ascensor y presiono el número 5. Una cucaracha del tamaño de mi pulgar me acompaña, junto a un olor a rata muerta. El largo y estrecho pasillo en el quinto piso tiene incontables puertas a cada lado, cada una marcada con una letra del alfabeto. Cada puerta tiene su propio sonido, música, voces, ladridos. Las luces tintineantes del techo crean un efecto estroboscópico desorientador. Pego el oído en cada puerta, por una pista, por su voz. Pero incluso si la llegara a encontrar, ¿qué le voy a decir? Mi cuerpo se tensa, mis labios se tensan. Le ordeno a mis pies que corran. ¡Corran! Bajen las escaleras, atraviesen el vestíbulo y vuelvan a casa. Pero no me puedo mover. Espero.

Se abre una puerta y sale una niña con una bolsa de basura. Parece unos años mayor que yo, con medias hasta las rodillas, y me mira fijamente. Su cabello envuelto en un tubi. Debo haberla asustado, porque gritó hacia el apartamento, ¡Marisela!

Mis ojos quemando las zapatillas de la niña, el dobladillo de su vestido con volantes.

¿Eres su hermana?, pregunto. Se parece a ella, excepto que es menor.

¿Te conozco?

¿Quién está en la puerta?, grita Marisela.

Con la lengua amarrada, me quedo congelada y mirando fijo.

¿Estás loca?, la niña pregunta.

Marisela aparece en la puerta sin su cara, sudorosa y desaliñada. Empuja a su hermana a un lado, es como si un fantasma estuviera delante de mí.

¿Ana? No tienes nada que hacer aquí.

Le echo un vistazo a su apartamento, repleto de cajas y grandes bolsas negras de basura. Me recuerda el desastre que encontré en el apartamento de Juan cuando llegué. ¿Pero Marisela? Esperaba más de ella.

¿Pero quién es?, escucho a la hermana preguntar.

Nadie, nadie en absoluto.

El corazón se me acelera, la garganta se me cierra. Me encuentro los pies y corro por el pasillo sosteniéndome la barriga, rezando para que el ascensor me esté esperando. La puerta es pesada y está pegajosa. La halo con fuerza. Pisoteo en el piso del ascensor, cruzo los brazos con disgusto.

No soy nadie. ¡Nadie!

El dolor en mi pecho es insoportable. Se me acorta la respiración. Se me ha ido la fuerza. Cada paso a casa, un esfuerzo. En esta ciudad nada es lo que parece. Nadie es de confianza. Juan siempre lo ha dicho. Mamá siempre lo ha dicho. Qué tonta he sido al pensar que la ropa elegante de Marisela era sincera. Qué mentirosa. ¡Una ladrona!

Cruzo la calle hasta Broadway, hacia mi edificio, donde Bob abre la puerta con brazos cálidos, donde las lámparas no están rotas y los pisos están limpios.

Esa noche, cuando César llega, estoy refugiada en la cama, con el último rayo de sol dibujando una fina franja en las sábanas.

César se apresura hacia mí.

¿Estás bien?

He llorado la mayor parte del día. Tengo los ojos rosados y vidriosos, el pelo en nudos de tanto dar vueltas.

La cena está sobre la estufa, digo por debajo de la almohada con la que me que cubro la cara. No quiero que me vea toda manchada e hinchada. El sancocho de habichuelas está salado por las lágrimas.

César se quita los zapatos y se mete en la cama conmigo. Me acurruca por detrás y me remueve el pelo de la cara. No reacciono.

Cuéntamelo todo, dice con voz aguda, como si supiera que lo que necesito es a mi hermana Teresa.

Recibo con agrado su calidez. Quiero agarrarle el brazo y meterlo debajo de mí, acercarlo y quedarme dormida con su cuerpo de la misma manera en que solía hacerlo con mi hermana, esas noches que Mamá nos pegaba a las dos y nos mandaba a la cama. En cambio, me volteo, agarro su mano y lo miro a los ojos.

Estoy tan sola en Nueva York, digo. No tengo amigos. Nadie en quien confiar.

Me tienes a mí. ¿No he estado aquí para ti?

Pero tú le perteneces a Juan. Si tuvieras que escoger, lo escogerías a él. Dime si me equivoco.

César lo piensa.

Tú me llamaste vividora. ¿Eso es lo que piensas?

¿Por qué simplemente no admites que le robaste dinero a Juan?

Lo hice por Marisela, digo, y me echo a llorar.

Espera. Espera. No llores.

Ahora le vas a decir a Juan que yo soy una ladrona. De todos modos, ya estás de su lado.

Eso no es cierto, Ana.

Por favor, no me mientas como lo hace el resto de la gente. Yo sé todo sobre Caridad. Yo sé que Juan solo se casó conmigo para que Ramón y todos ustedes pudieran construir en nuestra tierra.

¿Quién te dijo lo de Caridad?

Ves, ves. Seguramente eres amigo de ella y te sientas con ella y se ríen de lo estúpida que soy. Ustedes son todos tan calculadores. Solamente piensan en negocios y dinero.

Pero Ramón solo trata de ayudar a tu papá. Eso no tiene nada que ver contigo.

Tal vez tú eres el estúpido.

Cojo la almohada y le pego con ella.

Espérate, espérate, yo no hice nada.

César se tira de la cama. Le tiro una almohada y luego la otra. Él las esquiva. Miro a mi alrededor en busca de otra cosa que tirarle.

Créeme, no tienes que preocuparte por Caridad. Es decir, Juan nunca la va a amar como te ama a ti. Ella es puertorriqueña.

¿Qué estás diciendo? ¡Todos tus hermanos se han casado con puertorriqueñas!

Tomo el radio y le apunto.

¡No, el radio no!, dice, y abre los ojos y simula una sonrisa.

Te odio.

Podemos recuperar el dinero de Marisela, te lo juro. Yo sé dónde ella trabaja.

¡Por supuesto que lo sabes!

Se sienta de nuevo en la cama. Me da una servilleta de la caja que conservo en la mesita de noche.

¿Por qué no te echas un poco de agua en la cara y te sientas a la mesa conmigo mientras yo como?, dice. Por favor.

Yo solo quiero volver a mi casa, digo, y lo digo en serio.

Siempre te escogeré a ti, dice, lo juro, lo haré.

Como todos los hombres que no quieren ver llorar a una mujer, César miente. Pero escucharlo me conforta.

Juan se queda sin aliento, del otro lado del auricular. Desde que llegó a República Dominicana, me dice que ha estado buscándosela para mantenerse en pie. Necesitaba a alguien que lo ayudara a conseguir el título de su tierra, pero ya no es lo suficientemente dominicano como para lidiar con el laberinto de autoridades que felizmente mirarían para otro lado por paga. Incluso su hermano Ramón, que se quedó en República Dominicana para mantenerse al tanto de las cosas, no puede encontrar una manera de reducir el absurdo precio de venta para que obtener el título valga la pena.

Por la noche, Juan se encierra en la casa, porque dice que solo los estúpidos se involucran con las armas que están entregando en las calles para combatir contra las armas y las balas de Reid Cabral. Con Estados Unidos apoyándolo, una elección democrática es un imposible. No se puede confiar en nadie. Ni siquiera en la familia, dice.

Durante años, Juan y sus hermanos han enviado dinero a República Dominicana para invertir en tierras, el restaurante y el edificio que le quieren construir encima con suficientes apartamentos para cada hermano. Todos planean regresar algún día y vivir allá o darle un apartamento a uno de sus hijos. Con el dinero a cuenta gotas, Ramón es a quien se le ha confiado la administración de la cuenta bancaria de los Ruiz. De lo contrario, es fácil dilapidar los ahorros, diez dólares aquí, veinte dólares allá, para resolver un problema, luego otro. Ramón es el hermano serio que siempre pide todo por escrito, que registra la compra de cada clavo, lata de pintura, rollo de papel higiénico. Por un buen número de años, Juan, Héctor y César han trabajado dos, incluso tres trabajos, y le han enviado un porcentaje a Ramón para que pueda tirar el cemento, elevar las paredes e instalar algunas ventanas. Pero mientras estaba en República Dominicana con Ramón, para asegurar sus inversiones, Juan se dio cuenta de que algo andaba mal. Entre Juan, César y Héctor, que hacen frenéticas llamadas telefónicas con incredulidad, me entero de que Ramón ha hecho lo imperdonable.

Al principio, Juan encuentra todo como se esperaba. El restaurante tiene un baño adecuado, tres paredes y un techo construido lo suficientemente fuerte como para aguantar dos pisos más, para cuatro apartamentos de dos habitaciones. El ingeniero y Ramón se reúnen con Juan y comparten todos los planos para el proyecto mayor. El ingeniero dice que Roma no se construyó de la noche a la mañana y que pueden construir un piso a la vez.

Luego, por la mañana, cuando los bancos están finalmente abiertos, después de haber estado cerrados por razones de seguridad durante la insurrección, Juan le dice a Ramón: Quiero ir al banco para ver nuestra cuenta.

Será una pesadilla, dice Ramón, con todos corriendo para sacar su dinero. La gente está asustada. Pero no debemos tener miedo. Estados Unidos no dejará que República Dominicana se derrumbe. Nos necesita.

Juan insiste, Dame la información y yo revisaré la documentación. ¿Y si te llegara a pasar algo, Ramón? Mi nombre también debería estar allí.

No te dejarán entrar sin mí.

Entonces ven conmigo.

No puedo, Dolores me tiene haciendo mandados. Ella ha

tenido mucho miedo, incluso de ir al supermercado, por lo que me dio una lista de compras.

Entonces déjame en el banco. Mientras hago la fila, tú puedes hacer los mandados y luego nos juntamos.

¿No confías en mí? Me estás insultando, Juanito. Ten cuidado donde pisas.

Ramón se levanta y merodea alrededor de Juan. Así es como se parece a su padre, con cara de que es capaz de golpearte con la mirada.

Juan se levanta y, aunque sus ojos solo quedan a la altura de los hombros de Ramón, su cuerpo es el doble de ancho. Están solos en la casa y ambos han estado encerrados por demasiado tiempo.

Con todo el respeto, hermano. Solo quiero ver todo con mis propios ojos.

¿Alguna vez te he fallado? Todo lo que hago es pensar en ti. Asegúrame de que tengas éxito en esta vida de mierda. ¿No fui yo quien te dijo que te casaras con Ana? Tú estabas perdiendo el tiempo con un reguero de mujeres estúpidas que solo sabían traerte problemas. Si no fuera por mí . . .

No empieces, dice Juan, con los puños cerca del costado. Quiero ir al banco.

Y luego agarra el vaso que está sobre la mesita y lo arroja contra la pared. Se rompe en mil pedazos que brillan sobre el piso de losetas bajo la luz de la mañana.

A diferencia de Juan, Ramón nunca pierde la calma. Sale de la casa y, sin decirle a nadie, se va de viaje al otro lado de la isla. Ni siquiera su esposa, Dolores, de quien se enamoró en el momento en que la vio rascándose la planta del pie en la calle Vicioso, sabía a dónde iba.

Ahí es cuando Juan se entera de que no hay dinero en el banco. Ramón ha hecho una mala inversión en otra parte. No hay dinero para comenzar a construir los primeros apartamentos sobre el restaurante. No hay dinero para la tierra de Papá.

Escucho, deseando poder cambiar de canal.

Pobre esposo. Primero, esposo piensa que hermano menor le robó el dinero, que realmente fue tomado por esposa después de que supuesta amiga se lo hubiera robado. Ahora esposo es traicionado por hermano mayor y de confianza. Entonces, cuando esposa le pregunta a esposo si ha tenido tiempo de visitar a suegros, esposo inhala y dice: Ana, por favor, estoy haciendo lo mejor que puedo, yo entiendo.

Mamá dice que es mejor conocer al enemigo y su precio. Estados Unidos apoyó a Trujillo y ahora apoya a Reid Cabral. Incluso si no están totalmente de acuerdo, Estados Unidos sabe que se pueden comprar.

Marisela sabía mi precio. Cuando yo necesitaba una amiga de verdad, ella me llamó hermana. Cuando yo necesitaba un modelo a seguir, ella me encantó con su ropa y su sonrisa, me dijo que debía hacer esto y aquello. Siempre llena de consejos. Cuando yo le tenía más miedo a Juan, ella me alimentó con mi propio sollozo.

Entonces, cuando César llega a casa después del trabajo, decido fijar mi propio precio.

¿Hablaste en serio acerca de que les vendiera comida a tus amigos?

Hola a ti también.

Se sienta en una silla a la mesa, listo para que yo le sirva la cena. Como no me está tomando en serio, me siento en el individual, frente a él, con un pie en cada uno de sus muslos. Lo agarro por el cuello con las dos manos y hago que me mire a los ojos.

¿Qué se te ha metido, Ana?, se muere de risa.

¿Qué es la vida, César? ¿Por qué estoy aquí? ¿Por qué sufrimos?

César no es como Yohnny, que puede hablar durante horas y horas y juntos caíamos en un agujero de preguntas.

Ana, ¿puedo comer primero?

No me des la charla de un día de estos de Juan, digo. Yo

quiero hacer algo de dinero para mis cosas, para traer a mi familia a Nueva York. Ombe, ¿me vas a ayudar o no?

César se mete la mano en el bolsillo delantero y saca un token para tomar el tren.

Necesitarás esto para subirte al tren. Empieza con comida para treinta clientes. Es mejor venderlo todo que cargar con demasiado.

Sostengo la moneda dorada, del tamaño de una peseta, con una abertura en el centro que parece una Y, que me puede llevar a la playa, a la Estatua de la libertad, a cualquier lugar de la ciudad de Nueva York.

Ahora, ¿puedo comer en paz?

Después de la cena, me da instrucciones paso a paso de cómo llegar a su fábrica en el distrito de la ropa. Las escribo claramente en mi cuaderno, ya repleto de nuevas palabras en inglés.

Solo recuerda, siempre actúa como si supieras a dónde vas para que nadie se meta contigo. Barbilla arriba y sin mirar a nadie a los ojos.

Coloca un mapa sobre la mesa.

La ciudad es una isla. Ríos a ambos lados. Es una cuadrícula. Las calles suben y bajan, las avenidas de este a oeste. Recuerda, campesina, si te pierdes, solo sigue el sol.

La primera vez que voy a Downtown a vender comida, el sol hace que la acera resplandezca. Perlas de sudor en mi pecho y en mi frente. Llevo una bolsa llena de pastelitos rellenos de carne molida y pasas, envueltos en papel de aluminio. César dice que los puedo vender por diez centavos cada uno. Hice cincuenta. Enseguida calculé mis ganancias, tomando en cuenta el transporte y los ingredientes: ¡más de cien dólares en dos meses!

El clima cálido los mantiene calientes. César me dijo que esperara afuera de su edificio al mediodía en punto, lista para aprovechar a la multitud que sale a almorzar, antes de que encuentren algo más que comer en los treinta minutos de descanso.

Camino con rapidez hacia el tren. Pongo el token en el torniquete y pienso en el ascensor que tomaré más adelante. En la plataforma hacia Downtown. Hasta la parada de la calle 28 y Séptima. Luego, las cuatro esquinas hasta la calle 32 y de ahí al lugar de trabajo de César, un edificio alto y estrecho, en medio de dos anchos: el Horno, le dice él a la fábrica, con un olor a tela y a sudor de trabajadores que fácilmente puede matar a una persona.

Me paro afuera. La gente me pasa corriendo por al lado, empujando carritos repletos de coloridos vestidos cubiertos con plástico. Hay hombres voceando desde camiones, cargando y descargando cajas, algunas de las cuales podrían terminar vendiéndose en El Basement. Hay carros tocando bocina. No sé dónde pararme para no estar en el medio.

César me agarra antes de que lo vea. Detrás de él hay una

manada de hombres, todos con pelusa en el pelo y la barba, todos respirando profundo como si hubieran salido de una cueva.

Oigan, primos, esta es mi hermanita.

Está buena, dice uno.

Controla tu perrería, César lo regaña.

De repente, un gentío me rodea.

Uno a la vez, tígueres.

Les paso dos pastelitos a la vez, mientras César recoge el dinero y controla la multitud.

¡Dos por veinticinco! ¡Tengan el dinero listo!

Apruebo el precio de César, aunque a diez centavos cada uno, yo estaba lista para regatear. Pero la comida se va más rápido de lo que puedo recordar sus caras. En minutos, vendo todos mis pastelitos.

Lo siento, tígueres, será otro día, dice César, agarrando los dos últimos.

Me lleva a un banquito cerca de un edificio y apunta: Ese es el FIT (Fashion Institute of Technology), la universidad de la moda.

Efaití, digo. Yo quiero ir a la universidad.

¿Por qué? Ahora eres una mujer rica.

¿Dónde está mi dinero, entonces?

César transfiere todas las monedas de sus diferentes bolsillos a mi cartera.

Seis dólares completos, digo, agitando las monedas.

¿Qué vas a hacer con toda tu fortuna?, él muerde un pastelito y se lame los labios.

Enviarle un giro postal a mi hermana para que empiece a ir a la escuela de belleza.

¿Qué nos vas a hacer mañana?

¿Me voy a meter en problemas por esto?

Él parece haber olvidado que, hasta que no tengamos nuestros documentos en orden, debemos tener mucho cuidado. Mi visa de turista expiró hace meses. Cuando nazca la bebé, solicitaré la residencia permanente; Juan también lo hará. Entonces, yo podré pedir a mi madre. Y Juan podrá pedir a César. Y yo a Lenny y a Yohnny.

Es América. Tú suministras, la gente compra. Seguimos así, un día de estos tendremos una cadena como McDonald's.

Tú vives en las nubes, César. No es así de fácil. Mira lo difícil que está la cosa con el restaurante en República Dominicana. Es pérdida y más pérdida.

Ah, mis hermanos comen con los ojos y no con el estómago. Tú empiezas despacio, haciéndonos comida. Luego pones un carrito. Entonces un local. Luego un reguero de locales. Los pequeños pasos conducen a grandes pasos.

Una avalancha de personas en trajes corre a almorzar, llevando maletines. Me chupo las mejillas como las modelos greñudas con grandes sombreros que apuntan sus narices al aire. Diosas. Debe ser extraño ver primero la parte superior de la cabeza de las personas, antes que los ojos o incluso la sonrisa. Qué chulo, sostener un maletín lleno de papeles importantes y hablar inglés perfectamente.

My name is Ana . . . I like watch televisión . . . I like learn Efaití . . . I like sit in sun with César.

¿A qué hora llegarás a casa esta noche? Pregunto, sin importar si sueno posesiva.

¿Por qué? ¿Ya me extrañas?

¿Debo hacer la cena o no?

Si él supiera cómo cuento los minutos hasta que él llega y podemos sentarnos a la mesa, comer juntos y hablar sobre nuestro día, lo que aprendo de la hermana Lucía, lo último que ha pasado en *Corona de lágrimas*.

Me tengo que ir. Se acabó el tiempo. Agrégales más pasas la próxima vez. Voy a llamar tus pastelitos Mini Anas: dulces y salados al mismo tiempo. Cuando los ves, te preguntas qué se esconde debajo de la corteza dorada y, ¡bum!, ahí está, la sorpresa. Pura chulería.

Me río con vergüenza.

See you later, alligator, dice.

¿Qué?

Así dicen los gringos.

César y yo decidimos no contarle a Juan sobre el negocio de comida.

Cuando Juan llama, por supuesto, nos reímos y casi nos delatamos. Le abanico el trapo de la cocina en las manos a César para que se quede callado. Le doy la espalda y con los dedos le doy vuelta al cable del teléfono, tratando de sonar serena y sin interés.

¿Cuál es el relajo entre ustedes dos?, Juan pregunta. No es tonto.

Nada, digo yo. Un estúpido programa de televisión. El teléfono tiene un retraso y nuestra conversación hace un eco.

¿Cómo están las cosas por allá? ¿Por allá?

Yo qué sé. Aquí todo se mueve lento, dice. Los pistoleros asediando por la noche. Las oficinas abren un día, cierran el otro. Y el ruido es insoportable: helicópteros y megáfonos, gente politiqueando y vendiendo basura. La gente va a vender a su propia madre para estar en buenas con el gobierno y nadie (excepto los gringos) sabe en qué dirección va la cosa. Estoy tratando de asegurarme de que no perdamos lo poco que tenemos.

Documentos. Documentos. Documentos. Juan tiene muchos papeles que ordenar. Dime que me amas, dice antes de colgar.

Yo te te amo amo, digo, y le pico un ojo a César.

Cenamos. César gime cuando come.

Eres un comedor ruidoso.

Es porque cocinas demasiado bueno, coño, dice.

César se limpia la boca, se levanta de la mesa y se sienta en el mueble con las piernas abiertas. Se inclina para mirarme mejor. Mis piernas están cruzadas, mis pies descalzos debajo de mis muslos.

Ven, siéntate a mi lado, dice.

Oh, tengo mucho que hacer.

Salto y recojo los platos, le doy la espalda.

Deja los platos y ven aquí.

Busco algo urgente que hacer, un momento para respirar. Algo entre nosotros está cambiando con rapidez.

Siéntate en la silla.

César señala la que está enfrente del mueble donde está sentado.

Quiero confiar en él. Halo el dobladillo de mi falda y me siento con las piernas bien cerradas.

Por favor no me decepciones, César. Le ruego con los ojos.

Arrastra la silla hasta sus piernas por lo que nuestras rodillas casi rozan. Él levanta uno de mis pies y dice: Relájate, hermana.

Así es, digo, aliviada. Somos familia.

Sus dos manos rodean mi pie, sus pulgares presionándome el talón, amasándolo.

Me haces cosquillas, digo, confundida, curiosa, asustada.

Él me hala suavemente los dedos de los pies y me masajea la pantorrilla, cerca de la rodilla. Su toque es firme. Las yemas de sus dedos se deslizan hacia arriba y hacia abajo por mis piernas. La piel de gallina emerge como si hubiera una brisa fresca en la habitación. Aguanto la respiración. La bebé me presiona la parte baja del vientre. Crece la humedad entre mis piernas. Es tan agradable ser tocada.

¿A las mujeres embarazadas no les encantan los masajes de pies?

Apoya mis pies masajeados sobre sus muslos y se recuesta en el mueble. Enciende el cigarrillo que guardaba detrás de la oreja y se queda mirando el techo.

Eres distinto a todos tus hermanos, digo, estudiando el triángulo de la piel expuesta sobre sus jeans cada vez que levanta los brazos para darse una calada.

¿De qué forma?

Por un lado, parece ni importarte lo que piensen los demás.

¿Y eso es bueno?

Se echa hacia adelante, se inclina hacia mí como para besarme. Se llena la boca con humo y me lo tira en la cara. Yo toso.

Idiota, digo, alejando el humo.

¿Quieres ver una película de Bruce Lee?

¿Ahora?

Después de limpiar, podemos ir a ver unos cuantos movimientos de karate en el San Juan.

Me levanto de un salto, agradecida por los pisos de madera, firmes y cálidos debajo de mis pies. Me apresuro a la ventana. El gentío en dirección al cine, chillando y riendo, se reúne afuera del Teatro San Juan. Las cabezas de las mujeres sobre los hombros de los novios. Los largos besos entre adolescentes. Madres aferradas a sus hijos. Tanta felicidad en la fila de las taquillas. Y pensar que hace solo unos meses, encima del Teatro San Juan, dentro del Audubon Ballroom, había un hombre muerto. El edificio, un gran altar. Así es el mundo, todo se olvida.

César se para detrás de mí, su aliento en mi cuello mientras mira hacia Audubon. Un aceleramiento en mi pecho, un ablandamiento en mis rodillas. Me toma del brazo, sus dedos accidentalmente acarician el costado de mi seno. César, mi hermano, también el más cercano de mis amigos. Intento detener el latido entre mis piernas, el nudo en mi garganta.

¿Cómo se siente?, le pregunto a Yohnny después de encontrarlo de rodillas. Juanita estaba de pie, con la espalda pegada a las paredes de cemento. La boca de Yohnny apretujada entre las piernas de Juanita. Los ojos de ella cerrados, la barbilla levantada y las manos dirigiéndole la cabeza a mi hermano. Se escondieron detrás de unas palmeras, sobre una gran sábana junto a la orilla de la playa, después de nadar, alejados de los demás, que se encontraban tirados holgazanamente fuera de vista.

Estábamos en la playa Los Guayacanes. Habíamos acarreado con una gran olla de espagueti. Éramos un grupo grande ese día porque incluso a Juanita, a quien Mamá trata de mantener lejos de Yohnny, se le permitió unirse a nosotros.

Yohnny me da un melocotón.

Muérdelo, dice.

La piel estalla y las partes carnosas y jugosas explotan en mi boca. Ahora presiona los labios allí.

Señala las partes carnosas de mi melocotón.

Dale, pégale la boca y frótalo con suavidad.

¿Estás loco?

¿No quieres saber?

Tengo los labios cubiertos de azúcar; la carne se escapa y se mete en mi boca. La lamo, toco la semilla con la lengua. Me alejo.

Ahora sabes por qué amo los melocotones, dice, picando el ojo como siempre lo hace.

Salados y húmedos melocotones.

Tienes que parar con Juanita, digo, o te vas a meter en problemas con Mamá.

No te preocupes, hermanita, tengo un plan.

¿Ah sí?

¿Tú crees que yo voy a pasarme la vida aquí esperando que alguien me salve de este agujero? Yo no soy bonito como tú, dice.

Yo no necesito que nadie me salve.

Solo digo que pronto pronto tomaré ese camino y nunca miraré hacia atrás. Probar suerte en una ciudad como Nueva York. Ganar dinero de verdad. Beber esa agua de la ciudad de Nueva York directamente de la llave. ¿Sabes a lo que me refiero?

Debido a que la venta de comida va tan bien, César no puede dormir. En lo único que piensa es en expandir.

El sol ni siquiera ha salido. Despierta. ¡Despierta!, me llama en la oscuridad.

¿Qué pasó?

Enciende la lámpara. Me duelen los ojos. La cabeza me da vueltas por un sueño: Yohnny corre hacia un camino que se aleja de nuestra casa (excepto que el camino es más como un arroyo con grandes piedras y él salta de una a otra llevando un tipo de objeto). Mamá gritando: ¡Regresa!

César lleva una bufanda roja alrededor del cuello y una falda larga blanca sobre un hombro. Toco el diáfano algodón, desenrollo la cinta métrica del cuello de César, luego me levanto de la cama para seguirlo hasta la sala. Las lámparas todavía están encendidas, la máquina de coser afuera y, la bandera dominicana, que Juan guarda doblada en el armario entre los trajes, está extendida sobre la mesita.

¿Estamos en carnaval?

Vamos a ser ricos, dice. Es un lado de César que nunca había visto antes.

Cálmate. Me estás asustando.

Los boletos para la Feria Mundial cuestan dos dólares. Necesitamos cuatro dólares para entrar. Todos los días, visitan medio millón de personas, y te apuesto a que ninguna de ellas ha probado un pastelito.

Me recojo el pelo en un nudo sobre la cabeza. Me echo agua en la cara para borrar la imagen de Yohnny en el arroyo. ¿Adónde iría? Trato de concentrarme en lo que dice César, pero los ojos de Yohnny me persiguen (suyos, pero no los suyos). En casa, los jóvenes se han arrojado a las calles. Pero espero que Yohnny sea más vivo.

Todavía medio dormida, me arrastro hasta la cocina. Lleno la cafetera de agua: había tanta agua en ese arroyo. Le echo café.

El año pasado, dice César, las filas para comer en la feria eran indignantes. Todo el mundo se quejó al respecto.

¿Tú crees que esos blancos van a querer comer pastelitos?

César se quita el pijama para probarse unos pantalones blancos de algodón y una camisa blanca. La bufanda roja resalta. Enciende el tocadiscos, toca un viejo perico ripiao y comienza a moverse. Como un bailarín de otro tiempo, con las manos agarradas en la espalda y los pies clavados en el suelo.

Oh, el Sr. O'Brien se va a quejar. Es demasiado temprano.

Baja el sombrero de paja del estante, con una bandera diminuta incrustada a un lado, y se lo pone en la cabeza.

Y en el Pabellón Dominicano, solo sirven ron.

¿República Dominicana tiene un pabellón?

Busco en los gabinetes un envase nuevo de avena. Husmeo unos palitos de canela y vierto algunos clavos dulces sobre una servilleta. Con un cuchillo, abro una lata de leche evaporada.

Mira esto. Él cuelga un vestido como si estuviera en una percha. El vestido tiene volantes blancos a lo largo del escote y una banda elástica en la cintura con una falda larga.

¡Ay, qué lindo! Se lo arranco, doy saltitos hasta el espejo del pasillo y sostengo el vestido frente a mí.

Pero mira a Miss República Dominicana, le digo a mi reflejo. Finjo un saludo y sonrío. César abre la palma de su mano, me invita al pequeño espacio en el piso entre la mesa y el mueble, y con las rodillas ligeramente dobladas y los hombros contraídos, comienza a moverse como lo hacen los veteranos del campo, y yo lo sigo, agitando la falda y moviendo los hombros.

La cafetera silba.

¡El café! Salto para apagarlo antes de que se derrame, pero es demasiado tarde.

¡Ahora mira lo que me hiciste hacer!, le grito a César. Ahora Miss República Dominicana tiene que limpiar la estufa.

No te preocupes por eso. ¡En la Feria Mundial venderá medio millón de pastelitos!

Toma una rosa plástica del florero del estante y se la coloca entre los dientes.

Nos despertamos a las cuatro de la mañana a freír pastelitos para vender en la feria. César ahorró diez dólares, suficiente para hacer trescientos pastelitos. Si los vendemos todos, vamos a hacer setenta y cinco dólares. Tenemos que usar el mismo aceite por lo menos cinco veces, mucho más de lo que acostumbro, pero si queremos obtener ganancia, hay que hacer sacrificios. Separo las capas de los pastelitos con servilletas. ¿Cuánto tiempo durarán antes de que empiecen a empaparse? ¿Los comprará la gente?

César, ¿no crees que veinticinco centavos sea demasiado?

Ana Banana, mi jefe me dijo que una salchicha costaba veinticinco centavos en la feria. Y eso es carne de perro. Y tendremos que vestirnos para impresionar. Fingir que somos parte de la exposición.

¿Podemos meternos en problemas?

¿Con tu panza y mi sonrisa?

He visto la Feria Mundial anunciada en la televisión. Un hombre en un traje espacial volando sobre las cabezas de las personas. Africanos con máscaras, tocando tambores y bailando. Un paseo en dinosaurios mecánicos; exhibiciones de autos elegantes de todo el mundo. ¡El mundo y el futuro están visitando Queens, desde España hasta India, de Italia a Hong Kong!

¿Qué pasa si la policía nos atrapa?, pregunto, yo no tengo papeles.

No te preocupes, Ana Dominicana. Créeme.

Tomamos el tren hacia Downtown y luego cambiamos al elegante número 7. Pintado de gris acero y turquesa, parece un pájaro azul. Hay un policía en cada vagón. En cada estación. Las personas en el tren nos miran de una manera que me hace esconder los pies. Juan encontró estos zapatos de enfermera en la basura, pero les di una buena lavada para que se vieran como nuevos. Por suerte la falda roza el suelo. Espero que la rosa que César me puso en el pelo distraiga a la gente de mirarme los horrendos pies. Son los únicos zapatos que tolero cuando los tobillos y los pies se me hinchan como si fuera un elefante. Entre freír y limpiar la grasa de las paredes, ya he estado parada lo suficiente.

¡Mira a la princesa dominicana!, él dice.

Jugar a los disfraces con él es divertido. Él también ahora, de otro tiempo, del tiempo de nuestros padres, visitando el futuro.

En la entrada de la Feria Mundial, los manifestantes nos entregan volantes y más volantes.

STOP THE WAR!
NO WORLD'S FAIR UNLESS FAIR WORLD.
END JIM CROW.

¡Tanta gente! Aun así nos destacamos con nuestra vestimenta, y el recolector de los boletos mira nuestras pesadas canastas cubiertas de tela con recelo. Sabiendo que la fila está demasiado larga para que nos detengan, César dice, República Dominicana, como si eso fuera la llave de una puerta.

En la entrada, nuestros ojos se anchan al ver un globo enorme. Más alto que el edificio en el que vivimos, lo suficientemente alto como para ser visto desde todos los rincones del parque. ¿Dónde está República Dominicana en ese globo? Las fuentes disparan agua espumosa. Banderas, representando todos los países, ondean con libertad.

¡Vamos!, César me hala de la blusa. Vamos a vender más cerca del pabellón de comida.

Se ató nuestra bandera en el cuello como una capa y me colocó una de las canastas más pequeñas de pastelitos en la cabeza. Él lleva la más grande.

Un carruaje tirado por caballos nos pasa por al lado. Algunos niños nos señalan. Un turista nos toma una fotografía.

César me insta a sonreír.

¡Yo no soy una muñeca!, susurro, molesta.

¡Pastelitos! ¡Pastelitos!, César canta en el tono de los marchantes, como allá en casa, que venden frutas y verduras de sus carretas. Muestra su sonrisa, moviendo la cabeza hacia la izquierda y hacia la derecha como si estuviera montado en una carroza en un desfile.

Twenty-five cents! ¡Pastelitos!

La gente nos pasa por al lado sin morder el anzuelo de César.

Ya me estoy cansando. La última vez que cargué algo en la cabeza, fue un cubo de agua del pozo. Pero tenía la mitad del tamaño y yo no tenía casi seis meses de embarazo. Ya no tengo ganas de interpretar a la Campesina o la Ana Folclórica en un Nueva York que se dirige hacia el futuro, un futuro que crece en mi propio vientre.

Bajo la pesada canasta, estiro el cuello y busco un pedazo de hierba para estirar las piernas.

Pero acabamos de llegar, Ana, dame eso.

César se chupa los dientes y coge mi canasta.

Solo saluda y sonríele a la gente. Tenemos que mantenernos

en movimiento. No estamos muy lejos del pabellón de comida donde vamos a atrapar a toda esa gente con hambre que no quiere hacer fila.

Camino junto a las geishas japonesas, los tamboreros chinos, los faquires indios, los guitarristas españoles y cientos de personas más.

Levanto la barbilla y saludo a todo el mundo, con la misma sonrisa que he practicado con Juan, con Marisela, en las clases de ESL, con mis vecinos, el súper, en las cartas para mi familia.

¡Pastelitos, a veinticinco centavos!, grita César.

Nos detenemos para descansar y nos paramos allí, como monos de circo.

¡Aquí!, alguien dice en español.

Caminamos unos cuantos metros en dirección al hombre y su familia.

¿De dónde son?, el hombre habla en español con un acento gracioso.

De República Dominicana, señor. César levanta la tela que cubre la canasta.

Dame cinco por un dólar.

Veo un parche de hierba. Finalmente, un lugar para sentarme. También necesito un baño.

¿De dónde es?, César le pregunta al hombre.

De España, pero tengo una casa en tu isla. Vamos todos los veranos, pero con esta estúpida guerra . . .

César le entrega cinco pastelitos y coge el dólar. Enseguida cubre la canasta por las moscas. Los hijos del hombre saltan para arrebatarle la comida a su padre que, de repente, se ve lloroso.

El pabellón español es la joya de la feria, ¿sabes?

Por supuesto, dice César.

Huimos de España por Franco. Y, aun así, aquí estamos visitando su pabellón, para aliviar la nostalgia.

César, ¿podemos sentarnos un minuto?, pregunto.

Disculpe, señor, dice, se toca el sombrero a modo de despedida y luego viene hacia mí. Tenemos que seguir moviéndonos, Ana, no puedo hacer esto solo.

César está molesto. Ha gastado catorce dólares y todavía tenemos que recuperarlos. Por lo menos eso le debo. Sin embargo, el implacable sol nos golpea, sin una brisita.

Pastelitos, digo débilmente. Pero encontramos algunos compradores.

Miss, miss! Can I take a picture with you?

Una señora mayor, blanca, se acerca a mí. Toca la rosa en mi pelo.

Boy!, llama a César, gesticulando para que él se pare a mi lado y que se dé vuelta para que su espalda quede de frente a la cámara y puedan ver mejor la bandera.

En cambio, César se coloca la canasta al frente y enrolla la toalla para mostrarle los pastelitos. Me da vergüenza por César, por lo sumiso que actúa ante esta mujer.

Miss, twenty-five cents.

Cuando comprende que él no quiere tomarse la fotografía, la mujer se vuelve hacia su esposo y le dice: Esos ladrones. Lo único que quieren es dinero. Lo dice lo suficientemente alto como para que yo reconozca el tono de Juan cuando habla de negros, puertorriqueños, judíos, americanos y cualquier persona que no sea dominicana.

César, deja que la señora nos tome la foto, por favor.

Se pone de pie y ahora parecemos figurines de bizcocho de boda. Una multitud se reúne a nuestro alrededor.

La mujer me entrega un billete de un dólar y luego nos dice que sonriamos para la cámara.

Sonrío e intento quedarme quieta, trato de no prestarles atención a los turistas que nos toman foto. ¿Por qué quieren nuestra foto? ¿Qué van a hacer con ella? ¿Qué pasaría si Juan las llegara a ver . . .

Los destellos me ciegan.

Me pongo la canasta sobre la cabeza. Por los hombros tumbados de César está claro que ambos hemos perdido algo.

¡Pastelitos!, canto en voz alta para compensar el repentino silencio de César. Sonrío más amplio que antes cuando le paso los pastelitos a los clientes y, especialmente, cuando pongo el dinero en la bolsa que César me cosió en la falda.

Cuando hemos vendido diecisiete dólares, le pregunto a César si podemos sentarnos en la grama verde al otro lado del Pabellón Internacional, donde la espesa hierba parece estar intacta. ¿Por qué no hay nadie sentado en este hermoso tramo bajo los árboles, en este santuario protegido del sol? Necesito descansar los pies. Para reorganizar los pastelitos, comerme algunos y para pedirle a César que me traiga un poco de agua. Tal vez incluso pueda ir al baño. Aguantarme me provoca dolor. Debo tener los tobillos del tamaño de las rodillas. Solo tengo seis meses, ¿no puedo ni imaginarme los pies cuando tenga nueve?

César se quita la bandera del cuello y la coloca sobre la hierba.

Siéntate aquí, dice. ¿Estás bien?

En su mirada, veo mis propios ojos vidriosos y ojerosos, mis labios resecos y las gotas de sudor en mi frente.

Sí. Agua. Fuerzo una sonrisa de nuevo.

Lo veo correr hacia un carrito de salchichas y comprar una Coca-Cola.

No sé dónde conseguir agua, dice. Gira la tapa y coloca la botella en mi boca. El frío y dulce líquido me energizan al instante.

Baño. Necesito ir al baño, digo después de un largo trago.

Quizás alguien te deje ir delante en la larga fila. Espera aquí.

Él se echa a correr. Lo veo entrar y salir de entre el gentío, buscar a una persona amable que me haga el favor. Me levanto de la bandera, me quito los zapatos y camino descalza por la hierba. Me aplasto para aliviar la espalda, para repartir sobre los muslos el peso de la bebé. Estoy tan cansada. Me cubro con la falda y, como si pudiera volverme invisible al cerrar los ojos, veo a Dios, por el rayo de sol, y orino a través de los pantis, en la hierba, como un perro que marca su territorio. Una ola de alivio; el cuerpo se me afloja por primera vez en horas. Libre. Le pido a Dios su protección y estoy agradecida por el ancho de la falda. Agradecida por las multitudes ansiosas que corren hacia y desde el pabellón sin prestarme atención. Agradecida por mi invisibilidad.

Cuando abro los ojos, me sorprende ver al hombre con la mochila-cohete volando por encima de mí. Como el de la televisión.

¿De verdad todos vamos a volar un día de estos?

Busco la camisa y los pantalones blancos de César. A lo lejos, escucho tamboras. Un acordeón. Un tambor de acero. Escucho los sonidos de las fuentes que compiten entre sí, los pitidos que emite el carrito de golf al retroceder, los chillidos de los niños. Me paro. El peso de la falda de algodón me cubre las piernas. Acomodo las dos canastas cerca de mí. Usando las cestas como escudo, me quito los pantis y los meto en una pequeña bolsa de plástico para colocarla en la basura. Voy al borde de la fuente más cercana y me lavo las manos.

Pastelitos, les canto a las personas que me pasan por al lado mientras disfruto de los frutos de mi propia receta. Han pasado dos horas y media. La hora del almuerzo ya pasó. ¿Nosotros vamos a poder vender toda esta comida?

Miss!, un gran palo de madera me topa en la espalda.

Me turbo. Un policía. Un revolver en el cinturón.

My name is . . .

¡Ana!, César vocea desde unos metros detrás de él.

¡César!, grito cuando se acerca y me toma por los hombros. Muy bien, jóvenes, fuera del césped, dice el policía. No se permite gente en la hierba. César y yo agarramos nuestras canastas y nos apresuramos hacia el camino de cemento.

El policía nos da la espalda para regañar a otra pareja que andaba cerca.

Caminamos por los senderos del parque y descansamos de vez en cuando en los banquitos.

Ya están demasiado blanditos. Deberíamos regalarlos, digo. Tengo la parte interior de los muslos pelada de tanto rozarse uno con el otro. El calor me ha vuelto delirante. ¿Podemos ir a casa y ducharnos?

No podemos rendirnos ahora. César empuja un vaso desechable de un banquito y limpia el asiento para que me pueda sentar. Coloca las canastas a mis pies.

Ya no puedo, digo, con miedo a decepcionarlo. Si doy otro paso, me muero.

Hasta ahora hemos vendido treinta y seis dólares con cincuenta centavos, menos los catorce dólares que gastamos.

Nos fue bien, ¿no?, digo, luego me rajo a llorar.

César se agacha entre mis piernas, se arrodilla y pone sus manos en mis mejillas.

¿Por qué lloras? ¿Qué pasó?, él usa la manga de su camisa para limpiarme las lágrimas.

Estoy, estoy . . . tan cansada.

Sus pantalones y el dobladillo de mi falda están sucios y manchados de hierba. Quiero que diga Vámonos. Olvídate de los ciento y pico de pastelitos que todavía quedan en las canastas. Déjaselos a los hambrientos, a los hombres que duermen en los banquitos cuando cierran el parque.

Mira esto, dice. El sol está a punto de ponerse justo detrás del globo.

César salta el estrecho sendero. Se inclina hacia adelante y se posiciona para que parezca que carga la tierra sobre su espalda. Él lo hace hasta que me río.

Luego agarra la canasta y grita: ¡Pastelitos gratis! Free! Se inclina el sombrero y baila al ritmo de un merengue invisible, dándole a la gente, a mí, un espectáculo. Él llama hermosas a las mujeres blancas y a los hombres viejos jefes. Y cuando la canasta está finalmente vacía, la lanza al aire y luego se la pone sobre el sombrero. Los niños a nuestro alrededor aplauden, junto conmigo.

¡Para!, me río, me duelen las mejillas y los adentros cuando él se deja caer a mi lado y me cubre con los brazos, tan blando como una muñeca de trapo.

Ahora nos toca hacer de turistas, dice.

Espera, ¿a dónde vamos?

Al Vaticano.

Deja las canastas vacías en el suelo junto al banquito y me

carga, mis brazos apretados alrededor de su cuello. Hay gotas de sudor cerca de sus ojos.

¡Te va a salir una hernia, César!, digo, sosteniéndome la barriga, aunque él me haga sentir liviana.

Nos maravillamos con el enorme dinosaurio mecánico y la noria.

¿Crees que algún día todos podremos volar, digo, y vernos cuando hagamos una llamada telefónica?

Vamos incluso a poder tomar vacaciones en la luna, Ana Mañana. Imaginémonos caminando en la luna.

No con esta ropa puesta, digo.

Finalmente, él me baja cuando llegamos al pabellón del Vaticano. El pasillo avanza a tres kilómetros por hora. Estamos en la primera fila, pasando lentamente por la gran escultura blanca de la Virgen María cargando a Jesús después de que lo mataran. Bajo las luces azules se ven como fantasmas. Al menos recuperamos nuestro dinero, dice César, y un poco más.

Yo no creo que pueda caminar hasta el tren, digo.

Vamos a tomar un taxi. ¡Llámame King Kong!

César me carga de nuevo, como María a Jesús, excepto viva, encima del mundo, sintiéndome verdaderamente como parte del futuro.

QUINTA PARTE

Ya no le pregunto a la hermana Lucía si puedo usar el baño. Ella me saluda con la mano escondida dentro de su vestido negro, inclina la cabeza y simplemente sonríe como si mi embarazo fuera un pecado. Le quiero explicar que estoy casada, pero no me permite hablar en español. Please, English only.

La clase aprende los saludos.

Good morning. How are you?

Fine, thank you. And you?

También aprendo: What time is it? y Where can I take the bus?

Aprendemos los números y los nombres de las monedas: pennies, nickels, dimes, quarters. Aprendemos direcciones: right, left, straight ahead, behind you. Up and down, stop and go. Y palabras que pueden salvarnos la vida como dangerous, hazardous, exit, help, emergency.

Lo siento. Estoy bien. Duele. Las partes del cuerpo: elbow, shoulders, feet, hands. Los colores: red, blue, green, yellow. Church, hospital, grocery store y los nombres de verduras y frutas que generalmente no compro ni como: broccoli, brussels sprouts, cauliflower, kiwi. Aprendemos tanto cada semana. Las dos horas y media que pasamos juntos se van volando.

La hermana Lucía usualmente nos da la clase afuera cuando el clima está agradable. Aprender un idioma es aprender una cultura, dice, y aprender cultura requiere interacción.

Ready?, ella aplaude para que la sigamos al parque en la 166 y la avenida Edgecombe, un área de juegos para niños, con columpios, toboganes, banquitos y muchos árboles frondosos.

Okay, very well then.

Espero las instrucciones de la hermana Lucía. ¿Quién quiere montarse en los columpios primero?

Yo lo haré, digo.

Are you sure?, dice y busca otro voluntario con la vista.

Pero yo agarro el columpio de las cadenas y me acomodo en la delgada tabla. Solo los dedos de mis pies alcanzan el suelo. El hecho de estar embarazada no significa que esté inválida.

Very well then, dice la hermana Lucía y luego se dirige a la clase: Ana is sitting on the swing. Cuando la empuje, todos pueden decir, Ana is swinging.

Ana está sentada en el columpio, dicen al unísono en inglés.

La hermana Lucía me empuja. Enseguida, vuelo en el aire. Me aferro a las cadenas de metal, preocupada de que se me salgan los pipís, riéndome incontrolablemente. La clase se ríe conmigo.

¡Ana se mece!, dicen.

Es bueno reír, dice la hermana Lucía. Ana is laughing. We're all laughing.

Cuando la risa se calma, le dice a la clase que, aunque nos sintamos tontos jugando como niños y tal vez incluso avergonzados, la lección que debemos aprender es que hay que tratar de decir las cosas, aunque no estemos seguros. Aprendemos de nuestros errores.

Yo quiero columpiarme y columpiarme, apilar hojas, observar los pájaros y escuchar sus nombres: pájaro carpintero, arrendajo azul, cardenal.

Señalo un picaflor que reconozco de Los Guayacanes y le pregunto a la hermana Lucía, ¿Cómo se dice?

Hummingbird.

Hum-ming-bird, repito una y otra vez en mi cabeza.

De repente, la hermana Lucía aplaude para indicar que nuestra lección ha terminado por el día. Nos da un documento con muchas de las nuevas palabras que hemos aprendido. La sigo de cerca y me despido. ¿La hermana Lucía se irá a rezar? Cuando la gente no la ve, ¿se quitará el hábito y se fumará unos cuantos cigarros? Las monjas cerca de Los Guayacanes lo hacían. No me atrevo a decirle que cuando Juan llegue, es posible que no pueda seguir tomando las clases. La última vez que hablé con él, dijo que regresaría en unas semanas. Siempre y cuando encuentre un buen vuelo.

La revuelta casi ha terminado, dijo.

Y la nuestra se reanudará. La respiración comenzará a llamar de nuevo. No aprenderé más inglés. Ya no podré venderles mi comida a los amigos de César.

Cuando termina la clase, me quedo con algunos de los miembros del grupo y les doy algunos pastelitos. Aunque solamente sabemos algunas palabras en inglés y tenemos poco que decirnos, apreciamos la compañía. Alguien siempre trae algo. Cosas raras: bollos esponjosos rellenos de mermelada y postres hojaldrados hechos con miel.

Camino a casa, también les ofrezco pastelitos a los ancianos que encuentran refugio durante el día bajo los grandes arces, y alimentan a los pájaros en la plaza frente a la iglesia. Por la noche, la misma plaza se vuelve peligrosa.

Mantente alejada de Edgecombe, Amsterdam y Saint Nicholas, me advirtió Juan, a quien lo asaltaron una vez mientras caminaba desde un estacionamiento en Edgecombe. De pie en el poste de luz de Broadway, imagino un carro chocándolo en el instante en que cruza la avenida Independencia. Luego su avión hundiéndose en el mar. Entonces, Juan desapareciendo en un globo aerostático en el cielo.

Cuando Mamá se enfurece, siempre hay una tempestad. Todos piensan que es el típico e impredecible clima dominicano, pero no falla, cada vez que Mamá se da cuenta de que no puede tapar el sol con un dedo, grita tan fuerte debido a la frustración que el cielo termina derrumbándose.

Agotados por todas las noches de lucha e insomnio, los rebeldes ahora se regocijan. La tempestad es un buen descanso de la guerra (¿quién puede pensar en guerra cuando los fuertes vientos están arrancando los techos de las casas?). Dejen que gente que se ha quedado parada observando a los adolescentes morir en los últimos meses pelee la imposible guerra contra la naturaleza. Las corrientes de agua levantan de raíz a los ciudadanos y las palmeras ruegan por su vida. La ciudad es un desastre.

Aquellos que saben de Mamá y su habilidad sobrenatural chismean en los bares y en los salones de belleza, preguntándose qué demonios la molestó tanto como para causar toda esta conmoción.

Tres días de lluvia implacable provocada por una tarde sin incidentes. Después de una comida pesada y una reconfortante siesta, Yohnny admitió lo que Mamá ya había sospechado.

Estoy locamente enamorado de Juanita.

¿Y qué va a pasar con Nueva York?, tronó Mamá. ¿Tus sueños de salir de aquí?

¡Yo no me voy a ir a ninguna parte sin ella!

Primero, Teresa se enamora de un bueno para nada, ¿y ahora esto?

Con lo racional que es, Mamá debió haberlo sabido. Juanita y Yohnny comenzaron como muchos otros primos que comparten habitación y cama durante toda la infancia. La mayoría se recupera de las caricias y la acurrucadera, pero en Los Guayacanes no hay ni mucho que hacer ni gente que ver.

Así que Mamá se ocupó de que a Juanita la colocaran permanentemente en una posición de limpieza en una casa en el extremo más alejado de la Capital. Una boca menos para alimentar. Una muchacha menos por la que preocuparse. Con el tiempo, Yohnny se olvidará y encontrará una cola nueva que perseguir. Ella está segura de eso. El muchacho no tiene carro ni motor, ni siquiera un par de zapatos decentes.

Pero el terco de Yohnny no pierde el paso. Enseguida empieza a hacerles favores a algunos gringos del ejército yanqui que patrullan el área en sus camiones militares. Con la Capital en llamas, manteniendo a la gente distraída y ocupada, los llamados pacificadores, buscan actividades comunistas en otros lugares. Saben que el mosquito que zumba alrededor de la cara siempre tiene un cómplice oculto que, eventualmente, dará la picada. La picadura aparece más tarde, cuando realmente pica, cuando es demasiado tarde para aplastarlos de un manoplazo.

Yohnny llama amigos a los yanquis. Los conecta con mariguana y mamajuana y mujeres locales que buscan visas o dinero. A cambio, los yanquis le prometen una visa para Nueva York. Hay días en los que Yohnny ignora el toque de queda y vuelve a casa sin aliento y nervioso.

Aunque Mamá es débil con cualquier hombre en uniforme y con pistola (excepto con el Guardia de Teresa), tiene un mal presentimiento acerca de este negocio Yohnny-yanquis. Llamémoslo intuición de madre. Estos muchachos del ejército inevitablemente serán el final de Yohnny. ¿Estará trabajando como espía? ¿Será que mantener a Yohnny lejos de Juanita solo esté agravando sus problemas? Tal vez, solo tal vez, si ella lo enviara a la Capital a hacer un mandado, los yanquis encuentren otro imbécil como Yohnny que haga lo que ellos quieran.

Juan todavía no les ha llevado los regalos y las cartas que les envié.

Aquí tienes, le dice Mamá a Yohnny una mañana. Ve a la Capital.

Ella le tira las llaves de la Vespa y le mete algunos pesos doblados en el bolsillo de su camisa.

Busca nuestras cosas y visita a Juanita si quieres.

¿En serio?

El caos en la Capital se ha apaciguado. Lo peor ya pasó.

Yohnny toma la dirección de Juanita y besa el pedazo de papel.

Sí, por supuesto, dice Mamá. ¿Quién soy yo para interponerme en el camino del amor?

Mi respiración está finalmente en sincronización con la ciudad. Puedo escuchar sonidos musicales: una alarma de incendio, una sirena de policía, una guagua deteniéndose en su parada, un camión de basura retrocediendo, etc. Al principio se oían tan alto, casi insoportables, siempre alarmantes, pero ahora suenan tan agradables como la radio o la televisión o una casa llena de gente. Tal vez mucha gente viva sola en la ciudad de Nueva York porque sus ruidos le hacen compañía.

César tiene el sueño pesado, no lo despierta nada. Y como todos los domingos por la mañana, cuando él no tiene que ir a trabajar y anda como un perezoso, a mi total disponibilidad, espero y espero a que se despierte. Hoy se supone que vayamos a la playa. Resisto el impulso de saltarle encima como lo hacía Lenny cuando quería mi atención. Luchábamos en la cama y yo, con las rodillas, le amarraba los brazos hasta que se rendía.

Trato de no mirar las pecas en la nariz de César, cómo se ven más pronunciadas por el sol. Me duele adentro cada vez que me mira como si estuviera dispuesto a hacer todo lo que yo quisiera. Nada es imposible, dice, aun con los ojos llenos de tensión. Es un hombre tan inusual. Cómo se ríe de la manera más diabólica cuando alguien tropieza, pero con la misma rapidez llora con una canción o un gesto amable. Me resisto a dejarme llevar por su olor a especias dulces y cigarrillos que se desliza por todos lados en el apartamento.

Cuando el café sube y el cielo cambia de gris aluminio a púrpura cálido y azul claro, César se levanta del sofá y dice: ¿Qué día es hoy?

Domingo. ¿Te recuerdas de la playa? Quiero ir antes de ponerme tan gorda que alguien me confunda con una ballena.

Llevo puesta una camisa de Juan sobre una de sus camisetas, que ahora abraza mi vientre. La falda ya no cierra completamente.

César se abofetea las mejillas para despertar y se frota los tocones que le han crecido en la barbilla.

Ya empaqué una bolsa de playa con dos toallas, una neverita llena de agua, algunas manzanas y unos cuantos guineos.

¿Debería también empacar algunos sándwiches?

No, dice, te tengo una sorpresa.

Tomamos el tren hasta Coney Island. El viaje a Brooklyn lleva más de una hora. Afortunadamente sin incidentes. Las noticias hacen que parezca que tomar el tren pusiera en riesgo nuestras vidas. Los villanos son a menudo adolescentes, de mi edad. Desesperados por ser escuchados. El viaje es tan largo que me quedo dormida en el hombro de César. Una vez que salimos en la estación Stillwell, César coge la bolsa de playa y me guía hacia el paseo entablado, pasando los puestos de juego, los malabaristas, los grupos de personas vestidas como pavos reales y gallos; más allá de la boletería, Wonder Wheel y Cyclone.

¡Guau!, cuento las atracciones. Veinte, tal vez más.

Cierra la boca o se te meterá una mosca.

¿Qué tan lejos queda?

No te preocupes.

Me hala para atravesar la multitud. Nuestros pegajosos brazos chocan y se toquetean entre sí. El entablado, lleno de gente:

patinando, bailando, besándose. Trato de leer las palabras en los letreros de las tiendas: Hubba Hubba, Nathan's, Carolina's; la letra de la canción del camión de helados que está estacionado en la cercanía.

¿Por qué no podemos sentarnos aquí? ¿O allí?, digo, mientras César se toma su tiempo para sopesar nuestras opciones a lo largo de la costa.

Eres tan vaga, dice.

Estoy embarazada.

Oh, pensé que te habías comido una sandía de desayuno.

Después de nuestro día en la Feria Mundial, no puedo confiar en él cuando dice: solo son unas cuantas esquinas o es allí mismo. Eso podría significar una hora caminando. El entablado no tiene fin, y toda la playa me parece igual. Kilómetros de arena dorada, ni una palmera a la vista. Brillantes sombrillas y gaviotas salpican las costas de Coney Island. Nada como en Los Guayacanes, donde las palmeras y los cocoteros enanos sirven como refugio del sol, y los vendedores de pescado y batata frita piropean como parte del negocio.

Busquemos un lugar ya, le ruego a César.

César finalmente baja los escalones más cercanos hacia la playa. Desde el entablado se ve lleno. Pero una vez que nos acercamos a la orilla (trepamos sobre los bañistas, bullosos hombres peludos que llenan la playa de colillas de cigarrillos, las sombrillas inclinadas, etc.) veo que hay mucho espacio para nosotros, especialmente cerca de la orilla. Nos sentamos, traseros enterrados en la arena, pies extendidos, de modo que, cuando las olas corran, nuestros dedos besen el agua. La brisa se me inserta en el pelo. Admiro los músculos largos y fuertes en los muslos de César y me río de sus pantorrillas de pollo, más claras comparadas con su cara y brazos. Nuestros brazos se tocan. Me inclino hacia él como ese día con Gabriel, luego me alejo, cerrando el cuerpo, convirtiéndolo en un puño.

¿Vienes aquí a menudo?, pregunto.

¿Quién tiene tiempo para eso?

Las playas de Nueva York no están tan mal, digo. Todavía sorprendida de que incluso estén aquí.

Estas playas pueden besarles el culo a nuestras playas allá.

Bueno, cuando el hambre da calor, la batata es un refresco. Aquí es agradable. Tranquilo. Los dominicanos podemos ser tan ruidosos a veces. Mira a todas estas personas ocupándose de sus propios menesteres, divirtiéndose sin meterse con nadie. Juan solo habla de trabajo y de ganar más dinero. Pero estas personas no están haciendo eso. Esta es la parte de Nueva York de la que nadie habla.

A ver, ¿a qué te refieres, Ana?

Que es bueno ver gente relajada de vez en cuando. ¿No crees?

César me ignora; él está muy ocupado echándoles el ojo a todas las mujeres que nos rodean. De repente me siento demasiado vestida. Me recuesto. Me enrollo la camisa para sacarme la barriga. Mi ombligo resalta. El agua sube y baja. Entierro los pies en la arena caliente y suspiro.

Las puestas de sol deben ser hermosas aquí.

Lástima que no podamos quedarnos, dice César, suspirando también. Apenas se pone el sol, salen las armas.

No puede ser tan malo.

¿Quieres nadar?

Él ya está de pie, quitándose la camisa, exponiendo su espalda ancha y su delgada cintura. Tiene finas líneas bronceadas alrededor del cuello y los brazos.

No tengo traje de baño, ¿recuerdas?

Él no insiste como lo hizo Gabriel. Mis senos ahora son dos veces más grandes. Finalmente tengo algo para que Gabriel vea.

¡Mira esto!, César se queda en unos pantalones cortos oscuros y ajustados y corre hacia el agua, con las piernas musculosas como las de un caballo. Se zambulle en una gran ola, desaparece y emerge con largos rizos ondeando sobre su rostro.

¡Está congelada!, grita, luego se acerca corriendo y se sacude sobre mí.

¡Basta, perro mojado!

Ladrando histéricamente, escava arena con las manos para frotarme las piernas y los brazos.

¡Eres imposible!

César se detiene para sacar el agua de la bolsa y tomarse un trago. Extiende su toalla y se recuesta con las manos detrás del cuello. El pelo en sus axilas está separado en pequeños rollitos. Huelo el agua salada en él. Quiero lamerlo.

Extiendo mi propia toalla debajo de mí para que no se me llene el pelo de arena, me recuesto, cierro los ojos, entierro los pies más hondo en la arena, dejo que las manos me descansen a los costados, con las palmas abiertas hacia el cielo. El sol me baña. Las gotas de sudor se me deslizan por el cuello, entre los senos. Escucho las gaviotas y las olas, el escándalo del parque de diversiones, los débiles gritos de las personas en las atracciones. Espero a que las olas me toquen los dedos de los pies y la brisa me roce la piel, me refresque y haga que el calor sea soportable. Mis ojos pesados, mis brazos y piernas de plomo, mi respiración constante. Ya no me importa dónde estoy. Estoy en casa, feliz.

Cuando abro los ojos, una hora más tarde, César me está mirando. Sus rizos oscuros, apuntando en todas las direcciones. Sus ojos entrecerrados con deleite.

¡Sorpresa!, dice, sosteniendo dos perros calientes y dos vasos de Nathan's llenos de papas fritas, todas cuidadosamente dispuestas en un plato de cartón.

Nathan's, ¡lo mejor de Coney Island!

Todos los días, veo al hombre de los perros calientes servirle a una fila llena de trabajadores del hospital. En invierno, las nubes se escapan de su carrito y aterrizan en mi lengua.

La salchicha se sale del pan. La fina y tensa envoltura se rompe delicadamente cuando la muerdo y deja escapar su jugosidad salada, combinada con el pan y el kétchup. Las papas fritas crujientes se arrugan como un acordeón.

¡Están tan buenos!, digo.

Sus ojos se detienen en mí, la felicidad puebla su rostro. César disfruta mi alegría. Pensar que Juan le dijo que me cuidara como si fuera un castigo o un quehacer doméstico.

Enseguida, las gaviotas sobrevuelan cerca de nosotros. Una ola repentina empapa nuestras toallas. Saltamos, salvando las últimas papas fritas.

Es hora de irnos, César les dice a las gaviotas, a mí. Exprime las toallas mojadas y las arroja en la bolsa. Nos apresuramos hacia el parque de diversiones. La forma en que la gente grita desde la montaña rusa hace que parezca que tiene la capacidad de matar y revivir a una persona a la misma vez.

Subámonos en Cyclone, digo.

¿Por qué no mejor en Wonder Wheel? Es más seguro para el bebé.

Nosotras podemos . . . por favor, por favor, César.

Él se ve preocupado, pero yo pongo la cara de Lucy, labios en puchero y ojos grandes.

Está bien, está bien. ¡Vamos a montarnos!

He sobrevivido muchos ciclones con suficiente fuerza de arrancarles el techo a la cocina y a las habitaciones y de remover árboles de raíz. Aun así, me aterra la montaña rusa Cyclone. No confío en esas piezas de madera entrelazadas. La velocidad de los carritos subiendo y bajando me afloja las piernas. Mis hermanos habrían sido los primeros en la fila. Cuántas cosas quizá no podrán ver nunca; qué suerte tengo de estar en un lugar como este.

César compra los boletos. Tomo nota para darle algo de dinero más tarde. Los agujeran y hacemos la fila. Elegimos un carrito. Aunque sostengo la barra, agarro la mano de César mientras el tren sube lentamente.

La primera pendiente me toma de sorpresa. No es tan malo. La desvencijada montaña rusa de madera tiembla como los pisos en nuestro apartamento. Las paradas y los arranques, las pequeñas bajadas, la ingravidez del carrito hacen que el interior entre mis piernas cobre vida. El viento me golpea el rostro. Cuando el carrito sube lentamente el último tramo de la atracción, veo la playa, la gente como piedrecitas y, entre ellos, a mí y a mis hermanos. Estamos todos juntos, corriendo tras las carretillas de los cañeros que pasan por nuestra casa. Mis hermanos gritan y vocean. Y ahí está Yohnny corriendo y corriendo, mirando para ver qué tan atrás estamos todos. Entonces el tren cae y César me agarra de los hombros. Los corazones nos saltan en la garganta. Juntos, gritamos hasta que el tren se detiene abruptamente, pegando el cerebro contra el cuero cabelludo. ¡Ana!, oigo a Yohnny en mi oído. ¡Ana!, entonces un profundo silencio cae sobre nosotros. Nos aferramos el uno a la otra, manos entretejidas. Hay una sonrisa plasmada en la cara de César.

¿Estás bien?, pregunta.

Mis ojos se llenan de lágrimas.

Le pasó algo a Yohnny, son las primeras palabras que salen de la boca de Mamá. Se ha metido en el lío de Santo Domingo.

¿Pero y qué estaba haciendo él en la Capital?

Yo no sé.

¿Por qué lo dejaste ir?

Por primera vez en mucho tiempo, escucho a Mamá llorar. Me desquicia.

Quiero abrir la puerta y encontrarme en Los Guayacanes con ellos. Me necesitan.

Dolor. Dolor. Dolor.

Estoy vaciada.

Horas más tarde, esposo llama.

Lo siento, pajarita. No me lo puedo imaginar. Yo tengo hermanos. También temo por ellos. ¿César está ahí contigo?

Él está trabajando, dice esposa.

Yo le dije a tu mamá que no dejara venir a Yohnny a la ciudad. Pero ella insistió. Entonces le dije, Dígale que evite el centro a toda costa, que venga directamente a donde mí porque yo estoy en la periferia de todo este caos. Si solo vieras el caos, Ana. Un día pensamos que se va a acabar. Y empieza otra vez. Las calles están llenas de chamaquitos armados. Los apagones duran días. Todo está siendo racionado: las velas, la comida, los cigarrillos, ¡la gasolina! Estamos bloqueados. Y nadie sabe hasta cuándo. ¿Y quién duerme? Yo escucho los tiroteos en la puerta de la casa. Se lo advertí. Dígale a Yohnny que se quede allá. Pero ella dijo que los problemas solo encuentran a quienes los buscan. Es decir, ¿qué demonios estaba él haciendo cerca del Palacio? Se encontraba entre una ola de manifestantes y el ejército de los Estados Unidos y todo sucedió muy rápido. Él estaba allí, parado. Dicen que tenía los brazos levantados cuando un guardia le disparó en la espalda. La bala le atravesó el pecho.

Esposa duele. Hermana duele. Pero esposo sigue hablando.

Oh, pajarita, no llores. Estoy contando los días en que esta mierda termine para poder volver a casa contigo.

La voz de esposo se cae sobre *contigo*. Suplica una cálida y amorosa respuesta. Pero esposa está vacía.

Me robo un periódico del vestíbulo. Extiendo las páginas sobre la mesa y busco cualquier mención de República Dominicana, de Yohnny. Finalmente, veo la palabra *Dominican* y la circulo con un lápiz.

> *6 de julio de 1965* — Porfirio Rubirosa, exdiplomático dominicano, deportista internacional y playboy, estrelló su poderoso Ferrari 250 GT contra un castaño a las 8 a.m. de ayer en París. Estaba solo en el auto. El hombre de 56 años murió en una ambulancia camino al hospital. Estaba a distancia visual de dos de sus lugares favoritos de París, el hipódromo y el club de polo. Era piloto de avión, tenista, buscador de tesoros hundidos y era considerado el Romeo del Caribe, después de haberse casado, en el transcurso de una década, con cinco de las mujeres más ricas y bellas del mundo.

No se menciona a Yohnny. No se menciona la guerra. En lo que respecta a los periódicos, la guerra ha terminado, el país está seguro. ¿Para quién? ¿Para qué? Hace unos meses, cuando el presidente Johnson anunció que las tropas americanas habían desembarcado en República Dominicana, fue una gran noticia. Pero ahora a nadie parece importarle. Los estadounidenses lo han dejado en manos de los trujillistas. ¿Porque son los viejos títeres? Porque son ricos. Porque tienen un ejército. Y, aun así, la gente muere. Los edificios están destruidos. Pero, por supuesto, al mundo solo le importa Rubirosa.

Cuando César llega esa noche, estoy vestida de pies a cabeza de negro, hasta una bufanda llevo cubriéndome el pelo. Sentada en la oscuridad, sin música, sin televisión, mirando por la ventana, pensando en lo que podría haber hecho para salvar a Yohnny. Me había bebido tres tragos de ron. La cabeza me late, tengo los ojos vidriosos. El cuerpo entumecido, pies y brazos pesados.

Hermana, ¿no hay cena?

Él enciende una lámpara.

Derrumbo la cabeza sobre la mesa. Qué bien se siente la madera fría en mi oreja.

¿Qué pasó?, César hala una silla para sentarse cerca de mí.

Mataron a Yohnny.

¿Qué? ¿Quién?, se levanta de nuevo.

El alcohol se arremolina dentro de mi cabeza. Si pudiera, me acurrucaría en el regazo de César, metería los pies entre sus muslos, mi cabeza en su cuello. En cambio, me paro y reposo la cabeza en su pecho y escucho allí su galope. Mis lágrimas empapan su manga.

¿Has comido algo?, dice. ¿Quieres algo de beber? Prepararé la cena para nosotros.

Me extiende las piernas sobre el mueble, colocándome una almohada debajo de las rodillas. Enciende el radio. Los Beatles tocarán en vivo en el Shea Stadium en agosto.

Mientras él cocina, yo tomo una siesta.

César pone la mesa. Sirve la sopa de lentejas en dos tazones. A su lado coloca rodajas de aguacate y pan.

No tengo hambre, digo.

Tienes un bebé en quien pensar.

Solo tenía dieciséis años. ¡Dieciséis!

La sopa puede necesitar sal.

Realmente no había nadie como él.

Deja de poner el aguacate en la nevera. Se ponen marrones.

¡Y deja de actuar como si no sucedieran cosas malas, César!

Le tiro el periódico.

No le importamos a nadie, lo que le está pasando a nuestro país, Yohnny. ¡Todas estas palabras, desperdiciadas en estupideces como Rubirosa!

Porque este periódico es para gente blanca, Ana.

César busca una hoja de papel en blanco del estante y coge un lapicero de la mesa.

Toma, escribe algo para Yohnny.

No soy buena escribiendo.

Entonces usa ese artículo de Rubirosa como guía.

Estudio la página en blanco sobre la mesa. Presiono la punta del lapicero en la página y trazo una línea.

Dilo como si Yohnny pudiera escucharte. Escríbelo para que te escuches a ti misma.

Hazlo.

> 6 de julio de 1965.
>
> Santo Domingo: Yohnny Canción murió en una balacera cerca del Parque Independencia.

Continúa.

Yohnny, un joven trabajador que ayudó a su familia en todas las formas posibles.

Sé específica, Ana. Dime cómo era que ayudaba.

Yohnny fue el primero en ofrecerse como voluntario por las mañanas cuando su padre lo convocó para trabajar en la finca. Se enfrentó a cualquier hombre que acosara a sus hermanas. Era ingenioso. Incluso los gringos sabían que era un hombre que se la buscaba. Tenía un corazón débil para las chicas bonitas y era conocido como el Romeo de Los Guayacanes, fácil de amar. Y podía correr más rápido que nadie. Soñaba con venir algún día a Nueva York para viajar en los trenes, para visitar el Empire State Building, para jugar béisbol con Manny Mota y Felipe Alou. Yohnny murió inmediatamente sin ningún sufrimiento. Miles asistieron a su funeral. Su ataúd de madera de cerezo fue enterrado en el cementerio del presidente en la capital, Santo Domingo, entre otros grandes hombres que murieron con honor. Su ataúd está cubierto con rosas blancas y a todos los invitados se les dio chinola, su fruta favorita. Pocas horas antes de su muerte, el presidente mismo estaba a punto de otorgarle una visa y diez mil dólares para comenzar una nueva vida en los Estados Unidos.

Eres toda una narradora.

La realidad es demasiado deprimente. A Yohnny nunca le gustó la escuela. Nunca escuchó. Siempre hizo lo que quiso hacer. Estoy segura de que él caminó directamente hacia esa bala, sin pensarlo. Sin embargo, tenía un gran corazón y era muy divertido. Ustedes se habrían llevado bien.

Ahora escribe el mío.

Yo no quiero pensar en tu muerte. No ahora.

Ay, vamos. Escríbelo como si tuviera noventa años y hubiera muerto y tú hubieras encontrado mi obituario en el periódico. ¿Qué ves para mí, en esta vida larga que viviré?

Cuando César tenga noventa años, yo tendré ochenta y cinco, y estaremos viviendo juntos en Los Guayacanes, pasando nuestras mañanas bebiendo chocolate caliente y comiendo pan tostado, viendo el amanecer, meciéndonos para adelante y para atrás en nuestras mecedoras y hablando del mal comportamiento de los animales. Recordaremos a todas las personas fallecidas antes que nosotros. Para entonces, Juan habrá muerto.

Escribo:

> 1.º de julio de 2033. César Ruiz murió mientras dormía después de haberse tomado un morisoñando. Le habían advertido que la mezcla de jugo de naranja, leche y azúcar era para los jóvenes, pero él se lo tomó de todos modos. César nació en el pequeño pueblo de Tenares, en República Dominicana y en 1963 llegó a la ciudad de Nueva York con tres de sus hermanos. Pasó de ser un ordinario trabajador de fábrica a un diseñador de modas, inspirado en la gran Chanel, que también había iniciado su carrera desde humildes comienzos. Viajó por el mundo en su cohete y abrió el primer colmado en la luna. En 2013, cuando cumplió sesenta años y estaba listo para jubilarse, les otorgó toda su riqueza a los niños pobres de Los Guayacanes y vivió en la casa

de la gran Ana Canción, quien luego se unió a él en un esfuerzo por abrir escuelas y hospitales para los necesitados.

César me mira escribir cada palabra.

¿Ves toda esa grandeza en mí?

¿Por qué no? ¿Por qué no puedes volar a la luna? ¿O ser un gran diseñador? ¿Por qué tenemos que conformarnos con esta vida?, digo, sorprendida de mí misma y de mi propia ambición. Tenemos que hacerlo todo porque Yohnny no puede. Tenemos que sacarle lo mejor a la vida por él.

Y el tuyo, ¿cómo dirá el tuyo?

Ana vivirá una larga vida. Criará una hija exitosa. Ella será feliz.

Entonces yo me mantengo ocupada. Los martes y jueves, clases de inglés. Los lunes, miércoles y viernes, voy a Downtown a venderles comida a los hombres de la factoría de César. Planifico el menú semanal. Los lunes, pastelitos, treinta rellenos de pollo, treinta de res. Los miércoles, pasteles en hoja. Los viernes, almuerzo sorpresa: a veces empanadas de yuca, otras veces quipes.

Yo preparo y empaco la comida de forma que los hombres puedan comer mientras están de pie, como caballos, como los americanos comen perros calientes o hamburguesas. Para inspirar lealtad entre los clientes, preparo comida que les recuerda su hogar.

Por la noche, sazono la carne y pico la mayoría de los vegetales. Al día siguiente, envuelvo la comida como si fueran pequeños regalos en funditas plásticas para sándwich Cut-Rite o en papel de aluminio. Las organizo en mi canasta, forrada con una tela a cuadros que César tomó de la misma fábrica donde trabajan los hombres.

Cocino como si mi cocinar le devolviera la vida a Yohnny. Cocino para él y para él solamente (guayo las cebollas para que él no las pruebe en el relleno, saco los dientes de ajo para que él no se queje del mal aliento). Incluso César se da cuenta de cómo mi comida ha tomado inspiración. ¿Cuál es tu ingrediente secreto?, pregunta.

Todos los días pongo mis ganancias en un sobre en mi gaveta, ya no necesito esconder mi dinero dentro de Dominicana.

Con él, todavía planeo traer a mi familia a vivir conmigo, en donde estarán a salvo y donde Lenny pueda ir a la escuela, en donde no tendrán que preocuparse de tener suficiente comida.

Con el tiempo, compraré un carrito pequeño como el del hombre de los perros calientes. Eventualmente, una pequeña tienda. Luego, una cadena de tiendas por toda la ciudad.

Encuentro a César esperándome afuera del Horno, solo. Está fumándose un cigarrillo. Yo llegué temprano. Pero él salió antes. Algo anda mal. A los hombres usualmente los dejan salir a las doce en punto. Traje muslos de pollo asados a fuego lento (marinados durante la noche en limón, ajo y romero), y arepitas de yuca fritas, adobadas con anís, envueltas en cuadraditos individuales de papel de aluminio.

Te llevo a casa, dice César.

Me quita la canasta, me agarra por el antebrazo y me lleva de vuelta a la parada del tren.

¿Qué estás haciendo? ¿Dónde están todos?, pregunto.

Inmigración cerró la fábrica. ¡Malditos!

¿Qué?

Entraron como un huracán, pero nosotros pudimos salir a tiempo. Vicente, ¿recuerdas a Vicente, el de los ojos saltones y la barbilla rajada?, saltó por la ventana y se rompió una pierna, un brazo, la cosa estaba demasiado caótica para saberlo con certeza. Los policías lo atraparon antes de que pudiera ayudarlo y no pude quedarme a mirar.

Pero tienes papeles. No pueden hacerte nada.

¿Tú no ves las noticias? Ellos pueden hacer lo que les dé la gana.

César se da una palmadita en el pecho en busca de otro cigarrillo, maldice.

¡Y hoy es el día de pago! Esos desgraciados llamaron a inmigración para no tener que pagarnos. No es la primera vez.

No pueden hacer eso. ¿O sí?

Mientras caminamos, él empuja contra el gentío que sale a almorzar, balanceándose alrededor de mi canasta de pollo y arepitas perfectamente envueltas.

¿Qué se supone que haga con toda esta comida?

Ana, ¡yo perdí mi maldito trabajo! Estaba prácticamente manejando las cosas. Y cuando apareció inmigración, ese mal nacido nos entregó en bandeja de plata.

Y así, mis sueños de carritos de comida y de franquicia de comida dominicana se han evaporado.

César patea el buzón de correos en la esquina. Golpea el aire.

¡Mierda!

¿Por qué no me llamaste? Pude haberme evitado el viaje hasta aquí.

¿Acabo de perder mi trabajo y tú solo piensas en ti?

Pero yo vine todo el camino hasta Downtown.

Por favor, no empieces conmigo, Ana.

Yo retrocedo. Nunca había visto a César tan enojado.

Agarro mi canasta y camino hacia la estación de tren. César me agarra del brazo y me aprieta lo suficientemente fuerte como para dejar una marca.

¡Me estás haciendo daño!

Déjame llevarte a casa, dice.

No necesito tu ayuda, yo llegaré bien.

No, Ana, yo te llevaré a casa.

Él hala la canasta. Me alejo. Los paquetes vuelan por la acera. Los tacones los pisan. Me lanzo hacia la canasta, tropezando y luego cayendo de lado lejos de César. Un hombre con un maletín tropieza conmigo y accidentalmente me patea la pierna y grita: Get the fuck out of my way!

Fuck you!, César grita, y le da un trompón al hombre en la mandíbula.

¡No!, me cuesta volver a ponerme de pie.

Un policía aparece detrás de César y lo agarra por el cuello de la camisa, le tuerce el brazo y lo tira al suelo. Grito mientras le planta la bota en el cuello a César.

¡Déjelo en paz!, quiero decir. ¡Lo está lastimando! ¿Por qué no arresta al mal nacido jefe que lo jodió?

Pero la hermana Lucía no ha cubierto ninguna de estas palabras en la clase de inglés.

Háganse a un lado, el policía le ordena a la muchedumbre que se conglomera a nuestro alrededor.

Me agacho en el suelo, metiendo los paquetes de aluminio de vuelta en la canasta, extendiendo mi mano hacia César. Estoy mirando a los ojos de una oveja atrapada a punto de ser sacrificada.

¡Corre!, le grito.

Veo a Yohnny levantarse del cuerpo de César y correr por un camino que se convierte en un arroyo, sin un final visible. Yohnny corre y se detiene para sacarle el dedo a quien sea que lo está persiguiendo.

Sir, you have the right to remain . . .

El gentío lo mira como si César fuera un criminal.

Grito, ¡Los odio a todos! ¡No lo conocen!

Les muestro los dientes a una multitud que parece complacida de que el policía haya atrapado a un negro. Un hombre ilegal. Un criminal que robó o mató a alguien.

¡Los odio!, sigo gritando. Ustedes no saben cómo es la vida para nosotros.

Qué difícil es tratar de sobrevivir en esta gran ciudad. Cuántas veces ha jodido a César, aunque siempre camine en línea recta.

¡Ana!, grita César. Vete a casa y llama a Héctor.

A César se lo llevan en un carro de policía. Él está conteniendo las lágrimas. Está avergonzado. Lo lamenta. Lo siento.

Más tarde ese día, Héctor me llama para decir que César había salido.

Lo recogí del recinto, así que no te preocupes.

Por supuesto que lo haré.

Gracias, Héctor.

Ana, él es mi hermano.

Esa noche espero a César. Me froto y me froto la barriga. El reloj marca y marca. Todos los portones de las tiendas bajan. Los postes se iluminan. Las bolsas de basura se apilan a lo largo del borde de las aceras. Las guaguas jadean. Las ambulancias aúllan. Emergencia. Me froto y me froto la barriga. Emergencia. ¿Y yo? ¿Dónde está César? ¿Por qué desaparece como si no tuviera responsabilidades? ¿Por qué no puede llamar solo para decirme que está a salvo? Cuento el dinero que no hice. Cuento los paquetes de aluminio que salvé de ser pisoteados, ahora guardados en el congelador. No puedo dejar que se desperdicie. Todo mi arduo trabajo. Toda esa buena comida. Así que tomo varios paquetes y se los doy a mi vecina judía, la del mismo piso, que tiene cuatro hijos, que ni siquiera se atreve a mirarme a los ojos, pero una mujer con cuatro hijos seguramente se sentirá aliviada de recibir algo de comida casera. Le llevé un paquete de comida a Rose, acostumbrada a mis visitas sorpresa, a quien no le da vergüenza agarrarse de mi brazo en busca de ayuda cuando cruza la calle. Le dejo comida al señor O'Brien, a la súper viuda, a Bob el portero. El resto de la comida la guardo en el congelador. Me froto y me froto la barriga. ¿Cuánto tiempo durará? Me voy a cansar de comer pollo y arepitas.

César tarda unos días sin venir a casa. ¿Regresará algún día? Cuando le digo a Juan que a César lo arrestaron, yo sé. Yo sé. Por supuesto que él sabe más de lo que yo sé. Pero todo lo que dice es, ahora, más que nunca, no podemos darnos el lujo de perder más clientes.

Sin Juan aquí, yo no había visto a ningún cliente para los trajes, pero cuando Antonio llama para preguntar si puede traer algunos amigos para comprar, le digo que sí.

Antonio llega con tres hombres. Por primera vez en mucho tiempo, la casa está llena de gente. Enciendo el radio.

¿Cuántos meses de embarazo tienes?, pregunta Antonio.

Siete, digo, feliz y mostrando mi panza.

Sus ojos se quedan clavados en mi cara. Estira el brazo para tocarme la barriga. Su toque me avergüenza. Este es Antonio, que ama a su esposa. Lo empujo.

¿Quién quiere café?

Yo, dicen al unísono.

Después de darle algunos sorbos al café, les pregunto, ¿Cómo puedo ayudarlos?

El hombre más joven se ríe. Una mente sucia.

Lo mido con la mirada y digo, ¿46R?

Bien hecho. Se llama Patricio. Como de la edad de César. Su hermano, Jorge Aguirre, tiene un mechón de canas en el pico de viuda. Alejandro, un amigo del trabajo de Juan en Yonkers Raceway, es más delgado que la sombra de un cable.

Escuché acerca de tu hermano, dice Antonio. Lo siento.

La voz corre rápido, incluso a través del mar. ¿Juan le habrá pedido a Antonio que me vigilara?

No he abierto el armario de los trajes en mucho tiempo. Saco algunos. El plástico se me pega en la piel sudorosa. Cuando digo que hace demasiado calor para probarse trajes de lana, Patricio me roza las nalgas con la mano. Cuando miro para ver si ha sido por error, él me pica un ojo. Me alejo y le ordeno que se siente en el sofá. Antonio se sienta en una silla, sonriendo.

Entonces, ¿cuándo regresa Juan?, pregunta Alejandro.

En cualquier momento, digo y le paso dos trajes a cada uno de los amigos de Antonio.

Sigan adelante y usen el baño o la habitación para probárselos.

Patricio va al baño. Alejandro al dormitorio. Antonio y Jorge esperan conmigo en la sala.

Te ves más hermosa que nunca, dice Antonio.

Se acerca a mí, tanto que huelo su aliento a menta.

No digo nada, aliviada de que Alejandro haya salido de la habitación.

Me los llevaré los dos, dice, y no pestañea dos veces cuando le cobro dos dólares más de lo debido. Antonio no dice nada. El precio sigue estando muy por debajo de lo que habrían pagado en cualquier tienda, incluso en El Basement.

Jorge entra al dormitorio. Poco después, sale y pregunta el precio de un traje. Y decide llevárselo.

¿No vas a ofrecerles hacerle el dobladillo?, pregunta Antonio, sorprendido.

Hoy estoy ocupada.

Oh, eso sería genial, dice Alejandro. Quiero ponérmelo mañana.

También puedes coser los míos, dice Antonio, ignorando mi mirada.

¿Los que llevas puesto?

Se pone de pie para mostrarme. ¿No crees que están un poco largos?

Me quedé sin hilo. ¿Y no me dijiste que tu esposa no deja que nadie lidie con tus pantalones?

Antonio no es él mismo hoy. Aunque se supone que es uno de los buenos, ahora está actuando como un lobo entre su manada.

Patricio, ¿estás bien ahí?, Antonio lo llama.

¡Un minuto!, Patricio le grita en respuesta.

Se está demorando demasiado, le digo a Antonio. Y estoy esperando a otras personas.

Apago el radio. Envuelvo y meto los trajes dentro de bolsas plásticas. Me paro en la puerta de entrada.

Patricio finalmente sale del baño, pero cuando le digo el precio, pide un descuento.

Sin descuentos, Antonio se ofrece y se interpone entre los hombres y yo. Incluso cuenta el dinero y me lo entrega.

Antonio empuja a Alejandro para que abra la puerta y se vaya.

Inmediatamente después de que se van, suena el timbre.

Es Antonio otra vez. Los hombres, apiñados en el ascensor, esperan.

¿Se le olvidó algo?, digo.

Antonio entra al apartamento y cierra la puerta detrás de sí. Se para a un brazo de distancia y me mira. Le devuelvo la mirada, lista para defenderme con la gruesa percha de madera que tengo en la mano.

Se saca un bolón del bolsillo de su traje y lo desenvuelve. Un globo rojo brilloso. Me lo acerca a los labios.

Pruébalo, dice. Aprieto la boca, lo miro directamente a los ojos y niego con la cabeza.

Yo sé que te gustan las cosas dulces, pruébalo. Me lo pega en los labios. Es dulce, como el refresco rojo.

Bueno, ¿verdad?, dice.

Oigo una leve risa proveniente de los hombres que esperan en el ascensor. El corazón se me acelera, pero planto los pies en el suelo, empujo el bolón y abro la puerta.

Me dio gusto verte de nuevo, dice. Dale mis saludos a Juan.

Los animales no aprenden en retrospectiva; aprenden solo cuando se les castiga en el momento. Mamá hubiera sacado el cuchillo de cortar carne y le habría desollado el brillante pelo a Antonio.

Entonces, cuento el dinero y decido decirle a Juan que solo vendí tres y no cinco trajes. Él no se va a dar cuenta, yo soy la que está encargada del inventario. Y si se da cuenta, ¿qué va a hacer? Yo soy la mamá de su criatura. Ni siquiera él está tan loco como para hacerle daño a una mujer embarazada. Y si Antonio le da detalles acerca de la venta, yo le voy a dar detalles acerca del bolón y los chocolates.

Suena el teléfono. Salto para cogerlo.

¡César! ¿Dónde estás? Han pasado dos días.

Sostengo el auricular con ambas manos como si eso me fuera ayudar a escuchar mejor. Su voz ha cambiado.

Encontré trabajo con esta mujer en Boston. Me voy a quedar aquí un par de días.

¿Qué trabajo? ¿Qué mujer? ¿Qué Boston? ¿Por qué no puedes venir a casa? Yo te necesito aquí.

No te preocupes, ¿sí?

Él tranca antes de que yo pueda hacer más preguntas.

Enciendo todas las lámparas, el radio, el televisor. Reviso que las puertas estén cerradas. En la escalera de incendio, todavía no hay palomas. ¿Regresarán algún día? Dejo arroz en el plato, por si acaso. Abro una lata de Chef Boyardee, caliento la pastosa pasta, me la como con una cuchara directamente de la olla. El sabor, soso, estable y confiable, es de repente lo único que puedo tolerar.

El calendario: 25 de julio. Cinco días sin César. Una eternidad.

Preparo otra lata de pasta blandita y me la como caliente, con los pies metidos entre los cojines del sofá. Los fideos de pudín calientitos bajan por mi garganta y llegan a la bebé.

Una cerradura gira en la puerta, luego otra: ¿César?

Halo la puerta; la cadena todavía está puesta.

La mano de César me saluda a través de la grieta.

¿Aaaanaaa?, canturrea.

Abre la pueeeeeerrrrrta.

Está borracho. Necesitará una ducha. Tendré que darle la comida y meterlo en la cama. Si no yo, ¿quién?

Antes de que Juan se fuera, César se la pasaba de la cama de una mujer a otra. Cuando una comenzaba a exigirle, un poco para el alquiler o la comida, él la cambiaba como a una camisa vieja.

Por favor, no lo dejes venir a casa con olor a perfume. Por favor, sé el mismo César, mi César.

Coloco el tazón de pasta sobre la mesita. Una vez que desengancho la cadena, César casi se cae encima de mí. Sí, borracho. Sí, con perfume. Sí, él necesita una ducha. Sus ojos rojos como si no hubiera estado durmiendo.

César se tira en el sofá. Me mira como si se hubiera portado mal. Pero a él no le importa. Me dice que uno de los muchachos de la fábrica lo conectó con otro trabajo de ropa de hombre.

Ropa de hombre, ¿eh?, digo, feliz de que esté en mi sala, que nuestra rutina volverá a ser la de antes.

Te voy a hacer un esmoquin con mucho espacio alrededor de tu barrigota.

Da un paso atrás para mirarme bien y dice: Coño, engordaste en los últimos días. ¿Puedo escuchar?

Me siento. Pega una oreja en mi vientre y se abraza de mis caderas.

No puedo esperar para conocerte, camaroncita. Me levanta la camisa y me besa la panza. De repente él está de rodillas, ambas manos sosteniendo mi vientre.

Te está pateando, digo.

¡La siento!, dice chillando.

Yo me río. Él continúa frotando mi vientre, sus manos firmes y suaves, rozando la parte inferior de mis senos. Todos mis vellos se levantan. Me deleito con la forma en que sus manos me sostienen, como un regalo. El torrente de sangre, gozo, anticipación. Quiero morder un melocotón. Le ruego a sus manos, a sus labios que tropiecen y caigan en mi creciente deseo.

Ahí tienes, le dice a la barriga. Donde la bebé empuja, él besa, sus labios permanecen por más y más tiempo. Mis senos hormiguean.

Te extrañé, bebé, dice.

La bebé patea y César rueda sobre su espalda en el piso en posición fetal.

¡Me noqueó!, dice. Le tiro un cojín del sofá.

¿Puedo quedarme dormido aquí mismo? Está tan fresco aquí abajo.

Poco después, su suave ronroneo se convierte en un profundo ronquido. Me siento y lo observo. Para calmar la dolencia, me coloco un cojín entre las piernas, meciéndome para adelante y para atrás, hasta que el terremoto entre mis piernas estalla.

¡Cabroncita!, escucho la risita de mi hermana.

Con una buena mujer a tu lado, serías imparable, le digo a César una tarde.

Él le arranca las costuras a uno de mis vestidos mientras yo estoy parada sobre la mesita de la sala. Soy su maniquí, cubierta con medio vestido: solo un refajo y una de las camisetas de Juan.

No te muevas, no quiero lastimarte.

César sostiene un alfiler con los labios, una cinta métrica colgando del cuello y un lápiz detrás de la oreja.

Lo digo en serio, tú necesitas una buena mujer para afincarte. ¿Quién te va a atender?

Ya tú me atiendes, dice.

Si fuéramos pájaros, César y yo podríamos aparearnos y Juan y yo podríamos aparearnos, y cualquier pájaro que sea capaz de no comerse a mi criatura, que pueda traerme comida, construir un nido, que sea saludable y tenga colores atractivos, podría ser parte de mi comunidad de apareamiento. No habría contrato de matrimonio, solo el juego de la supervivencia y el placer.

Pero no somos pájaros. Nuestros días están contados. Hace dos meses que Juan no está. Se fue a finales de mayo y es casi agosto. Si no regresa pronto, va a perder su puesto en el Yonkers Raceway. Tiene que regresar a pagar el alquiler, el cual solo pagó dos meses por adelantado. Él está perdiendo la paciencia ante tanta corrupción.

Los dominicanos no sirven, dice.

Pero nosotros somos dominicanos.

No, en serio, pajarita, ni en la familia se puede confiar. Todos se venden al mejor postor. Es un infierno. Infierno. Te extraño, dice. Tengo ganas de estar en casa.

Cada momento con César puede ser nuestro último minuto, nuestro último día o semana. Por eso lo saboreo.

César tira de mí, saca alfileres y cose la tela a mano.

Le digo, Quiero que seas alguien importante, César. Tú te lo mereces. Cualquier mujer sería afortunada de tenerte.

Pero tú eres mi inspiración. ¿Por qué me alejas así?, dice. Levanta los brazos como Jesús y mantenlos levantados para que no te desangres hasta morir.

Me río todavía más cuando él cose alrededor de mis axilas, haciéndome cosquillas inadvertidamente. Agrupa el exceso de tela debajo de mis senos, sujetándola con alfileres.

Lo siento, esta es la única forma, dice. Se queja y estira la tela alrededor de mis caderas y alisa la que reposa en mi trasero; sus manos se sumergen en la parte baja de mi espalda y el levantamiento de mis nalgas, que ha crecido el doble desde que llegué a los Estados Unidos. Me empuja la tela alrededor de los muslos, la mantiene unida, su nariz cerca de la parte interior de mis muslos, lo suficiente para hacerme palpitar.

Deseo. Deseo. Deseo. No tengo otro pensamiento.

Me duelen los brazos, digo, para decir algo.

Bueno, la belleza es dolor. Eso es lo que dicen las modelos.

Prefiero quedarme fea. Además, nadie me ve. Juan no se va a dar cuenta.

Yo te veo. Tú te ves.

Ofrece su mano y me ayuda a bajar de la mesita, para que yo pueda verme en el espejo. Tomó dos de mis vestidos para hacer uno solo. Todo esto lo ha aprendido trabajando con ropa de hombre. Cómo superponer la tela para que se empalme. A diferencia de las mujeres, los hombres no toleran sentirse incómodos.

Mira con qué facilidad puedes mover los brazos. Te di suficiente espacio para que no te hale de la espalda. También te puedes agachar sin miedo a rasgar las costuras.

¿Porque estoy muy gorda?

Mi jefe quiere enseñarme todos sus trucos. Dice que prefiere a los dominicanos porque trabajamos más duro que nadie.

Tal vez es porque eres especial.

No ombe, él me está dando una oportunidad. Esos judíos nos dan trabajo, pero se guardan sus secretos. Los italianos son más abiertos.

Es increíble cómo, de la nada, hiciste algo.

Tú haces lo mismo con la comida. Miro todos estos trozos de tela y pienso, cuatro pedazos hacen una camisa. Solo hay que juntarlos como un rompecabezas.

¡Lo sé! Cuando la nevera está casi vacía, invento algo. Y sale bien. Pero se me olvida cómo lo hice.

Escríbelo. Eso es lo que hacen mis jefes. Siempre están escribiendo vainas. Los nombres de las personas, cuando llegan tarde, cuánto producen, cuando una tela reacciona de forma interesante. Ese es nuestro problema, no escribimos las cosas.

Yo sí escribo cosas.

Voy al estante a buscar mi cuaderno y se lo entrego a César. My name is Ana, César lee en voz alta. I like sunsets. I am fifteen years old.

Escribo cada palabra nueva o cualquier cosa que no entienda. Luego la busco. Como, ¿qué tiene que ver alligator con later?

César se dobla de la risa.

Los americanos y el inglés no tienen sentido, digo.

Juan se va a sorprender cuando descubra lo mucho que sabes.

Él no sabe acerca de las clases.

Juan está de acuerdo con la escuela. Me ha estado presionando por años para que vaya.

Pero a veces Juan se enoja mucho. Nunca sé qué le molestará.

César imita a Juan: Si yo tuviera tu edad . . .

Me río un poco, impresionada del parecido.

César se pone de pie y expande el pecho, frunce los labios y surca las cejas, imitando a Juan todavía más.

¡Ana, dime que me amas, a mí, a mí!

Él espera una respuesta. Donde Juan es velludo, César es lampiño. Los ojos de Juan son redondos y grandes y los de César tienen forma de almendra. El cabello de Juan es fino y ondulado, César tiene un arbusto de rizos apretados. Juan es pálido, César es del color del cuero jugoso del muslo de pollo asado, del chocolate caliente y cremoso, de las tostadas con mantequilla, de la miel oscura, del caldo del sancocho cocinado a fuego lento.

Cada una de las comidas que anhelo de mi tierra.

Te amo, digo, y lo digo en serio. Amo a César con cada uno de mis huesos, incluidos los de la bebé. Y si no encuentro algo que comer pronto, voy a llevarle un pedazo de una mordida.

Ven aquí y bésame, dice César, todavía metido en el personaje y tratando de contener la risa.

No, Juan.

Vamos, Ana, no seas una banana. César se toca la mejilla.

Le doy un beso en la diana y salgo corriendo hacia la cocina.

¡Esa es mi chica!, César grita desde la sala. ¡Ahora ve a educarte y vuélvete rica para que yo pueda quedarme en la casa con la bebé!

Pego la espalda contra la pared de la cocina, ocultándole mi cara sonrojada a César. En la nevera encuentro media cebolla, un tomate, una lata abierta de pasta de tomate, perejil y algunos ajíes. Hay que cocinar las habichuelas que están en remojo. Sopa, voy a hacer sopa. Y mientras César pedalea la máquina de coser, enciendo las hornillas y luego reduzco la llama.

Es un alivio cuando César se aparece, remolcando a Héctor, para comer. Cada vez es más difícil estar a solas con estos ojos de almendra, manos de sastre y pies bailarines. Cuando los dos hermanos no hablan de política, hablan de pelota, lo cual prefiero porque de República Dominicana solamente llegan malas noticias.

Miro el juego con ellos. Hacen apuestas sobre cuándo Juan Marichal explotará y le meterá un trompón al catcher John Roseboro, quien realmente se lo está buscando. Pero en el campo de béisbol, los jugadores que no son blancos tienen que portarse bien con los blanquitos porque el mundo está mirando. Una vez fuera de cámara, sabemos que los puños de Marichal saldrán a la luz.

Esos negros sueñan con que nosotros desaparezcamos, dice Héctor.

Los hermanos comparten cómo sienten la misma presión en el trabajo. En el bar. En las calles. Y ahora más, después que los gringos ocuparon la República Dominicana y hubo una revuelta en Los Ángeles. Miles de personas se tiraron a la calle. Tiendas quemadas; la gente rompió ventanas de cristal y tomó lo que quiso.

Esos negros están encojonados, dice Héctor.

Pero nosotros también estamos encojonados, dice César. Tampoco podemos alquilar casas. Nuestras escuelas no son mejores. Nos pagan menos. La policía nos acosa y nos dispara a voluntad. Nosotros solo queremos trabajar y que nos dejen tranquilos. Poder vivir sin miedo. Pero los negros nos miran como preguntándose, ¿Quién te invitó a nuestra fiesta?

No es fácil, dice Héctor, asintiendo con la cabeza. En el trabajo nos cortan los ojos como a los carajitos nuevos. Y en pelota, los estamos matando con plátano power.

Se ríen.

Entonces, durante el juego, cuando Roseboro lanza una bola como si quisiera pegársela a Marichal en la cara, una vez demasiadas veces, aguantamos la respiración.

Roseboro se quita el casco. Y Marichal coge su bate y le da un batazo a Roseboro en la cabeza, justo en el medio del campo. Sabemos que mañana estará en la primera página de todos los periódicos.

Finalmente vamos a estar en las noticias. En todas las portadas.

¿Acabará esto con la carrera de Marichal?, el locutor pregunta a los televidentes.

Pero como el resto de nosotros, qué gran satisfacción siento al ver a un dominicano defenderse por sí mismo.

Cuando me despierto en medio de la noche para ir al baño, César no está en su cama. Son las once y media. Él tiene que ir a trabajar temprano mañana por la mañana. Después de la cena, lo dejé dormitando en el sofá. Dijo que estaba cansado.

Por la ventana veo que todavía hay una fiesta en el salón de baile de Audubon. Las cortinas están cerradas. Las luces del concesionario Buick iluminan la esquina. Saco el cuello por la ventana. La noche, más calurosa que nunca. Hay dos postes de luz con las bombillas reventadas, por lo que está demasiado oscuro para ver más. ¿Quizá César esté dando una vuelta? A veces le gusta fumarse un cigarrillo en los banquitos de Pigeon Park.

Maldito. ¿Será que hace esto todo el tiempo, se va sin dejarme saber?

Reviso sus cosas en busca de pistas, tal vez encuentre fósforos de algún negocio local. Tomo la camisa que tenía puesta todo el día y la pongo en mi regazo, estiro las piernas sobre la mesita. Huelo su camisa. El olor de César me vuelve loca.

Por lo general, duermo como un tronco, pero ahora las patadas de la bebé me mantienen despierta.

Enciendo el televisor. Nada excepto largos y altos pitidos. Advertencias de emergencia. Cojo la agujeta y el hilo de lana para relajarme. En todos mis años en la República Dominicana, Mamá solía pedirme que tejiera mantelitos para regalar, y yo lo odiaba. Siempre perdía la cuenta y enredaba el hilo. Pero con toda la ansiedad debido al regreso de Juan y a la llegada de la bebé, y como una forma de mantener las manos ocupadas y no comerme todo lo que esté a la vista, tejer y contar las líneas me dan cierta sensación de control. Además, la bebé necesitará una manta para el invierno, unas botas y un sombrerito.

¿Dónde estás?, le digo al vacío en la habitación apenas iluminado, como si las paredes pudieran contarme el secreto de César. Lo único que quiero es que se enamore, que haga una vida. Eso simplificaría las cosas entre nosotros.

Espero más de una hora. ¿Cómo voy a dormir sabiendo que él se escapa por las noches? Se supone que seamos cómplices. Nos hemos visto en nuestros peores y mejores momentos.

Mamá siempre ha dicho que actúe contrario a lo que la gente espera, para mantenerlos alerta. Pero cuando escucho el clic de la puerta, apago la lámpara a mi lado, la enciendo y luego la vuelvo a apagar.

Cuando me ve, César tira un grito. Yo grito.

¿Estás loca, mujer?

No podía dormir.

¿Entonces te sientas en la oscuridad?

No quería, es decir, estaba tratando . . . Espérate, ¿adónde tú estabas?

Me acerco y mi barriga lo empuja hacia la pared. Le pego el índice en el pecho.

Hueles a bar.

Ana, hace demasiado calor. No podía dormir. Fui a tomarme un trago.

¿Y por qué no me puedes llevar?

Estabas roncando como un tren de carga.

Yo no ronco.

No quieres tener nada que ver con ese lugar, solo hay gente buscando problemas.

¿Como el irlandés que te pegó?

Los irlandeses solo nos golpean cuando están borrachos. Y las bebidas son a dos por una durante el Happy Hour. No te preocupes, Ana, si me miran mal, iré a casa de Mami. Ella cree que soy cubano y me da tragos gratis.

Mami, la mesera del bar de los negros que manejan Cadillacs. El bar de la mamá de Sammy Davis Jr., el hombre que toca música con los pies en la televisión.

La próxima vez, llévame contigo, le digo.

Eres menor de edad. Ah, y cambiaron el bar irlandés por Luna Llena. Hoy pusieron el letrero nuevo. Ja, el dueño me dijo en la cara, ustedes, hispanos de mierda, son mejores borrachos.

¡Prométemelo, César!

¡Está bien, está bien! Prometo ser un mejor borracho.

A la mañana siguiente, le pregunto acerca de la visita al bar. Antes de que Juan regrese, quiero ver ese bar que queda cerca de la piscina de High Bridge.

Estoy demasiado cansado, dice César, esta noche no.

Me voy a la habitación y apago las luces hasta que él se escapa otra vez. ¿Y por qué no habría de hacerlo? ¿Quién quiere salir con una mujer gorda, casada y embarazada? Juan regresará en una semana. Ya compró el boleto aéreo de vuelta. César y yo estamos muy nerviosos al respecto. La última vez que Juan vio a César, casi le mete un pescozón en la cara. Por mi culpa. Ahora el dinero está aquí, donde lo encontré. Estoy segura de que, desde que Juan lo vea ahí, perdonará a César.

Aunque yo no tengo nada que andar buscando en la calle tan tarde, me hago una cola alta y me abrocho un par de aretes de perlas falsas. Me pinto los labios de rosado pálido. Me pongo el vestido que César me hizo y un impermeable corto. Hace mucho calor, pero necesito una armadura. Guardo unos cuantos dólares en mi brasier. Una cartera es demasiado tentadora para un ladrón. Agarro las llaves dentro del puño y pienso en las tantas veces que Teresa se escapó por las noches.

Usualmente, tomar el ascensor no me da miedo, pero los portones cobrizos y las puertas suben hasta más arriba de mi cabeza, cada parte de mí ruega, Regresa a casa. Yo no puedo aparecerme en un bar desconocido. Puede que César ni siquiera esté allí. ¿Y si está con una mujer? Un hombre tiene necesidades. ¿Pero por qué no puedo ser yo esa mujer?

Camino sobre Broadway, en la parte oeste de la calle, en el mismo camino que toman los trabajadores del hospital. Avanzo hacia el norte, paso el estacionamiento, la cafetería, la zapatería. Sin el incesante ruido de la ciudad, puedo escuchar la succión de las puertas de la guagua mientras abren y cierran. Observo a los pasajeros solitarios en exhibición bajo las luces fluorescentes de la guagua. A través de los zapatos siento las vibraciones en el pavimento de los camiones de reparación retumbando a mi lado. Contengo la respiración al pasar cerca de las grandes pilas de basura, que pronto recogerán los aún más grandes camiones. Advierto la puerta de la sala de emergencias del hospital, abierta las veinticuatro horas. Contra todas las advertencias en las noticias sobre posibles motines, sobre atracos y tiroteos automovilísticos, a esta hora tan peligrosa, doblo hacia el este por la calle 170 y me dirijo hasta la avenida Amsterdam.

Considero si caminar por la calle y arriesgarme a ser atropellada por un conductor ebrio o quedarme en las desoladas y oscuras aceras, donde se escabullen los ratones. Un escalofrío me cruza la nuca. Alguien ha roto las bombillas al otro lado de la calle, convirtiendo High Bridge Park en un agujero negro. Si me aventuro a caminar por el parque, seguramente desaparezca para siempre.

Finalmente, signos de vida. Hombres con trajes elegantes, con zapatos resplandecientes y cabello cubierto de vaselina entran y salen de autos lujosos. Los niños y las mujeres decentes están en casa y yo aquí, embarazada, detrás de mi mujeriego cuñado en un bar que lleva un nombre inspirado en la cambiante luna.

Sí, Ana Ruiz-Canción es oficialmente una lunática.

Echo la barriga hacia delante para exagerar su tamaño, como si pudiera protegerme.

El letrero nuevo de neón de Luna Llena ilumina la entrada del bar. A través de las oscuras ventanas, se ven las lámparas rojas y las pequeñas mesas que llenan la sala. Detrás del bar, una pared repleta de botellas de colores. Sentadas en taburetes, hay mujeres con atuendos escasos, como bailarinas en un programa de variedades. La música dentro está tan alta que las ventanas vibran y, a través de ellas, veo a César bailando, brazos al aire. Algunas mujeres se ríen, se le tiran encima: mujeres libertinas, mujeres fáciles, mujeres estúpidas. Zapatos rosados chillones de plataforma. Piernas largas, expuestas. Una falda corta a cuadros, tan corta que el corazón se me hunde. Héctor camina sobre las sillas para chocarle la mano a César. Les dan vueltas a las mujeres, todas riendo, viviendo sus vidas. Entran y salen de mi periferia, mientras la multitud se aglomera de un lado a otro de la habitación. Y entonces veo mi reflejo, una estúpida gorda que bien podría estar pastoreando chivos.

De repente, se encienden todas las luces del bar. Una camarera carga sobre el hombro un platón lleno de espagueti. César saca los platos de un estante como si estuviera en su segunda casa. El gran reloj en la pared marca la medianoche. César me había contado sobre las comidas gratuitas de medianoche que les sirven a los borrachos antes de cerrar. Los veo comer, hasta que alguien sale y dice: ¿Quieres entrar?

Entro torpemente y el gran abanico me sopla aire caliente en la cara. El bar está atestado, la música está tan fuerte que siento los tambores en el pecho. ¿A dónde se fueron César y Héctor? Los busco y finalmente veo a César, de espaldas.

¿César?, coloco la mano sobre su hombro. Se da vuelta y yo

doy un paso atrás para alejarme. No es César. Este extraño me agarra el brazo. Con fuerza. Los ojos se me anchan.

Hola bebé, no muerdo, dice, y con la otra mano me acaricia la mejilla.

Entonces le doy una galleta. Siento la picazón en la palma de mi mano. Miro a mi alrededor. Nada de César, nada de Héctor.

¡Perra!, dice.

Ahora todos me miran.

Salgo corriendo del bar y me apresuro hacia Broadway, como una esposa celosa a cuyo cuñado tiene que sacarse del corazón, porque su esposo regresará en unos días.

El pez globo te puede matar si te lo comes, aun así, hay gente que se arriesga y muere. Mantén los ojos bien abiertos y no seas una pendeja como todas las otras jóvenes en Los Guayacanes, que caen rendidas ante los hombres con demasiada azúcar en la boca. Los peces globo se inflan y se convierten en una bola cuando se sienten amenazados, como una advertencia para los depredadores. Los machos trabajan sin cesar en diseñar su territorio para atraer a una pareja. Excavan diligentemente con sus aletas, reorganizan las conchas. Trabajan veinticuatro horas y muchos muchos días sin tomarse un descanso. Los machos tienen varias compañeras y reinan en múltiples territorios femeninos. Una vez que la hembra está en su territorio y trata de irse, la muerde. A la hembra solo se le permite una visita si el pez visitante silencia sus brillantes manchas azules, amarillas y anaranjadas para que el pez globo rey no se sienta amenazado.

¿Entiendes lo que digo, Ana?

Tres días antes de Juan llegar, César coge un vestido de la sala de muestras donde trabaja su amigo. Una muestra, dice, hecha de una nueva tela experimental que se extiende según el tamaño del cuerpo.

Tengo que ajustarlo un poco, para que te quede bien, dice.

¿Porque no soy flaca como esas modelos?

No, porque eres una mujer de verdad.

El vestido escarlata tiene una banda negra en la cintura, ancha hasta la caja torácica. El escote cae directamente sobre los hombros para revelar los huesos de mi cuello, mi mayor atractivo, como me dijo una vez la traidora de Marisela.

Me pongo el vestido y aprecio que sea corto, la forma en que el cuello acentúa mis senos. Me abraza todo el cuerpo de una manera que se siente cubierto pero sexy. El pelo me cae en cascadas, grueso y tupido, por debajo de los hombros. Me maquillé con un pintalabios rojo fuego. Con mucho delineador en los ojos, rímel y colorete, a sabiendas de que, una vez que llegue Juan, ya no podré llevar esta cara.

César me espera en la sala, sosteniendo una rosa en la mano. Lleva puesta una camisa marrón sedosa debajo de su traje blanco. Esta vez, no se ha hecho el afro, sino que se engrasó los risos y se los apartó de la cara: ahora es el hombre del anuncio de la vaselina Duke.

La rosa es de verdad. Me la llevo a la nariz.

¡Olé!, César levanta el brazo como un bailarín de flamenco.

¿Qué opinas?, doy una vuelta con torpeza para que admire su trabajo de sastrería.

Es exactamente como lo imaginé. Perfecto.

Debes hacer ropa para gordas embarazadas. Nosotras siempre parecemos ballenas.

Te ves más hermosa que una rosa. Luego me pasa la mano por el pelo y dice: Dios, me encanta tu cabello.

Tienes demasiada azúcar en la boca.

¿Vamos?, presenta su brazo para que yo pueda sostenerme.

Salimos del apartamento. Mis muslos se frotan provocando sudor. Mis pies hinchados están metidos en tacones altos para que se me tensen las pantorrillas y se me alarguen las piernas. Quiero lucir lo mejor que pueda para César en nuestra última noche, aunque duela. Esta noche soy una mujer sin quejas.

Los porteros del Audubon, amigos de César, nos dejan pasar sin tener que hacer fila. Subimos por las estrechas escaleras. César me guía, pasamos las oficinas y llegamos al salón de baile. Separo las largas cortinas de terciopelo y miro mi edificio a través de las grandes ventanas arqueadas que rodean el salón. Con cuanta claridad se puede ver dentro de nuestro apartamento por las noches. ¡Dejé la luz de la cocina encendida! Veo la silueta de Dominicana en la ventana donde la dejé, mirándome. Todas esas noches en las que ansiaba saber qué sucedía detrás de estas mismas cortinas cerradas dentro del Audubon. Ahora aquí estoy.

La orquesta toca. La gente baila merengue.

Buena música, ¿eh?, César saca una silla y se sienta a mi lado. Observo a las mujeres con cinturas pequeñas y caras frescas. Yo no quiero soltar la mano de César, no puedo dejar de ver su cara: su sonrisa, su felicidad, sus ojos brillantes.

¿Quieres bailar?, le pregunto.

César extiende la mano y nos deslizamos hacia la concurrida pista de baile.

Mi barriga está tan grande que cuando me da vueltas, César tiene que estirar los brazos. Mi espalda está contra su pecho. Me inclino hacia él y él se reclina hacia adelante, nuestras caderas se mueven de un lado para otro, nuestros pies cavan en los pisos de madera, su aliento en mi cuello, su brazo sobre mis brazos, mi mano entrelazada con la suya. La canción comienza lento, luego rápido y luego lento y luego rápido, y la música nos envuelve. Sus brazos son fuertes y confiados y confío en ellos cuando doy vuelta tras vuelta y caigo sobre su hombro muerta de la risa. Mis brazos agarran su cuello, mi cabeza en su pecho. Con cada vuelta, mis pies se levantan del suelo. Esta Ana, tan ligera, tan querida, tan hermosa. La pendiente llegada de Juan hace que las lágrimas caigan por mis mejillas, chorreando su traje. César no se aleja ni pregunta qué anda mal, pero me abraza más fuerte, su cuerpo pegado al mío, sus manos se deslizan hacia arriba y hacia abajo por mi espalda. Saca su pañuelo para limpiarme el rímel de los ojos. Entonces lo hace. Sé que se acerca y debería detenerlo. Me besa en la boca, duro y fuerte, su lengua completa en mi boca, mis labios amarrados a los suyos, estoy mareada, el dolor entre mis piernas palpita en tándem con mi corazón. Mis manos se meten debajo de su camisa. Deseo. Desinhibido, sin restricciones y libre.

Los miembros de la orquesta dejan de tocar. Abro los ojos en completa oscuridad. Me aferro con fuerza a César mientras esperamos que se vuelvan a encender las luces. Nuestros cuerpos, un latido.

¿Qué pasó?, susurro. Todos en la abarrotada sala permanecen inquietantemente quietos.

¡Se fue la luz!, grita un miembro de la orquesta desde el escenario.

Dominicans in the house!, grita César, y suficientes personas le hacen coro como para mostrar que nuestros números están creciendo en esta ciudad. Pronto habrá más de nosotros en Washington Heights que puertorriqueños, italianos, irlandeses y judíos.

Las luces se vuelven a encender cuando suena el triángulo y repiquetean los cuernos, luego suenan el piano y la tambora. César me mira con amor.

Me volteo para que mi espalda repose contra él. Su sexo, una pistola. Me alejo. Él me acerca. Yo cierro los ojos. Quiero estar desnuda con él, amarlo, sentir sus manos entre mis piernas, en mis senos. Me soba. La muchedumbre se espesa con la gente bailando. La música nos traga, nos abraza. Él se aferra a mí. Cuando bailamos, él se mantiene cerca, más cerca que nunca. Mis adentros se hinchan y lo beso. Chupo su lengua, muerdo sus labios y estoy perdida en él.

Cuando la canción se acaba, me alejo, mi sexo arde, me siento mareada.

César, necesito ir al baño.

Ana, espera.

En el baño, me quito el colorete de las mejillas, el maquillaje alrededor de los ojos. Tengo el pintalabios embarrado en la boca.

¿Qué estoy haciendo?

¡Ana!, César me llama desde la puerta.

¡Un minuto!, digo.

Cuando salgo, César corre hacia mí. Me lleva a un lado del pasillo cerca de las oficinas, donde está más tranquilo.

Perdóname, Ana, dice.

¿Por qué? Yo soy quien va a ir al infierno, digo. Esta es la bebé de Juan.

Pero yo te amo, dice.

Y a cien más.

En lo único que pienso es en ti, dice, metiéndose las manos en los bolsillos.

Juan te va a matar.

César y yo nos estamos comiendo el pescado venenoso. Y para terminar con todo, corro escaleras abajo hacia la salida.

Espera, Ana. Espera.

Afuera, el gentío espera para entrar al salón de baile. Una parte de mí disfruta darles un espectáculo.

Por favor, César, digo con voz de telenovela, olvídate de mí. Voy a arruinarte la vida. Por favor, vete.

César se golpea la frente con la mano. Para entonces, ya hemos entrado al vestíbulo.

Yo no soy un perro. No puedes decirme simplemente que me vaya.

Me sigue al otro lado de la calle, de regreso a nuestro edificio. Me observa hacer un escándalo al presionar el botón del ascensor, cruzar los brazos y seguir la luz que se mueve a través de los números.

Abre la puerta del ascensor antes de que yo pueda hacerlo.

Por favor, vete, digo una vez que estamos adentro.

César me empuja contra la pared. Me agarra los brazos.

Dime que no me quieres.

Lo amo. Coño, lo amo. Sus ojos traviesos, sus nalgas duras, sus piernas musculosas. La forma en que dice mi nombre con la respiración contenida. No tiene sentido mentir. Hemos estado comiendo pez globo todo el tiempo. Me quedo mirando sus labios hasta que el ascensor se detiene en nuestro piso. Lo tomo de la mano y él me sigue al apartamento. La luz de la cocina sigue encendida. Me siento aliviada de que Dominicana esté mirando hacia el otro lado desde la ventana. César y yo vamos al cuarto. No encendemos ninguna otra luz ni decimos nada más. En la oscuridad, con la luna como testigo, le quito la chaqueta del traje y le desabrocho la camisa. Toco su clavícula. Le desabrocho la correa y los pantalones, y los veo caer al suelo. Le quito los calzoncillos blancos, blanqueados por mí. Su pistola brota y me apunta y, por primera vez, no me encojo ni miro hacia otro lado. La miro fijamente. La agarro. La quiero dentro de mí. Me volteo para que él me baje la cremallera del vestido. Para que me desabroche el brasier. Los pantis. Todo quitado. Todo en el piso. Cuando nos vemos a la cara, desnudos como recién nacidos, él me agarra la barriga, redonda y dura. Traza la delgada línea oscura que va desde mi ombligo hasta mi nido. Sus dedos se enredan en mi vello púbico.

Eres tan hermosa coño, dice, y tomo su mano y meto sus dedos dentro de mí. Él jadea en mi oído, sus rizos me hacen cosquillas en la cara. Mis pezones se endurecen. Me da vuelta para que su sexo roce entre mis piernas. Me dobla sobre la cama. Su pecho cerca de mi espalda. Sus labios en mi cuello, en mis hombros. Sus manos cavan en mi interior. Se la agarro y me la meto. No me importa si muero allí mismo. Quiero que empuje dentro de mí para siempre. Dejemos que este sea nuestro último día. Que muramos aquí mismo.

Cuando sale el sol, todavía estamos desnudos en la cama. En la cama de Juan. Nuestros cuerpos están pegajosos por el calor, por nuestro sudor. Por todo. Miro a César, boca arriba, con los brazos sobre la cabeza, las piernas desplomadas, abiertas, su pene pequeño, estrujado como un tamarindo. Cuando me levanto para ponerme ropa, para hacer café, él me hala y, en un segundo, lo tiene duro otra vez. Pero ahora es de día. Ahora la luz está sobre nosotros.

Déjame hacer café, digo. Tengo que cepillarme los dientes. Lavarme la cara, manchada por las lágrimas y el maquillaje que me quedaba. Ponerme algo encima. Volver a ser yo. Mi pelo, debido a la humedad, tiene la forma de una estrella de mar.

No me dejes.

Vuelvo ahora, te lo prometo.

Me cubro con una sábana y salgo.

Mientras sube el café y se calienta la leche, la cabeza se me llena de arrepentimiento. Juan regresa en dos días. Mamá tiene razón. Se me metió el demonio y me nubló la razón. Amor, amor, amor. De qué sirve, si no puede poner comida sobre la mesa. Las mujeres tienen que ser pragmáticas. Teníamos un plan. Ya hay bloques de cemento apilados en la propiedad de Papá. Puede que Teresa haya arruinado su vida con el Guardia, pero yo arruiné el futuro de nuestra familia con mi cuñado. ¿Por qué no pudo César ser un extraño, alguien que eventualmente pudiera ocultar y que no complicara las cosas? El café sube. La leche hierve.

¡Ana!, César llama desde la habitación como si siempre hubiera dormido ahí. Como si siempre hubiéramos sido amantes. Y pienso en Juan llamando, ¡Cari!, desde la cama de Caridad, como si ella no le perteneciera a su esposo. Entonces, así es como sucede. Así es.

Llevo dos tazas de café con leche a la habitación. César, todavía desnudo y duro. Es como un adolescente después de todo. Su sonrisa de oreja a oreja. Enciende un cigarrillo y sus ojos están llenos de deseo. No como Gabriel, que nunca hizo nada con su deseo. César tiene el deseo de un hombre, el deseo insaciable de alguien que ha saboreado la victoria.

He estado pensando, dice, sorbiendo su café, fumando. Se sienta, apoya la espalda en algunas almohadas, extiende las piernas y las cruza en los tobillos. Me siento en la esquina opuesta, en el borde. Me tomo el café con nerviosismo, pensando, dos días. ¡Dos días!

Pero a César no parece importarle. Como si yo fuera cualquier otra mujer casada con la que ha estado.

Mira, yo tengo una amiga que se mudó a Boston.

De nuevo con el Boston. Siempre con Boston.

Ella abrió su propia lavandería y necesita un sastre. Me preguntó si yo quería mudarme allá. Queda solo a tres horas de distancia. Ella tiene una casa con patio, como Héctor; bien linda, verjas blancas, un garaje. Me dijo que puedo alquilar el apartamento que está encima del garaje y empezar a trabajar con ella. Ser como un socio.

Entonces este es su plan, ¿dejar Nueva York para irse a Boston? Él habla, pero yo solo escucho las sirenas de la policía desde la calle.

¿Qué piensas?

Me esfuerzo para no tirarle la taza de café en la cara.

¿Ana?, agita las manos delante de mí.

Deberíamos vestirnos, digo. Hay mucho que hacer antes de que Juan llegue.

Le doy la espalda.

¿No quieres venir conmigo a Boston?, pregunta.

Se acerca, las dos manos sobre mis hombros. En el espejo nos veo. Nuestro pelo rebelde, nuestra piel más oscura por todas las horas que hemos pasado sentados al sol. Es la primera vez que nos vemos juntos, tan desnudos.

¿Ir contigo?, las palabras realmente descienden.

Por supuesto, boba.

Se trepa y se pone de rodillas. Sus ojos me miran. Sus manos se pliegan sobre mi vientre.

Déjame cuidarte, a ti y a la bebé. Podemos comenzar de nuevo en Boston. Puedes cocinar y vender tu comida. Puedo trabajar de sastre.

Juan nunca te perdonará. Incluso podría hasta matarte.

Estoy dispuesto a tomar ese riesgo.

¿Y mi mamá? ¿Mi papá? No podemos simplemente irnos. Ellos cuentan conmigo.

La gente lo hace todo el tiempo. Se va por razones menos importantes que esto. Yo te amo, Ana. Y tú me amas. Y no me importa si nadie en mi familia me vuelve a hablar, yo quiero estar contigo. Ahora ya no podemos dar vuelta atrás y fingir que no ha pasado nada. No podemos. Por favor di que sí.

He entrenado toda mi vida. Fingir, fingir, fingir. Fingí que los latigazos no dolían. Fingí que estaba escuchando. Fingí que me importaban las historias que Juan me contaba y que lo amaba. Fingí que estaba feliz de dejar mi casa en Los Guayacanes.

Al diablo con fingir. Sí, digo. Sí.

SEXTA PARTE

Juan regresa de Santo Domingo. Y cuando llega al apartamento, ya está prendido gracias a la botellita que Héctor carga consigo en el bolsillo. Irrumpen en el apartamento con las maletas de Juan llenas de comida dominicana envuelta en papel de regalo.

Mírate, dice, y me da varias bofetadas suaves en la cara. Te tengo una sorpresa.

Sigo moviéndome, tratando de preparar comida para tres.

¿Qué sorpresa?

Tu mamá y Lenny pronto tendrán visa. Puede que vengan incluso antes de que nazca el bebé.

¿Qué?

¿No era eso lo que querías?, dice Juan.

Lo que quería ya está sucediendo. César está preparando un apartamento para nosotros. Él está abasteciendo la nevera. Está investigando si hay parques infantiles y guarderías cerca. Está buscando una escuela donde yo pueda estudiar y un trabajo lo suficientemente flexible para que pueda cuidar a la bebé. Él planea esperar dos meses hasta que la bebé nazca. Entonces huiremos juntos.

¿Dónde está César?, Juan pregunta, mirando a su alrededor.

Héctor explica que César se fue a Boston a buscar trabajo porque eso es lo que hacen los hermanos Ruiz. Cuando hay una oportunidad de ganar dinero, van tras ella. Cierro los ojos y le pido a César que me oriente, que me proteja, que me dé respuestas. Pero en vez de enfrentar a Juan conmigo, se fue a Boston, al espacio con una mochila propulsora.

¿La noticia sobre tu madre no te hace feliz?, los dedos de salchicha de Juan me masajean el cuello.

Por supuesto. Estoy feliz. Estoy sorprendida.

Suena el teléfono. Dejo escapar una bocanada de aire.

Contesta y dice algunas palabras, cuelga rápido como si nada pudiera molestarlo. Sus ojos me miran como si su mirada pudiera llegarme al corazón.

Los hermanos se apoderan de la casa como jabalíes. Las maletas de vinilo se abren, se destripan. Juan saca una botella de ron envuelta en una malla.

Brugal Añejo, ¡la vaina buena de verdad!

Aprieto los labios evitando llorar. Debí haber tomado todo el dinero que me gané e irme con César en la guagua que sale de Penn Station. La guagua nos habría dejado en Boston, cerca de un supermercado, donde su amiga nos habría recogido y nos habría llevado al pequeño apartamento en la parte superior del garaje adjunto a su casa.

Ana, dice Juan, tráenos unos vasos.

Me acaricia las nalgas y me empuja hacia la cocina, sus manos resueltas, pero menos agresivas de lo que las recuerdo.

Desaparezco en la cocina con la botella de ron en la mano, en busca de calma, en busca de orden. Abro las puertas de los gabinetes para encontrar una línea de vasos ordenados, uno detrás del otro, como si estuvieran en exhibición en una tienda. Coloco dos vasos gruesos en una bandeja de madera y otro para mí.

Echo el ron en los tres vasos, sobre hielo. Me doy un trago antes de salir de la cocina. Un trago hondo. Coloco la bandeja en la mesita, les doy la espalda y miro por la ventana hacia la fiable Broadway, a la gente en sus relojes, yendo y viniendo. Las mismas personas de pie en la parada de la guagua. Las mismas personas que entran y salen del Audubon Ballroom, cruzando caminos.

¿Será posible? ¿Mamá y Lenny vienen a Nueva York?

La quemadura del ron persiste en mi lengua y garganta. Su ardor me llena la cabeza.

Ana, siéntate al lado de mí, dice Juan, empujando a Héctor hasta el final del mueble para dejarme espacio. La voz de Juan, matizada de risas, ignora cómo he cambiado, ignora mi traición. Siento pena por él.

¿Cómo estuvo tu viaje?, pregunto solo por decir algo.

Tranquilo. La mayor parte del tiempo, se me olvidó que estaba en el avión.

La última vez que me monté en un avión, vomité dos veces, dice Héctor, porque el piloto hacía saltar el avión como un conejo.

Los hombres se ríen mientras Héctor salta en el medio de la sala. Su pesado cuerpo sacude los pisos de madera y quiero que el señor O'Brien se queje con la escoba.

La mano de Juan cae en mi regazo como un ladrillo.

Déjame ir a ver la comida, digo, y me le deslizo por debajo.

Lo que daría por escuchar la voz de César.

Juan me sigue a la cocina.

¿Puedo ayudarte con algo?

Esta es la primera vez. Ahora tengo que fingir.

Necesito el plato grande que está en el anaquel de arriba.

Se sube a un taburete, me da el plato. Se para detrás de mí. La estrecha cocina nos acorrala. Mi gran barriga presiona contra el fregadero con Juan pegado a mí. Sus manos rodean mis senos.

Están enormes.

Él aprieta fuerte. Me duele, pero me quedo quieta y no digo nada mientras sus manos caen sobre la vejiga que llevo, dura y llena. Me da mordiditas en el cuello y me toma por sorpresa.

Me estremezco. Tal vez sea un error esperar hasta que la bebé nazca para irme.

Juan, esta cocina es demasiado pequeña y caliente para tres personas. Ve a entretener a tu hermano.

Oh, cómo los extrañé a ambos, pajarita, dice.

Sirvo la comida en la mesita de la sala y los veo comer desde el umbral de la cocina. Aunque tengo hambre, nunca como cuando hay visita (solo con Marisela, solo con César).

El teléfono suena. Contesto. Silencio en el otro extremo.

¿Caridad? Yo sé que eres tú, digo, sorprendida de mi propia voz.

Sostengo el auricular durante un largo minuto, cuelgo y me inclino hacia la sala.

Era para ti, Juan.

Juan se limpia la boca por última vez con una servilleta y mete la cabeza en la cocina mientras yo me ocupo de quitar ollas sucias de la meseta.

Tengo que hacer algo. Pero no te preocupes, vuelvo más tarde, me dice, luego se vuelve hacia Héctor. Oye, ¿me das una bola?

Por supuesto.

Héctor se pasea por la puerta esperando a Juan, quien saca un pequeño paquete de la maleta y lo guarda en el bolsillo de su chaqueta.

¿Me trajiste alguna carta?, le grito antes de que salgan del apartamento.

Mira en la maleta, dice, y como si le hubiera olvidado algo, regresa, me levanta y me abraza.

No te metas en líos, pajarita. Volveré antes que la luna. Y recuerda, tú eres todo lo que importa.

Entonces se van. Y puedo respirar. Apago la música. Cierro todas las ventanas para bloquear el ruido de la calle, anhelando silencio.

Limpio los platos y los remojo en agua con jabón. El teléfono vuelve a sonar. Deseo que sea mi madre, pero sé que es Caridad.

Aló. Sostengo el auricular con el hombro, continúo lavando los platos y espero algo, cualquier cosa.

Salió. A verte, le digo.

El otro extremo calla, ni siquiera un suspiro.

¡Di algo, cobarde!, digo y tiro un plato al suelo.

Barro el vidrio. Recojo el plato roto con un recogedor y lo tiro en la basura. Friego los trastes y limpio la estufa. Tomo la ropa de Juan y la cuelgo en el armario, la doblo y guardo en las gavetas. La sucia la meto en el cesto del baño. Saco las fundas de mentas que mandó Mamá y las cuatro cartas bien envueltas con hilo, dentro de una pequeña bolsa de papel de estraza. Primero, termino de limpiar. Entonces leo. Algo acerca de las cartas me pone nerviosa. Apilo los paquetes, favores para amigos de Juan con nombres que nunca he escuchado, en el estante. Cuando todas las cosas de Juan que estaban dentro de la maleta encuentran sitio, observo las dos maletas vacías, sus bocas abiertas me ruegan que las lleve de regreso a República Dominicana.

Tal vez me pueda ir a Boston antes de que Juan regrese. Mandarle un mensaje a César diciéndole que voy de camino para que me recoja en la parada. A Juan y a Caridad les va a tomar tres, quizá cuatro horas recuperar el tiempo perdido. Más el tiempo del viaje en guagua a Boston, aproximadamente cuatro horas. ¿Pero cómo consigo a César?

Como una maniática abro gavetas y meto ropa dentro de una bolsa. Puedo ir a uno de esos lugares en el folleto que la doctora me dio, el que tenía el mapa y que Juan estrujó y tiró, pero que luego recogí de la basura y escondí en una gaveta. Puntos rojos que indican lugares seguros. Y, ¿entonces qué?

Como limpiar me ayuda a pensar, escurro la ropa lavada que estaba en la bañera, amarro un tendedero desde la bisagra de la puerta de entrada hasta la bisagra de la puerta del armario, atravesando la sala y cuelgo la ropa para que se seque. Me baño. Me afeito las piernas y las axilas. Me lavo la cabeza y me hago rolos. ¿Qué pasaría si me lo cortara? Entonces Juan de seguro me mataría.

Como no puedo salir del apartamento con el cabello mojado, balanceo el secador en el respaldo del sofá y me siento debajo. Me tomará por lo menos cuarenta minutos. Mientras tanto, puedo hacer un plan.

Tomo las cartas de mi familia y las sostengo en mi regazo.

Una es de Yohnny, ¿Yohnny? Dejo caer la carta como si la hubiera escrito un fantasma y la coloco detrás de las demás.

Me hundo más en el sofá, haciendo maniobras con la cabeza debajo del secador para que el calor no me queme las mejillas ni la parte superior de las orejas. Primero abro la carta de mi mamá. Ni un ¿Cómo estás? Ni ¿Cómo está el bebé? Comienza con, Ahora que he solicitado una visa para viajar, deberías comenzar a buscarme un trabajo. Lenny la acompañará porque se ha demostrado que es incapaz de hacer nada solo, excepto leerle el periódico a Papá cuando está demasiado cansado para leerlo por sí mismo. Y suma números. Ella lo llama la Calculadora Andante. Igual que tú. Entonces, a cambio del precio de dos boletos de avión, Papá le dio a Juan otro gran pedazo de terreno.

Dejo la carta. Me duele el corazón. ¿Qué es un hombre como Papá sin tierra?

La carta de Papá está escrita en un pequeño trozo de papel de cuaderno, a lápiz. Es la segunda que recibo de él desde mi llegada. Al igual que la primera, comienza con No quiero molestar. No me gusta pedir. Luego dice: Ahora tienes que cuidar a tu madre. Cuida a Lenny. Le di una llave inglesa a Lenny y casi se lleva un dedo.

La carta termina con, Juan es un buen hombre.

Claramente se ha rendido. Él también está fingiendo.

Estudio su letra infantil. Él fue a la escuela tal vez dos o tres años, como máximo. Sí, Papá, un buen hombre, paga el alquiler, provee por su familia, trabaja duro. Un buen hombre cumple su palabra. Engaña a su esposa. Casi la estrangula hasta matarla. La golpea, la abofetea, la hace tropezar, la lastima. Sí, papá, Juan es un buen hombre.

¿Cómo van a vivir Mamá y Lenny conmigo y César encima de un garaje en el apartamento de una habitación en Boston? Mamá nunca lo permitirá. Su lealtad es hacia Juan. El futuro de nuestras tierras está ligado a Juan. Y pronto, Papá tendrá que venir a Nueva York porque no puede quedarse solo allá. ¿Y qué será de Teresa y las pobres Juanita y Betty?

Rasgo la carta de Teresa en busca de respuestas. Es inútil. Ella ha caído en la trampa de las camisas blancas que andan con la Biblia debajo del brazo. Justo cuando pensaba que Dios se había olvidado de mí, ella escribe, Miss Ashley, de Texas, nos invitó a comer con su familia, para enseñarnos cómo prosperan con el Señor a su lado. Con grandiosos y frustrantes detalles, Teresa describe las galletas con chispas de chocolate que sirvieron de postre. Y las mágicas cajas azules de coditos que le dieron y cómo, con solo agregarle agua caliente al paquete de polvo amarillo, ¡ella puede comer y darle de comer al Guardia durante una semana! Cómo esto significa que ya ella no tiene que guayar la yuca ni remojar las habichuelas, dándole más tiempo para difundir el nombre del Señor. Yo he visto esas cajas azules en el supermercado al lado de las latas del Chef Boyardee. Pobre, pobre Teresa, seducida por macarrones con queso por esos yanquis en camisas blancas de manga corta y pantalones oscuros que van de casa en casa, siempre en una manada, que les dan comida a los niños de la calle y los atraen a sus casas para que se sienten en la sala y escuchen cuánto los ama Dios. Yo también he visto las camisas blancas en Nueva York, cerca de la salida del tren. Teresa siempre ha parecido tan fuerte. No tiene sentido. Hasta yo, que pronto voy a ser madre, sé que Dios es más feliz cuando sus hijos mantienen la distancia, y no andan como niños mimados, siempre pidiéndole cosas.

Agarro la carta de Yohnny y, con las yemas de los dedos, froto el papel de cuaderno color crema cubierto de tinta azul. Las palabras se mezclan entre sí.

> Hermana mía,
>
> ¿Cómo estás? ¿Ya te olvidaste de nosotros? Mañana le voy a entregar estas cartas a Juan, pero el objetivo es realmente ver a Juanita. No vas a creer esto, pero ella está embarazada. Con mi bebé. Yo sé, yo sé, una complicación. Gracias a Dios somos primos segundos porque si no, habría hecho que se deshiciera de él. ¿Eso es cruel? Pero no importa, mi plan es ir a Nueva York y llevármela conmigo. Mamá no lo sabe porque todavía está enojada con Teresa por haber pisado fuete y defendido su relación con el Guardia. Pero ¿qué se supone que yo haga? Yo amo a esa mujer. Y Mamá, ¿ya te dijo de Betty? Uno de los soldados americanos, a los que he estado haciéndole mandados, se enamoró de ella. Nuestra tímida y cara de caballo de Betty. Mamá lo vio en uniforme (más de seis pies de altura, blanco como

la leche, y parece que nunca ha roto un plato en su vida), e inmediatamente cerró ese trato. Se la va a llevar a Tennessee. Él no sabe que Mamá le hizo brujería. Y solo imagínate a Juanita. Celosa como nunca la había visto. Ella quiere que su bebé nazca en Estados Unidos. Como el tuyo. Como el de Betty. Entonces ese es el plan. Antes de que te des cuenta, estaré tocándote la puerta.

Tu hermano,
Yohnny

Doblo las cartas, las orejas ardiendo debajo del secador. Me toco el cabello, todavía húmedo. ¿Por qué nadie ha mencionado al bebé de Juanita y de Yohnny? ¿Sigue siendo un secreto? ¿Y Betty? Se va a casar con un soldado gringo y se va a mudar a algún estado en el centro de los Estados Unidos. Nunca hubiera imaginado esa posibilidad. Pero, ah, mi Betty querida, si ella lo eligió como él la eligió a ella, qué felicidad.

Saco la cabeza de la secadora.

Una vez que Mamá llegue, tomará el control de todo. Ya no tendré autoridad en decidir sobre lo que se va a cenar o dónde deberían ir las cosas. Desde el primer día, lo reorganizará todo, estoy segura. ¿Pero qué opción tengo?

Me agarro la barriga y le hablo. Pronto, tú también tendrás algo que decir sobre mi vida.

Me quito los rolos en el baño y los dejo apilados en el lavamanos junto a los pinchos. Las puntas todavía están mojadas. ¡Coño! ¡Carajo! El pelo largo es para niñas. Pronto seré madre. Tomo las tijeras del botiquín y lo corto a la mitad. Los rizos saltan alrededor de mi cara. Todas las puntas secas y amarillentas del sol del campo ya no están. De repente los ojos se me ven más grandes. El cuello desnudo. Un peso menos en mi cabeza. Deja que Juan se enoje. Que César piense que me veo fea. Es mi pelo.

Pongo las maletas vacías de Juan una dentro de la otra y las dejo en el pasillo. Tengo que decirle a César que no habrá Boston. Preparo un plato de la comida que sobró y me siento a comer junto a la ventana.

Las palomas están de vuelta. Toda una nueva generación. Estas no saben sobre la matanza de la paloma Betty. Veo a los niños judíos salir del Audubon, agitando sus banderas azules y blancas. ¿Por qué la gente tiene que verse tan feliz?

Pronto estará oscuro. Pronto bajarán los portones de las tiendas. Pronto el gentío se aglomerará para la película de las 7 p.m. Ay, Yohnny, me escribió una carta. Tal vez esté esperando otra oportunidad para regresar, esperando en alguna fila, esperando saltar dentro de un cuerpo antes de que nazca un bebé. Tal vez salte dentro de mí.

Tomo un respiro. Por lo menos Mamá puede ayudarme con la bebé para que yo pueda trabajar e ir a la escuela. Ella odiará mi pelo corto.

Como lo prometió, Juan llega a la casa antes de que la luna se pose en el cielo. Se da un baño. Come y luego dice, Estoy cansado. Es obvio que Caridad lo recompensó por el tiempo perdido.

Ven a la cama conmigo, dice, y extiende la mano. Ni siquiera comenta acerca de mi pelo. Eso me irrita.

Antes de que pueda inventarme una forma de escape, él me hala la mano. Me he bañado dos veces. Pero todavía César está en todo mi cuerpo.

Juan quiere ver qué tanto me ha crecido la barriga. Se quita los pantalones para estar más cómodo. Se deja las medias puestas, los calzoncillos y la camisa. Perdió peso en la República Dominicana. Se ve bien y bronceado. La luz de la luna se derrama sobre la habitación, pero él enciende la lámpara al lado de su mesita de noche. No hay dónde esconderse. Juan se estira en la cama. Me observa. Yo me quedo parada.

El bebé parece que va a salir en cualquier momento, dice.

Me río, sin saber qué hacer.

Acércate, dice, así que me siento a su lado. Me hala y me acerca a su pecho. Mi cabeza se eleva con cada respiración. ¿Se dará cuenta de que no soy la mosca muerta que dejó hace dos meses? Algo ha cambiado y mi cuerpo se sulfura por dentro, voraz y hambriento. Mi interior se me quiere salir de la piel, por los ojos, por los oídos, por la boca. Teresa me advirtió de cómo se pierde el control. Pero César no me está esperando en su carro en medio de la noche para llevarme consigo como el Guardia esperaba a Teresa. César ni siquiera ha llamado.

Agotado, Juan se duerme y yo lo sigo.

Unas horas más tarde me despierto y estoy dándole la espalda a Juan. Me abraza por detrás. Me sorprende: juega con mi cabello y me besa el cuello con ternura.

Me preparo para una pelea.

Ahora te pareces a mi Marilyn Monroe de pelo castaño, susurra.

Me desabrocha la parte de atrás del vestido, el brasier.

Estoy cansada, Juan, digo, y me escapo.

Quiero verlas, dice, y me pone boca arriba. Abajo con las mangas, abajo con mi vestido. Mis pezones están grandes y curtidos, sensibles al tacto. César los ha chupado. Besó cada centímetro de mí, una y otra vez. Antes de irse a tomar la guagua para Boston, dijo, No te preocupes, mi cosita dulce. Todo estará bien.

Cierro los ojos para hacer desaparecer a Juan. Le doy la espalda nuevamente. ¿No puede ver que no quiero que me toque? ¿No puede ver que ya no soy suya?

Su sexo me puya por detrás. Me levanta la falda. Me agarra el pelo con el puño como si fueran las riendas de un caballo y me echa la cabeza hacia atrás para que lo mire. Le rezo a la estatua de Jesús sentada en el alféizar de la ventana, junto a la vela de la Virgen de la Altagracia y San Martín. Y me imagino hinchándome como un pez globo. Imposible de morder.

¡Sácalo! ¡Bájateme de encima!, grito y pateo a Juan. Me apeo dando bandazos de la cama. El cuerpo me tiembla.

El sexo de Juan apunta al techo. Me mira confundido como

a una extraña. Me quedo ahí. Pies plantados. Halo la sábana de la cama y me cubro.

Es bueno estar en casa, dice sarcásticamente. No me grita. No insiste.

Juan no se ha molestado en venir a casa, pero llama para decir que vendrá a almorzar. Esta vez platica y platica. Cualquier tipo de distracción para tapar el hecho de haber pasado la noche con Caridad.

El sol pica, pero el aire está fresco. La clase de ESL empieza en una hora. Coloco mi libreta dentro de la cartera y camino hacia la rectoría. Hay más policías alrededor que hidrantes. El Audubon Ballroom está rodeado de patrullas. Vidrios rotos llenan las calles y los dueños de negocios se agrupan frente a sus tiendas. No se ven niños por ninguna parte. Ni béisbol callejero. No hay parejas mayores abanicándose y chismeando, sentadas en sillas plegables en las esquinas. Sé que debería regresar, pero no quiero estar sola en el apartamento donde todo me recuerda a César.

En la rectoría, se lee un letrero: Class canceled. Subo los escalones hacia la puerta de la iglesia. Al entrar, siento una ráfaga de aire fresco y un apremio de confesar que no me arrepiento de haber estado con César.

En uno de los bancos, la hermana Lucía se encuentra arrodillada en oración. Me siento a su lado. Cuando termina de rezar, me toma de la mano y frunce el ceño. ¿Sabrá que he pecado?

Vete a casa mientras todavía está tranquilo afuera, dice. Me alegra tanto oírla hablar español.

Deja de reírte, su voz es urgente, llena de preocupación.

El año pasado, los motines ocurrieron justo afuera de la iglesia y en todo Harlem cuando la policía le disparó a un hombre inocente. Así que vete a casa, Ana. Y cierra la puerta. La hermana Lucía me despide con la mano y me guía hacia la salida.

Afuera, examino las caras serias de los hombres y las mujeres mayores haciendo guardia frente a sus edificios. Su ira me pone nerviosa, pero la entiendo. Estar enojado y no tener el poder de controlar tu vida. No sentirte seguro. Depender de una persona que te recuerda cómo pueden hacerte daño, incluso matarte, a su antojo. Yo entiendo.

Miro por la ventana durante horas, esperando que algo suceda. Los incendios arden en la televisión. Santo Domingo también arde. Aquí, en las calles, los fuegos artificiales y los disparos son indistinguibles. Hombres jóvenes bajo fuego en Vietnam. Hay demasiado fuego en todas partes, dentro de mí. Demasiado.

César finalmente llama. Me alivia tanto escuchar su voz. Soy un mar de lágrimas.

No, por favor, dice.

Trato de imaginármelo de pie haciendo la llamada. ¿En una cabina telefónica? ¿En la casa de una amiga? ¿Se afeitó? ¿Se habrá bañado? ¿El sol brilla como en Nueva York? ¿Es el mismo aire? ¿Qué lo rodea? Sus zapatos, ¿están rayados? ¿Quién le estará planchando las camisas?

¿Cómo estás?, pregunta cuando me calmo.

Estoy bien. ¿Tú?, digo.

El apartamento es una mierda, dice. Encontré un ratón en el inodoro.

Podemos limpiarlo, digo, a sabiendas de que César y Ana no se fugarán para irse a Boston. No habrá Ana haciéndole desayuno a César todos los días antes de irse a trabajar. No habrá baile en la sala incluso con la música apagada.

Encontré otro lugar. En un área segura. Más cerca del supermercado, para que puedas irte caminando a todas partes, ¿sabes? Pero necesito tiempo.

Juan le consiguió una visa a Mamá. A Lenny también.

No me digas.

Él está buscando los vuelos para que puedan venir antes de que nazca la bebé. Mamá no sabe qué hacer con ella misma.

¿Y nosotros? ¿Qué va a pasar con nosotros?

¿César?

Un click. Una pausa. Please insert ten cents for another three minutes.

Yo colgué y esperé todo el día a que llamara otra vez, pero no lo hizo. Todo el día mi estómago se sintió vacío. Todo el día sentí escalofrío en los huesos.

Al día siguiente, Juan se aparece con Mauricio, un cliente nuevo para los trajes, y su esposa. Tengo que despegar los pies del piso recién pulido cuando la veo.

Me abstengo de arañarle los ojos de gata que me suplican fingir que nunca nos hemos visto.

Mauricio es buenmozo, alto y delgado, aunque tiene la cara de sargento. Marisela lo sigue dócilmente, se sienta cerca de él en la mesa que una vez la alimentó. Miran a su alrededor. Ofrezco café. Conversan de nimiedades. Juan se comporta como si nunca le hubiera prestado dinero a Marisela. Todos hablan entre sí, excepto que nadie habla conmigo.

Mauricio mira por la ventana y dice: Se puede ver el mundo entero desde aquí.

Por eso elegí el piso de arriba, dice Juan.

Tienen una casa encantadora, dice Marisela, con los tobillos cruzados debajo de la mesa.

Me disculpo para ir a buscar el café.

¿Necesitas ayuda?, me pregunta casualmente, rompiéndome el corazón de nuevo.

No, gracias.

Debería arrancarle los aretes, halarle el pelo y patearla.

Pero primero, Ana, 40L para Mauricio, ese es tu tamaño, ¿no?, Juan ofrece.

Yo también sé cómo medir a un hombre, casi digo.

Juan Ruiz, un verdadero profesional, dice Mauricio.

Aliviada de tener algo que hacer, busco en el armario y encuentro algunos trajes. Los entrego y señalo el baño para que se los pruebe. Incluso después de que Mauricio se ha ido de la sala, Juan y Marisela continúan con la farsa.

¿Cuántos meses tienes?, Marisela me pregunta.

Ella tiene un elefante dentro, responde Juan.

Disculpen, escucho el café.

Gracias a Dios por las cafeteras, por la forma en que se toman su tiempo para llenarse. Sirvo tres tacitas de café en una bandeja y tres vasos de agua con hielo, con una servilleta de papel envuelta en cada vaso.

En la sala, Marisela admira a su esposo.

Te ves bien, Mauri. Puedes ponértelo para la graduación de mi hermana este domingo.

No me lo recuerdes. Tu hermana es una vaina. Lleva aquí tres meses y ya camina con la nariz levantada porque tiene un certificado de mecanografía.

Juan se ríe.

La escuela es algo bueno. Se le abrirán muchas más puertas, dice Juan.

¿Por qué Marisela estuvo de acuerdo en venir? Tal vez no tuvo otra opción. Trato de encontrar algo parecido a la mujer con la que pasé tantas tardes. Marisela no se atreve a mirarme. Me hace feliz pensar que ella sufre. Ella aparenta que puede manejar a su hombre, pero tal vez ambas estemos jodidas.

Escuché que César encontró trabajo en Boston, ¿es cierto?, Mauricio le pregunta a Juan, quien sonríe.

¿Trabajo? Ese muchacho puede trabajar en cualquier parte. Es esa tipa que lo tiene loco. Ha estado tratando de que él se mude allá con ella por más de un año.

Y antes de darme cuenta, la bandeja se inclina, café caliente y vasos de agua helada caen en el regazo de Marisela. Todos gritamos. Marisela salta para despegarse la tela de la piel y Juan me da un halón.

¿Qué carajo te pasa?, pregunta. ¡Búscale unas toallas!

Actúo de inmediato.

Está bien. No es nada. Vamos de regreso a casa de todos modos, dice Marisela, tan nerviosa como yo.

Le seco la camisa bruscamente con una servilleta.

¿Ya estás terminando?, Marisela le pregunta a su esposo.

Mauricio compra dos trajes, pero pide pagarlos al final de la semana. Quiero advertirle a Juan que su palabra es una mierda, pero Juan los acompaña hasta la puerta. Marisela me mira disculpándose. Me ocupé de secar los cojines del sofá, colocando una toalla en el suelo para recoger toda el agua derramada.

Hasta pronto, dice Juan, luego le da un trancón a la puerta.

Lo enfrento y espero.

Vamos, Juan, muéstrame lo buen hombre que eres. Antes de su viaje, él era todo líneas afiladas, claramente definidas. Ahora es un rompecabezas, su cara y cuerpo, revueltos tras presenciar la guerra. Algo lo ha cambiado y, como Papá, que nunca dice mucho, Juan se para donde está roto. Acerco la cara y lo miro fijamente. Levanta la mano, como un reflejo, y se detiene. Entonces le escupo a los ojos. *Vamos, Juan, haz que me sea fácil dejarte*. Aprieto los dedos y las plantas de los pies para mantenerme firme. Levanta el puño, lo muerde y luego grita: ¿Qué coño te pasa?

Adelante, le digo.

Haz lo que haces, Juan. Sé el bruto que sé que eres. Jódete. Que se joda César. Que se joda Marisela. Que se jodan todos.

Se ve herido por mis palabras. Deja caer los hombros, me da

la espalda y se sienta en el mueble. Prende el televisor. Una mujer le muestra una aspiradora a una audiencia en vivo como si fuera la cosa más interesante del mundo. Que se joda también.

Juan ya se ha ido cuando me despierto a la mañana siguiente. Me ha dejado dormir. Esto debería preocuparme, pero estoy cansada de preocuparme. Ahora que se acerca la fecha de mi parto, el sueño se me ha vuelto más profundo, sueño cosas extrañas y, a menudo, me despierto confundida, sin saber dónde estoy.

El sueño más vívido es el de Yohnny dentro de nuestro apartamento, vestido con un traje de karate, parado en posición de lucha. Juan me llama desde la habitación, borracho y demasiado haragán para perseguirme. Le suplico a Yohnny que se vaya a casa, por miedo a que Juan lo mate. Pero ya estoy muerto, dice Yohnny. Cuando extiendo el brazo para tocarlo, solo encuentro aire.

¿El sueño significa que Yohnny está más cerca de volver a la vida o que yo estoy más cerca de estar muerta?

Después de tomarme un café con leche, entrecierro los ojos mirando el lugar donde se derramó la bandeja ayer. Diluyo Pine-Sol en una poncherita de plástico con agua. Humedezco una toalla vieja en la mezcla, la exprimo y la empujo con un palo de escoba por el suelo. El aroma a pino me calma. Cuando termino de trapear el piso, tomo otra toalla húmeda y desempolvo los muebles. Luego lo encuentro, debajo del mantelito de la mesa del comedor: cuarenta dólares, doblados dentro de una hoja de papel de cuaderno.

Ana,
Por favor perdóname.
Marisela

Los documentos han llegado. En unas semanas Mamá y Lenny estarán comiendo en nuestra mesa, durmiendo en nuestras camas. Si algo bueno ha salido de la guerra, explica Juan, es que la embajada aceleró las solicitudes de visa de turista.

Él dice que Papá se reunirá con el Cojo en el restaurante en los próximos días para comprar los boletos de avión.

¿Eso te hace feliz, Ana?

Abrazo a Juan del cuello con fuerza y él me abraza de vuelta.

Escuchar una fecha exacta para la llegada de Mamá se siente seguro y real, como un pequeño logro para nuestra familia. Y tengo ocho meses de embarazo. Y Marisela me pidió perdón. Olvídate de que César pueda o no tener novia y que tal vez hizo una jugarreta dominicana, diciéndome pendejadas acerca de estar buscando un lugar agradable para nosotros y la bebé, cuando en realidad es un cobarde.

Caray, tengo tanto que preparar, digo. Tendremos la casa llena y pronto Papá, Teresa y su hijo podrán venir. ¿Y Juanita? ¿Cuándo podrán venir todos?

El súper le dijo a Juan que el apartamento del lado estará disponible el próximo año. Cuando eso suceda, vendrá toda la familia.

Lo juro, pajarita, los dominicanos inundarán Nueva York en un abrir y cerrar de ojos. Este vecindario no se va a dar cuenta quién le dio el fundazo.

Gracias, digo, lo beso y le de doy palmaditas rápidas por toda la cara.

Me alegra mucho verte feliz, dice, buscando amor en mis ojos.

Juan es mi monstruo y mi ángel. En este mundo de mierda, él trata lo mejor que puede. Y a él le debo dar lo mejor de mí. Tal vez, con el tiempo, y si César mantiene la distancia, puedo hacer que mi matrimonio funcione. Le puedo pedir a Mamá que me sane del pez venenoso. Que me prepare una de sus pociones para olvidar a César. Quizás entonces, hasta pueda amar a Juan.

Una vez que llega el otoño, un torbellino de hojas arropa la ciudad. Las palomas están de regreso en la escalera de incendio, picoteando el arroz que les dejo. La nueva moda trae faldas acortándose en los muslos de las mujeres y los hombres han dejado atrás los trajes formales y se han ido a favor de las chaquetas y de las boinas de cuero negro.

Cuento los días en el calendario hasta su llegada. Juan ya averiguó que Lenny podrá inscribirse en primer grado en la escuela a dos cuadras de distancia. Mamá trabajará en una fábrica de lámparas al otro lado del puente, en Nueva Jersey. Una furgoneta la va a recoger y la va a llevar a la fábrica todos los días a las 7:45 a.m. Y cuando la bebé califique para la guardería, la acompañaré.

Habrá muchas personas a quienes amar y en quienes confiar. Para dejarles espacio en los armarios, Juan vende una gran parte de los trajes a otro vendedor. Con todos nosotros trabajando fuera de la casa, nadie podrá encargarse del negocio de los trajes, de todos modos.

Toda esta espera (sin César, sin los clientes de los trajes), hace que los días sean insoportablemente largos. Cada vez que suena el teléfono, espero que sea César, quien llamará para decirme que todavía me ama, que me extraña, que todavía está trabajando duro para encontrar una solución real a nuestra relación. Pero cuando suena el teléfono, a menudo es la respiración, incluso si sabe que Juan no está en casa, ella llama y llama. Entonces prendo el radio y le pongo canciones, y ella escucha antes de colgar.

Ella también debe estar sola.

La hermana Lucía se ha ido a visitar a su familia a Chile. No hay más clases de inglés hasta la próxima primavera. Me concentro en hacer todo lo posible para no molestar a Juan. Él ha sido tan generoso. Hay soledad durante el día, pero también paz, al fin. Salir, incluso a caminar, es una prueba. Mi vejiga está del tamaño de un guandul. Siempre tengo los pies hinchados; me duelen las plantas de los pies, y el dolor sube hasta las piernas y las caderas, especialmente cuando tengo que subir los escalones. El ascensor de nuestro edificio tiene mente propia y solo funciona cuando le da la gana. Si vengo con compra, espero una hora hasta que el súper o el portero se ofrezca a ayudarme a subirla. ¿Cómo se las arreglan la vecina con hijos y la señora Rose cuando el ascensor está fuera de servicio? No es natural vivir tan alto.

Para llenar mis días escribo en mi pequeño cuaderno. Escribir se convierte en hablar. Escribo mis sueños. En ellos, Juanita se sienta a la mesa de la cocina, su barriga tan grande como la mía. Juntamos nuestros vientres y nos convertimos en una bestia embarazada de dos cabezas. Es un sueño reconfortante.

Las hojas de los árboles afuera de nuestra ventana pronto se tornan vivas, llenas de color. Para que algo nazca, Papá siempre dice, algo tiene que morir. Pero en el punto de embarazo en el que me encuentro, no puedo soportar más pérdidas. Qué hermosas se ven las hojas justo antes de sus últimos días. Todos los años se caen, para que los troncos de los árboles descansen y las hojas puedan volver en la primavera.

Espera, me digo a mí misma y descanso los pies descalzos en el suelo. Los imagino siendo raíces.

César ha regresado. El repique continuo del timbre retumba a través del apartamento hasta la cocina. Corro hacia la puerta para mirar por el ojo mágico. No veo a nadie. El sonido de unos dedos golpeando. César llama mi nombre tan suavemente que apenas lo oigo. Cuando abro la puerta, él salta hacia mí y dice: ¡Bu!

¿Qué estás haciendo aquí?

Lo halo y cierro la puerta con la cadenita.

¿Y si Juan hubiera estado aquí?, siseo. ¿Y si alguien te ve? ¿Por qué no estás en Boston?

Vine a buscarte, dice, y nos quedamos mirando el uno a la otra. Tengo que ponerme de puntillas para que mi cara pueda estar más cerca de la suya.

Le doy una bofetada. Ahora, me sale con tanta facilidad.

Me quedo sin aliento por lo que he hecho. Su mirada es de incredulidad y su sonrisa de

admiración.

¿Quieres hacer eso otra vez?, pregunta y toma mi mano y se la lleva a la cara.

Él me desquicia. Sus pantalones de fuerte azul están deshilachados, su camisa necesita plancha, sus uñas necesitan un cortaúñas. Me alegra que tenga todos los signos de un hombre que vive sin una mujer. Los hombres solo pueden actuar como hombres, Mamá siempre dice, cuando las mujeres lo hacen todo. Somos pequeñas trabajadoras invisibles para que ellos puedan hinchar sus pechos.

Me alejo de él, frustrada. Quiero quitarle la camisa y plancharla. Tengo que contenerme para no ir a buscar el cortaúñas. Ahora que Juan está de regreso en Nueva York, todo ha cambiado. El cascarón del huevo se ha roto. No hay manera de volverlo a sellar.

César me toma del brazo y me enrolla en su cuerpo. Su cara está cerca de la mía. Su aliento huele a café, alcohol y cigarrillos. Retrocede y avanza, tirando y empujándome suavemente. Su cabeza cae sobre mi hombro. Sus pies ya no se mueven, solo sus caderas. Me canta suavemente al oído, su peso pesado sobre mí.

Ay, Ana Banana, dice, y mete las manos debajo de mis brazos y me hace cosquillas. Me hace cosquillas en el sofá hasta que me río tan fuerte que no me sale ningún sonido de la boca. César me hace cosquillas y me hace cosquillas hasta que me hago pipí.

¡César!, grito, y corro hacia el baño. Solo se me salió un poquito, pero con la presión de la bebé sobre la vejiga, tengo que ser más cuidadosa, él tiene que ser más cuidadoso.

Luego, lo encuentro en mi cuarto sacando mi ropa de las gavetas.

Vámonos antes de que Juan regrese, dice, y saca una maleta de la tabla de arriba del armario. La desabrocha y la abre. Dentro hay otra maleta y dentro de esa, una bolsa.

¿Encontraste un lugar para nosotros?, pregunto.

La amiga mía nos va a pasar a recoger en menos de una hora. No tenemos mucho tiempo, Ana. ¿Dónde están tus documentos? En el momento en que nos vayamos, no vamos a poder regresar aquí.

Mi mamá llega en unas semanas con Lenny. Yo no puedo simplemente irme.

Créeme, tu mamá sabe cómo cuidarse sola.

Abre mi armario a tirones.

Miro la cama perfectamente hecha. Las cortinas que he planchado. Todo está en orden, todo tiene un lugar. Ya hice espacio para la bebé, para Mamá, para Lenny.

No puedo irme contigo, digo.

Pero hicimos un plan, grita, su voz chispeante. ¡Coño!

Me cubro la cara. Sus brazos se agitan en el aire. Se hala el pelo con las manos. Camina hacia la sala y enseguida regresa a la habitación. Él sabe que tengo razón. Si apenas puede cuidarse a sí mismo, ¿cómo va a cuidarme a mí? ¿Y a mi familia?

¿Qué se supone que deba hacer solo en Boston?

No sé, lloro. Regresa a Nueva York.

Salgo corriendo para la cocina a picar cebollas, cilantro y ajíes. A pelar ajo, a freír un plátano. A hacer cualquier cosa para que el dolor sea soportable.

Él me sigue. Me aferro a la cebolla con una mano. Aprieto el cuchillo con la otra. *Por favor, no me lo pongas más difícil.*

¿Qué mierda estás haciendo? Suelta ese cuchillo. No tenemos tiempo para esto.

Yo pico, pico, pico la cebolla en los trocitos más pequeños.

Envuelve su mano sobre mi brazo para que yo pueda soltar la cebolla, el cuchillo. Me guía hacia la sala.

Por favor, dice, su voz más suave. Solo ven conmigo. ¿No me amas?

Mis pies están enraizados. Los puños apretados. Los ojos bien abiertos, llenos de lágrimas por las cebollas, por el hecho de que ambos sabemos que no iré a ningún lado.

No te muevas, ¿sí?, él conecta el tocadiscos y busca entre sus discos de vinilo de 45 y dice, por lo menos baila conmigo, ¿eh?

Conozco esta canción de los Four Tops. Cantada por cuatro hombres negros, cuyo líder se parece al Guardia. Me la memoricé de principio a fin para practicar mi pronunciación en inglés. Siempre la tocan en la radio. Mientras canta en voz alta y baila solo, su cuerpo se mueve como si pisara en un piso de nubes desniveladas. Luego extiende los brazos hacia mí y una vez más estoy atrapada por su olor, su calor. Debimos habernos fugado antes de que Juan llegara.

I can't help myself

I love you and nobody else

Nos mecemos juntos por un largo rato. Aunque rítmica, la canción es triste. Esto es un adiós. Lo sé por la forma en que nuestras manos se entrelazan y por la forma en que tengo que finalmente dejarlo ir. He elegido a mi familia. No habrá César y Ana para siempre.

Cuando doy un paseo por Broadway, camino como si estuviera balanceando un libro sobre la cabeza. Meso las caderas, mirando en las vitrinas de las tiendas en busca de un abrigo de piel y un collar de perlas. Unas medias-pantis transparentes y una cartera de charol. Los escaparates de las tiendas están repletos de muebles viejos que necesitan reparación, montones de mantas, salchichas de un color rojo sangriento colgando en la carnicería. Mi reflejo me devuelve la mirada: cabello liso, sin afro, sin gancho de lazo aterciopelado sujetándolo como el de la señora Kennedy. El rasgar de las guitarras y el repique de tambores se avecinan. La multitud pulula a mi alrededor, gente con carteles, *End War Now*. Gritan al unísono esta cosa y esa, empujándome hacia adelante, una ola bajo mis pies. El repiqueteo de las ollas. El siniestro sonido del trueno. Debería irme a casa para evitar problemas, pero me arrojo, permitiéndole a la ola que me levante y me lleve consigo. Rindiéndome. *Peace for All*. Marchamos hacia el centro contra el tráfico, llenando las calles, deteniendo los camiones de reparto, las guaguas y los carros. Nuestras respiraciones sincronizadas. Los autos tocan bocina. Las sirenas aúllan. Un helicóptero vuela bajito sobre nosotros. La policía ronda con sus macanas, esperando, esperando. Ellos, como los manifestantes, se multiplican rápidamente. Alineados, los policías se convierten en una cerca azul a lo largo de las aceras, conteniéndonos. Desde la ventana de la sala, las protestas se ven ruidosas y caóticas, pero una vez dentro de ella, me siento ingrávida. Una mujer entrelaza su brazo con el mío y yo hago lo mismo con un hombre a mi lado. Son mucho más altos que yo. Somos como un banco de peces, sin perder nuestro lugar, nadando contra la corriente. Viva. Apenas puedo ver, la masa de cuerpos empuja el tráfico, proporcionando una orilla para irrumpir en la marcha. ¡Vuelve! ¡Regresa!, diría Mamá. No te metas en vainas que no te incumben. Pero nuestros brazos se entrelazaron uno con el otro, cada vez más fuerte, más fuerte. De repente, estamos sentados. El tráfico se embotella. No hay marcha atrás. No me importa que la falda se me llene de tierra de la calle. Los cantos desgarran mi cuerpo. *Together we're strong*. Tan fuertes. Por eso nos sentamos. Por eso decimos que no. Por eso entrelazamos los brazos.

El día que Mamá y Lenny llegan, no voy al aeropuerto porque no hay espacio en el carro. Es un hermoso día de otoño en octubre, no hace frío ni calor. Mucho mejor que llegar en pleno invierno como yo. Llegan cargados de equipaje lleno de cosas que Juan planea venderle a un amigo, cosas que le ordenó a Mamá que le dijera al oficial de aduanas eran regalos para amigos, o simplemente sus propias pertenencias.

No he dejado nada sin revolver en nuestro pequeño apartamento. Todo ha sido meticulosamente limpiado, pulido, organizado. Mamá dormirá en la cama plegable de la sala y Lenny en el sofá. Al principio, le sugiero a Juan que duerma en la sala para que cuando llegue tarde a casa no nos despierte. Pero es mi casa, dice enojado, una esposa debe dormir con su esposo.

Todos los olores a hogar impregnan el lugar. En el horno, se hornea el pudín de pan. En la estufa, un majarete hierve a fuego lento. Abastezco la nevera con ingredientes que Mamá reconocerá para facilitarle la transición. Enciendo el radio y sintonizo la estación en español. Con el dinero que he ahorrado, le compré a Mamá una bata de dormir, unas pantuflas, un vestido y ropa interior. Una redecilla para el pelo y pinchos. A Lenny le compré unos pantalones y dos camisas. Solo lo suficiente para que no pasen vergüenza. No demasiado, para que Juan no se dé cuenta de que tengo mi propio dinero.

Los espero en el vestíbulo. El ascensor está funcionando. Bob, el portero, todavía no ha llegado. Apilo los libros y unos papeles sobre la repisa de la chimenea. Organizo la publicidad en sus respectivos buzones. Me paro junto a la puerta, luego me siento en el pequeño sofá.

Cuando el carro de Juan se detiene frente al edificio, corro hacia la puerta. Los ojos se me llenan de lágrimas cuando los veo salir. Los brazos de Lenny están desnudos, sus pantalones demasiado cortos para sus piernas. Mamá lleva un vestido endeble y una pañoleta alrededor del cuello. Veo algunas canas. ¡Mi vieja! Al lado de Juan, en la ciudad de Nueva York, se ven tan pequeños.

¡Mamá!, los llamo y abro la puerta, haciéndoles señas para que entren al edificio, donde está más caliente. Ella me mira y mira a través de mí. ¿Mamá?, digo de nuevo y luego, como si algo se registrara, ella saluda. Le da una galleta a Lenny por la cabeza y lo empuja hacia el edificio.

¿Lenny?, lo abrazo. Es tan tímido y manso.

¿Qué le pasó a tu cabello?, Mamá dice con desaprobación. Ahora se te ve la cara gorda.

Vengan, vengan, digo, y de repente siento lo surreal que es estar con ellos aquí en el edificio, de presionar un botón y esperar a que baje una caja.

¿Y Juan?, Mamá pregunta, volteándose.

Aquí estoy, dice Juan. Viene detrás de nosotros, arrastrando dos grandes maletas.

¿Cómo estuvo el viaje?, le pregunto a Mamá. A Lenny, ¿fue divertido?

Lenny sonríe y mira las losetas blancas y negras.

Mamá dice: Todo estuvo muy bien.

La Mamá en Los Guayacanes está llena de palabras. En New York City, hablar con ella es como arrancarse los dientes.

Llega el ascensor. Las puertas se abren. Sostengo la puerta

para que Mamá y Lenny entren. Lenny entra de un salto y el ascensor tiembla, recordándome que lo sujetan unos pocos cables. Mamá no se mueve, mira, pero no entra.

Entre. Es solo un ascensor, dice Juan. Tengo que ir a trabajar.

Juan, digo, para no avergonzar a Mamá, ¿por qué no subes primero con esas maletas tan pesadas? Lenny te acompañará.

Una vez que Juan y Lenny se van, Mamá parece aliviada. Su fragilidad hace que le abra el corazón. Todo lo que temía de ella cuando era niña, su voluntad de leona, su forma estricta, se ha ido. ¡Desaparecido!, mientras esperamos que regrese el ascensor, le pregunto por Teresa y Mamá vira los ojos.

Loca como siempre, dice.

¿Y Papá?

Está bien. Manda saludos.

¿Qué hay de Juanita?

No la reconocerás. Más gorda que nunca.

¿No está embarazada?

Eso fue lo que le dijo a un chino que encontró en el camino. Tres veces su edad, la mitad de su tamaño, y lo suficientemente estúpido como para llevársela con él a Japón.

Juanita no se puede llevar al bebé de Yohnny a Japón. ¡Nunca la volveremos a ver!

Mamá encoge los hombros. Luce cansada.

Supiste lo de Betty, ¿verdad? Se fue con un hombre a quien le cayó un rayo, pálido como la leche. Planeamos y Dios se ríe, Ana.

¿Prefieres subir las escaleras?, le pregunto.

Si quieres.

Ella se da vuelta y comienza a subir las escaleras delante de mí, como si ya viviera aquí. Después del primer piso, ya estoy sin aliento. Los pies de la bebé me ponen presión en los pulmones. Mamá mira a su alrededor, observando los escalones, los pasillos. Quejándose de vivir tan alto.

¿Por qué Juan no consiguió un lugar en el primer piso? ¿Muy caro?

Entramos al apartamento. Juan ya se abofeteó a Old Spice y se cambió la camisa.

¿Por qué duraron tanto?, dice.

Lenny se sienta en el otro extremo del sofá, claramente no queriendo ocupar demasiado espacio.

¿Vas a llegar tarde?, le pregunto a Juan.

Mamá se chupa los dientes con suavidad, pero la oigo.

Explícales cómo funciona el agua, dice, y luego me deja sola con ellos.

Mamá sostiene la cartera cerca del cuerpo y mira a su alrededor, todos los rincones de la sala, el pequeño televisor, el radio, todos los espejos, el estante lleno de libros viejos y discos de vinilo. Se acerca a la ventana que da a Broadway. Puedo ver en su cara que la vista de la bulliciosa calle, desde arriba, le causa una impresión.

¿Ve, Mamá? Mientras más alto es el piso, mejor es la vista. Venga, le digo, le hice pudín de pan y majarete.

Me siguen a la cocina.

No cabemos todos. Es muy pequeña, dice. Mete el dedo en la olla y lo prueba.

Demasiado dulce.

Pone la cartera en una silla. Agarra la escoba guardada cerca de la nevera y dice: ¿Qué, no tienes tiempo para limpiar en esta ciudad? Este piso se ve sucio.

Y así de simple, me convierto en una niña otra vez y mi impulso es de esconder el arroz crudo, las chancletas, las perchas, las correas, todo lo que Mamá pueda encontrar para lastimarme. Pero no puedo esconder sus palabras; son peores que un látigo.

Hay dos mamás. Está la insatisfecha, que deja claro que no hago nada bien y que me recuerda lo agradecida que debería estar porque finalmente ella puede enseñarme cómo ser una buena esposa, una buena madre, cómo administrar un hogar, etc., etc. Y está la Gran Doña Selena, que conoce una forma especial de engatusar a personas como los hermanos Ruiz, que, de repente, visitan todos los domingos porque ella los invita. Mamá le deja saber a todo el que nos visita lo maravilloso que es Juan. Y él se lo traga, un perro frente a un plato lleno de comida, hambriento de atención.

Yo pico. Majo en el pilón. Hago las compras de los comestibles. Remiendo los calcetines. Cuido de ella y de Lenny. Yo soy quien hace una copia de la factura de electricidad y del pasaporte de Lenny para que vaya a la escuela. Con mi dinero, le compro cuadernos y lápices.

Pero es Juan quien es el héroe, y es Mamá quien se la busca en la cocina. En la calle es un ratón, dentro del apartamento es un león.

Para escapar de ella, me escondo en la habitación y organizo las corbatas de Juan y mi ropa interior, por color, por estilo. Las cosas de Juan, ella no se atreve a tocarlas. Son el territorio de su esposa.

Luego tomo largos baños y dejo que el agua se mueva sobre y a mi alrededor, tocando mi gran barriga, todas mis partes, recordando aún el suave toque de César. ¿Seguirá en Boston trabajando con la costurera? Nunca le pregunté dónde dormía, si dormía solo. Demasiado doloroso para siquiera pensarlo.

Cuento los días hasta que Mamá comience a trabajar en la fábrica de Nueva Jersey para poder volver a tener el apartamento para mí. Primero, Lenny comenzará la escuela, todos los detalles arreglados por Juan. Luego, un hombre con una furgoneta recogerá a Mamá en la esquina de calle 165 y Broadway a las 7:45 a.m., de lunes a viernes, y la dejará al cruzar el puente George Washington para trabajar con lámparas de miniatura.

Para traer más luz al mundo, bromeo. Tendrá que acostumbrarse al ascensor, Mamá, para que pueda aprender a moverse, incluso si la cosa es a la vuelta de la esquina.

Tú hablas como si yo nunca hubiera estado en la Capital, dice.

Pero ella tiene miedo de salir. Esta ciudad es mucho más grande y, por la noche, la despierta con sirenas y disparos. En Los Guayacanes, los únicos sonidos en la noche son de los animales, todos caminando a un paso que ella entiende. Ella no admitirá que esta ciudad es alarmante para ella. No a mí, ni siquiera a sí misma.

El primer día de escuela de Lenny, le insisto a Mamá que venga con nosotros.

Le va a hacer bien tomar un poco de aire fresco, digo. Hace días que usted no sale del apartamento.

Si solo fueras mejor manteniendo una casa, tendría el lujo de salir, dice. Cada vez que le pido que vaya a cualquier lado, ella tiene algo mejor que hacer.

Bueno, como quiera.

Hago que Lenny se ponga el abrigo. Juan ya está esperando en el ascensor. Nos acompañará a P.S. 128, camino a su trabajo. He pasado muchas veces por la escuela, así que no hay forma de que me pierda, pero Juan insiste. Él y Lenny se llevan bien. Juan desea un hijo.

Mientras caminamos por Broadway, él toma una de las manos de Lenny, yo tomo la otra.

Cuando llegamos a la escuela, un edificio de ladrillo de dos pisos con un área de juegos en frente, un montón de padres con sus hijos ya está esperando que las pesadas puertas de metal de la escuela se abran a las 8:25 a.m., ni un minuto antes ni un minuto después.

No me dejes aquí, dice Lenny. Él intenta ser valiente, lucha por no llorar. Apenas unas semanas antes, estaba corriendo bajo el sol, en Los Guayacanes. Todo ha pasado demasiado rápido.

Juan se agacha para mirar a Lenny a la cara.

Sonríe de una manera que nunca antes había visto, y lo imagino con César a la edad de Lenny, ayudándolo a navegar el mundo. Juan mira el gentío a su alrededor; todos hablan en inglés. Agarra el cuello del abrigo de Lenny para acercarlo.

¿Tú me ves? Yo estoy viejo. Toda mi vida voy a tener que trabajar como un perro. Ya para mí es muy tarde. Pero tú, tú tienes la oportunidad de obtener una educación. Si estudias mucho, puedes convertirte en médico o en abogado, o trabajar en Wall Street como esos blanquitos. ¿Tú me estás oyendo, niño grande?

Lenny asiente, luchando contra las lágrimas.

La gente nos mira con desprecio, se aleja de nosotros como si hediéramos.

¿Tú sabes lo que yo hago cuando no entiendo lo que la gente dice?, Juan le pregunta.

Lenny niega con la cabeza.

Digo que sí y sonrío. Por todo digo, Yes ser, yes mam.

Yes se, dice Lenny con la voz más suave.

Eres joven, agregó, como una esponja. Un día vas a despertar y a saber tres veces más que todos los que estamos aquí.

Lenny lo abraza tan fuerte, que a Juan le da trabajo liberarse del abrazo.

Es imposible no admirar a Juan en este momento. Él sabe cómo resolver. Sabe cómo cuidarnos.

Le recuerdo a Lenny que en su mochila hay dos lápices con la punta fina, un cuaderno y un sándwich con jamón y queso en una bolsa de plástico. Señalo nuestro edificio para que él vea que solo estamos a unas pocas cuadras de distancia.

Cuando Juan se va y las puertas de la escuela se abren, le digo, Estaré esperándote aquí mismito cuando salgas.

¿Recuérdame cómo digo mi nombre otra vez?

Mai neim is Lenny. ¿Bien? Ahora vete. Anda.

La bebé ha descendido. Mi barriga, baja y pesada, hace difícil que pueda estar parada más de unos cuantos minutos. ¿Estás bien?, pregunta Juan.

Por primera vez, Juan habla tentativamente, se mueve con cuidado, no me pide que me levante, como si cualquier movimiento me pudiera hacer explotar. Ambos estamos aguantando la respiración esperando las contracciones.

Mamá dice: Sé fuerte, tu cuerpo está hecho para esto. ¿Te acuerdas cómo lo hizo tu hermana y al otro día salió a bailar?

La doctora advierte que la presión entre mis piernas se sentirá como un fuerte calambre menstrual, como si tuviera que ir al baño. Ella me indica que me quede en casa hasta que las contracciones se sientan cada tres minutos. Que *solamente me siga moviendo*. Que me distraiga con los quehaceres. Que limpie el piso, que lave los platos, que barra. La doctora dice que moverse es bueno. Que quedarse quieta es malo. Pero Mamá no me deja nada para hacer en la casa. En el campo fui testigo de muchas mujeres teniendo bebés. Les llevé agua, rasgué las sábanas, llamé a la comadrona, les di pedacitos de hielo. Les limpié el sudor de la frente y sobre el labio superior y les tomé las manos. Estuve allí para atrapar al bebé de Teresa. Yo estuve ahí. Pero ahora que soy yo, tengo miedo. Y tener a Mamá y a Juan yendo y viniendo de una habitación a otra preguntándome una y otra vez, ¿Es hora?, no ayuda.

Suena el teléfono. Espero que sea César aun sabiendo que nunca va a ser él.

Mamá lo levanta y grita, Aló.

Démelo, le digo. Cualquier distracción del parto es buena. Respiro dentro de la respiración. La fiable respiración.

¿Tal vez sea Teresa?, dice Mamá. ¿Con una mala conexión?

Balanceo la parte posterior de la cabeza contra la pared de izquierda a derecha, me pongo el teléfono en el pecho.

¿Pero quién es?, ella pregunta de nuevo y yo sonrío. Pensar que Mamá es más ingenua que yo.

Es la mujer de Juan, digo, como si arrojar una bomba en la sala pudiera detener el dolor.

Cállate la boca, dice Mamá.

Arrimo la espalda a la pared y me deslizo hasta ponerme en cuclillas. Un dolor en todo el cuerpo, un mareo. El dolor me ciega. Juan, digo en la más pequeña de las voces. No estoy segura si las palabras salen de mi boca o flotan dentro de mi cabeza. Mi camisa está empapada por la transpiración a pesar de que el clima está más fresco.

Cuando Juan llega a casa para almorzar, me encuentra echada en el suelo como un potrillo. Mamá parada sobre mí, gritándole: ¡Haz algo! ¡Haz algo!

Juan me lleva a toda prisa al hospital, Mamá, detrás de él, con mi bulto empacado.

La doctora dice que he dilatado, pero todavía no es tiempo. Vete a casa, aconseja. Estarás más cómoda allá.

Pero yo tengo que volver a trabajar, dice Juan.

No, tú no. Tú tienes que tomarte el resto del día libre, exige Mamá, y le agarra el brazo.

Juan la empuja. Esto asusta a Mamá. Ella pestañea una vez, mira a Juan, luego a mí y de nuevo a él.

Salimos a la sala de espera y nos sentamos a pensar qué vamos a hacer.

Estoy bien aquí, le digo a Juan. Debes irte a trabajar.

Juan vacila. Mamá sigue mirándolo mal. Él le teme un poco. Tal vez porque ella es unos años mayor que él. Tal vez porque ella ve a través de él.

Mamá, digo, con la llegada de la bebé, no podemos permitirnos que Juan no trabaje. Déjelo ir.

Ella se sienta con los brazos cruzados sobre el pecho. Los doctores, las enfermeras, la persona en el escritorio, todos hablando en inglés, la hacen sentir impotente.

Vendré enseguida después del trabajo, dice Juan, y me despide con un beso. Juan toma mi bulto y me lo coloca debajo de los pies como un reposapiés.

Para soportar el dolor, me concentro en Coney Island. Cómo yo estaba calientita y me sentía borracha después de haber tomado una larga siesta en la playa. Cómo las olas chocaban suavemente cerca de mis pies y cómo la sal de las papas fritas se me quedaba en los labios.

Durante horas, observo a las personas entrar y el vaivén de las puertas del hospital: una pierna rota, una herida de bala, un ataque de asma, niños enfermos con sus padres. Me cubro la nariz y la boca con la bufanda. Las luces del techo hacen que todos se vean como si tuvieran ictericia. Mamá se sienta a mi lado sin decir una palabra, mirando. Pero ella me da palmaditas firmes en las manos, como diciendo, *Tú puedes hacerlo*.

Respiro por la nariz, cayéndome del sueño. El agua me toca los dedos de los pies en la playa; una línea afilada divide el agua y el cielo. Las oleadas de dolor aumentan y me bañan de la cabeza a los pies.

Estoy en un bote. Una silla de ruedas. ¿Llamo a César?

¿Grito el nombre de Juan? Las olas me golpean. Extiendo las manos, se abren. Una enfermera las atrapa. Pies dentro de los estribos, temperatura tomada. Una enfermera tras otra me abre las piernas para verificar si estoy lista. Agua. Agua. Cubierta en agua. Yo pujo. Pujo. Pujo. Vaciando mis intestinos. Vaciando mi útero.

Altagracia Ruiz-Canción nació el 24 de octubre de 1965. Nombrada en honor a la madre de Juan. Nueve libras, seis onzas, con los cinco dedos en cada mano y en cada pie; ojos bien abiertos, una cabeza llena de cabello negro rizado de recién nacida. ¡Qué milagro! Tan pequeños: manos, pies y uñas de los pies.

Bienvenida.

La cargo pegadita a mi cuerpo, aliviada de finalmente tenerla en el mundo. Como si reconociera mi voz, llora, ejercita sus pulmones, pide que la alimenten, que la carguen (piel contra piel, escogiendo el apego sobre la soledad). Ella tantea el aire, con los ojos sellados, descubriendo que hace frío y que está demasiado claro fuera del útero. Su boca desdentada se abre, como si sonriera. Su puño golpea el aire con determinación. Y una ola de amor llena cada rincón vacío de mi corazón. Tan lleno, tan lleno. Ahora sé por qué he sobrevivido. Al fin todo tiene sentido. Viajar desde Los Guayacanes, casarme con Juan, sin todo eso, ella nunca habría nacido.

Cuando Juan llega, Altagracia está envueltita en la guardería. Finjo que duermo. No quiero ver nada que me distraiga de su hermoso rostro. Juan se inclina sobre mí, besa mis mejillas, frente y manos.

Lo hiciste bien, dice. Pronto buscaremos el varón.

Mi dulce dulce Caridad,

Tú me advertiste sobre la familia. Que la familia se elige, la sangre no. Pero mis hermanos han sido toda mi vida. Cuando uno está herido, me duele. Cuando uno está en problemas, yo estoy en problemas. Ramón nos ha traicionado a todos de una manera que quizá nunca lo pueda perdonar. Pero él es como un padre para mí. Y César, ¿puedes creerlo? No me contesta las llamadas.

Te escribo desde este lugar lleno de decepciones. Estoy viviendo en un país extranjero sin reglas. ¿A dónde voy a ir si no podemos regresar a casa? A menudo pienso en el paseo que tú y yo dimos junto al río Hudson. ¿Recuerdas? Cuando, en la hierba, las sombras de nuestros cuerpos se convirtieron en una y tú dijiste, a donde vayas, yo iré contigo. Dondequiera que voy, estás conmigo. Juntos siempre estaremos en casa. Esto es lo que realmente significa estar casados. No necesitamos un contrato. No necesitamos un testigo. Porque sabemos lo que somos. Quiero creer esto con todo mi corazón. De verdad que sí. Pero la realidad es que tú tienes un marido que cualquier día te reclamará cuando regrese de la guerra, y yo tengo a Ana y a una bebé que me necesitan.

Mi único refugio es pensar en tu olor. Se está desvaneciendo de mi memoria, lo admito. La forma en la que tus ojos se iluminan cada vez que me miras. Me has perdonado muchas veces, pero quizá esta vez entiendas por qué no puedo, no debería verte de nuevo. Amarte me ha cegado y he descuidado mis objetivos. De alguna manera el amor me ha puesto manso y estúpido. No puedo hacerte feliz y hacer feliz a Ana. Simplemente no puedo. Tú mereces más. Mucho más. Cuando el hermano de Ana murió, recordé que no podemos vivir con los ojos cerrados. Te amo más de lo que nunca sabrás.

Tuyo,
Juancho

Después de cuarenta y ocho horas de descanso en el hospital, me mandan a casa. Encuentro el apartamento lleno de gente esperando para conocer a la bebé. Los cuento con incredulidad: Héctor, Yrene y Antonio. Bebiendo. Fumando cigarros de los que Juan trajo de la República Dominicana. Una nube de humo se cierne sobre todas nuestras cabezas. Yo toso. Un dolor punzante recorre mi espalda.

Lenny se esconde en el dormitorio y asoma la cabeza. Desde que comenzó la escuela ha perdido la voz. Un montón de asentimientos y sonrisas. Mucha escritura en su cuaderno. Muchos, My name is Lenny.

Mamá está en la cocina, abollando ollas.

¡Te ves muy bien!, grita Héctor desde el otro extremo de la sala.

Sostengo a Altagracia, la sonrisa tensa; mis piernas, tubos pesados. La anestesia se disipa. Los puntos me pinchan. Puede que no haya entendido la evaluación del médico, pero siento el daño completito. Me abrieron de un lado a otro. El médico lo llamó una laceración de tercer grado. Me siento febril y débil, pero sonrío. Mamá y Juan quieren que sea fuerte.

Juan me tira el brazo sobre los hombros. Nos paramos lado a lado debajo del arco entre el vestíbulo y la sala. Sonrisa. Sonrisa. Sonrisa.

Un nuevo comienzo para la pareja perfecta.

Foto. Flash. Foto.

Estoy con César en la Feria Mundial. Me lleva en un taxi a un lugar tranquilo con una cama cómoda. Me da un masaje en los pies y un poco de su sopa de lentejas. La bebé es nuestra bebé.

Sonrisa. Sonrisa. Sonrisa.

Yrene se acerca y me pregunta si puede cargar a la bebé. Antonio me sorprende con una pequeña bolsa rosada que cuelga de su muñeca. ¿Chocolates? Por supuesto, chocolates.

Este es un motivo para celebrar, dice Héctor, sube el volumen de la música y todos aplauden.

Debería acostarla, digo. Juan me da una palmadita en la espalda, a modo de aprobación y me empuja hacia el dormitorio.

Con cuidado me recuesto en la cama y me deslizo hasta sentarme, temerosa del dolor punzante que siento cada vez que toso, me siento, camino o me paro. Los médicos me advirtieron que no me aplastara, que no me estirara, que no cargara objetos pesados. *Take it easy*, dijeron.

La bebé se despierta hambrienta. Yo también tengo hambre. Le desenvuelvo la manta y la coloco en mi pecho. Escucho a Juan reír por encima de la música a todo volumen en la otra habitación. ¿Tomarlo con calma? ¿Aquí? *Un vaso de agua fría, por favor. Un baño de sal para absorber el dolor, por favor. Un poco de silencio, por favor.* La bebé se queja; sus encías me halan el pezón. Lenny se deja ver, desde debajo de la cama, coloca la barbilla sobre el borde y me mira.

¿Duele?

No. Es natural, digo, tratando de ser fuerte para él.

Él acaricia las manos arrugadas de la bebé y canta: ¿Qué te pasa, Alti, Tati?

Tengo que relajarme. Acomodo el pezón en el cielo de su boca, de la misma forma en que me lo mostró la enfermera. Ella se cae, sus labios enraizados, hambrientos.

Coño, digo.

Ella llora y todo su cuerpo se torna rosado chillón, estirando con fuerza todas las extremidades, deshaciendo su manta, su tono de voz, alto e incesante. Sus gritos hacen que se me hinchen los senos. Empiezo a llorar junto con ella, agradecida de que la música en la otra habitación esté lo suficientemente alta como para que nadie pueda escucharme, pero olvido que Lenny está aquí.

La cadgas mal, dice una voz desde la puerta. Levanto la vista rápidamente y me limpio las lágrimas. Yrene se acerca, toma dos almohadas y me pide que me recueste. Coloca otra almohada debajo de mi brazo. Luego me toma el pezón como solía hacerlo cuando ordeñaba chivas y se lo mete enterito a la bebé en la boca.

Deja que el peso haga su tdabajo, dice, señalando hacia el piso. Creo que entiendo.

La bebé se prende. Ambas sentimos un alivio inmediato, un pequeño mareo. Fácilmente podría quedarme dormida mientras la amamanto de no ser porque todos me están esperando allá afuera. ¿No podrían venir la semana que viene? ¿En qué estaban pensando?

Diablo, dice Lenny, mirándome con los ojos bien abiertos. Eres como una vaca.

Vete, sal, le dice Yrene.

Esto era mucho más fácil en el hospital, le digo a Yrene. Ella era como mi cerdita.

Yrene saca una servilleta de su cartera y me limpia la nariz como se lo haría a su propio hijo. Mis ojos y mejillas están húmedas, mi nariz aún llena de mocos. Ella me da otra servilleta y dice: Tómate tu tiempo. No apdesudes a la bebé, ¿de acueddo? Cuando ella diga, tú padas.

Entonces Yrene se levanta, le da una palmadita a Lenny para que la acompañe y me dejan sola. Recuerdo cuando compartimos en la casa de Héctor, en Tarrytown, cuán desaliñada se veía, cuán cortante había sido conmigo y ahora quiero patearme a mí misma. Ahí estaba ella, sirviéndonos comida y bebidas, sin una mamá que la ayude a mantener la casa en orden. Y en todo lo que yo podía pensar era en su media lengua.

Admiro la boca como un pico de Altagracia, sus pequeñas manos y puños. Le toco los lóbulos de las orejas, aún sin perforar, pero listos para sus primeros aretes de oro. Atrapo mi meñique bajo el delgado brazalete de oro que Juan le compró tras mi insistencia. El amuleto cuelga de su muñeca: un puño de coral negro con ribete rojo para su protección.

No permitiré que nadie te haga daño, nunca.

Después de que se duerme sobre mi pecho, la envuelvo y la acuesto boca abajo dentro del moisés. Me empolvo las mejillas y la nariz, todavía sonrojada por todo el llanto.

Cuando reaparezco en la sala, Juan me saluda y me dice que debería comer. Estoy muriéndome del hambre. Me meto un pedazo de pan a la boca.

¿Necesitas descansar?, pregunta Antonio. Volveré otro día. Solamente pasé porque escuché que Ramón estaba en la ciudad.

No, no, no, dice Juan. A Ana no le molesta. Mi esposa es un cañón. Más fuerte que un toro. Vamos a tener por lo menos cinco hijos, ¿verdad?

¿Y por qué no un equipo de pelota?, digo, mordiéndome la mejilla, mirando a Yrene.

Esa es mi hija, dice Mamá, cargando platos llenos de tubérculos, arroz y carne guisada.

Temo que se me abran los puntos, por eso me siento. Pero,

inmediatamente, Mamá me llama para que vaya a la cocina. ¿Dónde pusiste la olla? ¿Dónde está el otro paquete de café? ¿Puedes poner la mesa, por favor?

Ana, ¿le traes más servilletas a Héctor?, grita Juan.

Ana, ¿le echas agua al jarrón?

Ana. Ana. Ana.

Acabo de tener una bebé de nueve libras, una décima parte de mi propio peso.

Deja que Héctod busque sus pdopias sedvilletas, escucho a Yrene decir.

Me doblo de dolor frente al fregadero.

Ana, la bebé está llorando, dice Lenny.

¿Está llorando la bebé?, Mamá pregunta.

¿Cómo la voy a escuchar con la música a todo volumen? Le grito por encima del ruido. Quiero dormir. Necesito tomar agua.

Suena el timbre del vestíbulo. Héctor corre a contestar a través del intercomunicador.

¿Quién es?

No hay respuesta.

¿Quién es?

Todos esperan escuchar quién es.

Es César. Una espada larga en la cadera, aquí para reclamarme en un caballo con carruaje donde yo pueda acurrucarme para dormir en silencio y beber y beber cálices de agua helada.

Déjelos subir, dice Juan. Esta es una fiesta.

¿Más gente? Solo faltan Marisela y Mauricio. Y Gino y Giselle, de El Basement.

Una promesa vacía, dice Héctor cuando nadie más aparece.

Mamá les dice a todos que coman ya. La comida es mejor tibia. Y en poco tiempo todos están chupando los huesos, comiendo yuca y plátanos. Los hombres comentan lo buena que está y Mamá se ríe y dice: No es nada. Ella está feliz de alimentarlos, de ser útil, de finalmente tener el control de algo después de todas esas horas en el hospital como un pez fuera del agua.

Momentos después, suena el teléfono. Héctor baja la música.

Juan contesta. Desde mi arrebato durante el parto, cada vez que suena el teléfono, Mamá se pone sospechosa.

Él susurra: Este no es un buen momento. Nos sonríe y estira el cordón hasta el rincón más alejado de la habitación para crear distancia. ¿Qué quieres decir con que estás abajo?, le grita al teléfono. Héctor sube el volumen del radio. Pero todos vemos cómo Juan tranca el teléfono y saca la cabeza por la ventana. Todos se movilizan en busca de una ventana para mirar. Cinco pisos abajo, una mujer en la cabina telefónica levanta la vista y saluda para llamar la atención.

Minutos después, el teléfono vuelve a sonar.

Héctor baja la música y salto para coger el teléfono mientras la voz de una mujer le grita a Juan desde abajo.

¿Tú te crees que yo no tengo sentimientos?, escucho su voz duplicada. No puedes fingir que no existo. Después de todos estos años, ¿tú te crees que me voy a desaparecer? Yo necesito hablar contigo, Juan Ruiz.

Finalmente, escuchar su voz libera una presión en mi pecho.

Caridad, yo sé quién eres, digo por teléfono mientras Juan trata de quitármelo.

Dámelo, Ana, o tú verás . . .

¿O tú verás qué . . . Juancho?

Me tuerce las muñecas y luego se detiene. Todos están mirando.

Ana, dale el teléfono, dice Mamá. No seas irrespetuosa. Tenemos visita.

¡No! ¡No! ¡No!, grito como lo hacen los niños americanos en público, y sostengo el teléfono para que Caridad escuche desde el otro extremo.

Deja el juego, pajarita, dice Juan y se ríe para alivianar la atmósfera en la habitación. Pero hasta la música suena hueca.

Dile eso a tu Cari.

Dame el teléfono, carajo, dice Juan, esta vez más fuerte.

Me enrollo el cordón alrededor del brazo y doy la vuelta. El teléfono es mío. Todo mío.

En un movimiento, Juan me arrebata el teléfono y con él me golpea el labio superior con tanta fuerza que sangro.

Yrene da un paso adelante, pero Héctor la hala hacia atrás y le dice a Juan, Hermano . . .

Maldita sea. Mira lo que me obliga a hacer.

If you'd like to make another call, please hang up . . . Y enseguida, el sonido de pitidos cortos.

Me cubro el labio. La sangre me brilla en la punta de los dedos. Miro a Juan y, detrás de él, veo a Antonio cubrirse la cara. Veo a Lenny junto a la puerta. Escucho llorar a la bebé.

Mamá me hala.

Ana, vete al cuarto y ve a ver si te encuentras la cabeza antes de que nos avergüences más.

Tú siempre te pones de su lado, Mamá. ¿Acaso no he hecho todo lo que querías que hiciera? ¿No cumplí mi parte del trato?, digo, y fulmino a Juan con la mirada. ¡Vete con ella, Juan! Vete con ella y déjenme en paz, grito. ¡Todos ustedes!

Yrene nos pasa corriendo por el lado para ir a la habitación donde está Altagracia llorando.

Las mejillas de Juan están rojas, sus ojos pequeños. Quiere golpear algo. Mece los brazos y le mete una galleta a mi Dominicana que reposaba en el alféizar. Ella vuela por la habitación y sus pedazos se esparcen por todo el piso.

¿Qué has hecho?, grito.

Juan me agarra de los hombros como si pudiera calmarme, sus dedos se me clavan en la piel.

Una quemadura aguda me atraviesa. Siento un líquido bajando por la pierna: los puntos. Los puntos.

Basta, Juan sigue diciendo. Ya basta.

Me sacude y me sacude.

Pero es demasiado tarde.

Aléjate de ella, dice Mamá, y envuelve el paño de cocina que tenía en la mano y lo mete entre mis piernas para detener la sangre. Pero sale demasiado rápido, una fuente.

¡Tú, monstruo!, le grita a Juan.

Llama una ambulancia, dice Antonio.

No, dice Héctor, es más rápido correr al hospital y conseguir ayuda.

Entonces él y Antonio salen corriendo del apartamento.

Mamá, grito cuando veo la sangre esparcida por el suelo, la alfombra, mi ropa. La visión se me nubla. El dolor me hala dentro y fuera. Veo a Yrene meciendo a la bebé sobre un hombro, caminando entre la habitación y la cocina. Estoy demasiado débil para decir: Tráemela, déjame cargarla.

Juan camina de un lado para otro. ¿Por qué no deja de llorar?, le pregunta a Yrene.

Tú deja de llorar, dice Mamá.

Ella va y arranca la sábana de la cama y me la envuelve como un pañal. Me apoya en su cadera para envolver mi brazo alrededor de su cuello.

La voy a bajar, dice Juan, e intenta mover a Mamá fuera del camino.

No me toques, dice ella con voz gutural. ¡Y aléjate de ella!

Mamá dobla las rodillas y me levanta del suelo. Ellos no saben que ha levantado animales todavía más pesados que yo.

Está haciendo el ridículo. Déjeme llevarla.

Mejor vete a atender a esa loca allá abajo, antes de que los vecinos comiencen a hablar. Lenny, abre la puerta.

¿Puedes creer a esta mujer?, le dice Juan a nadie en el pasillo mientras Mamá me lleva al ascensor. Esto es lo que pasa cuando te metes con personas atrasadas. Yo le dije a Ramón que serían más problema que beneficio. Pero él insistió. E insistió. Y fui y me casé con ella, tratando de hacer feliz a todo el maldito mundo, pero nadie es feliz. Nadie.

El ascensor llega. Mamá lo duda, pero entra y me apoya contra la pared. Cuando Juan intenta entrar y ayudar, ella dice: No te atrevas. Él levanta las manos y deja que las puertas del ascensor se cierren.

El pequeño espejo de esquina distorsiona nuestro reflejo. Mamá se ve el doble de su tamaño.

Abajo, en el vestíbulo, las puertas están abiertas y, parados en medio de ellas, están Héctor y Antonio junto a un paramédico del hospital cargando un catre de tela. Entran al ascensor y colocan el catre. Uno, dos, tres. Me levantan.

Estoy en un bote cruzando un río. Caridad gime desde lejos como el cuerno de un barco. Juan trata de calmarla desde las nubes. Floto río abajo, sosteniendo la mano de Yohnny. Quédate con nosotros, Ana, quédate con nosotros.

En el hospital, Mamá se sienta cerca de mi cama y me atiende. Me limpia el sudor de la frente. Toma mi mano. Cuando mis ojos finalmente se abren, digo: Quédese conmigo. Quédese con nosotros.

Por supuesto, soy tu mamá.

Tengo que estar con Altagracia.

Primero tienes que aliviarte.

Siento el mismo dolor de añoranza por Altagracia que una vez sentí por César cuando estábamos separados. Cuando trato de sentarme, Mamá me obliga a quedarme acostada.

Descansa, órdenes de la doctora.

Las esperanzas de Mamá han cambiado. Ahora somos nosotras y solo nosotras. Y juntas nos preparamos, imaginando cómo y cuándo Juan nos hará pagar por haberle faltado el respeto frente a los demás. Aquí está ella, en una ciudad que no conoce, pensando que el peso de nuestra supervivencia recae sobre sus hombros. Ella había querido Nueva York. Ella hizo todo lo posible por conseguirlo.

Así que esto es Nueva York, dice con una débil sonrisa.

No te preocupes, Mamá; me ha hecho fuerte.

Ella apoya la cabeza en mi pecho y me deja peinar su cabello canoso. Y ahí es cuando el llanto de Mamá se deja escapar, una tormenta tropical sin previo aviso, un aullido sin cabeza ni pies. Finalmente ella comprende todo lo que me he sacrificado, todo lo que he sobrevivido por ella y por la familia.

Vamos a dar un paseo por la cuadra, le digo a Mamá. Los puntos finalmente se han esfumado. Está inusualmente cálido para ser noviembre. Las hojas están en llamas, el cielo azul celeste, ni una sola nube. Puedo moverme sin sentir dolor alguno. Empaco el bulto de la bebé, lo engancho del cochecito. Hago que Lenny se ponga el abrigo y nos dirigimos hacia la puerta. Mamá me sorprende al decir: Bien, bien, iré.

Caminamos hacia Fort Washington y señalo el río.

Y a la derecha, digo, está el puente George Washington. Y, del otro lado, tu trabajo.

Todo Nueva York me hace pensar en César. A veces llama para reportarse y dice que vendrá a visitar para conocer a Altagracia, pero nunca viene. Los hermanos Ruiz se ríen de él y dicen que está atrapado por una mujer en Boston. Me duele solo de pensarlo.

Mamá y Lenny duermen conmigo en la habitación. Ahora Juan duerme en el sofá de César. No tenemos opción. Tenemos que hacer que funcione hasta que aparezca otro apartamento, hasta que ganemos suficiente dinero para pagar el alquiler nosotras mismas.

Subimos por la calle 164.

La mayoría de las personas que viven en esta cuadra son judías, digo. Hay cubanos y puertorriqueños también, pero en poco tiempo seremos solo nosotros. Pronto, pronto iré a la escuela y estudiaré contabilidad, para saber cómo administrar todos nuestros negocios. Usted va a hacer su famoso dulce de leche y lo venderá en todas las bodegas. Habrá una bodega en cada esquina. Y a Lenny, cuando salga de la escuela en el verano, lo haremos que venda frío-frío como hacíamos en casa. Vamos a conseguir el bloque de hielo más grande que podamos encontrar, y todo el mundo vendrá a comprar a nuestro carrito, de todas partes, para probar el mejor frío-frío de tamarindo y limón de la ciudad. Los vamos a hacer de todos los colores imaginables. Y, en el invierno, Mamá, en las horas en que no estemos trabajando en la fábrica y yo no esté en la escuela, podemos vender sus deliciosas habichuelas: dulces y calientes. Y pastelitos hechos con harina, incluso con yuca. Y todas estas tiendas en Broadway serán de nuestra propiedad, nos servirán a nosotras. En las bodegas habrá pilas de plátanos más altas que yo, agua de coco, yuca y bacalao.

Mamá se ríe de mí o quizás conmigo. Pero no me importa. Sé que algún día ya no viviré con Juan. Sé que Papá, Teresa y su bebé estarán aquí con nosotros. Y vamos a trabajar duro. Especialmente Altagracia, que será alguien especial.

Nos detenemos en el banquito frente a La Bodeguita de Álex, el puertorriqueño. Cuando llegué, Juan me dijo que nunca entrara a este colmado sin él y obedecí excepto por aquella vez.

Siéntense aquí mientras yo consigo algo de adentro, digo.

Dejo a Mamá agarrando el cochecito.

Una vez adentro, me dirijo directamente a la caja registradora. El hombre detrás del mostrador me mira y me vuelve a mirar.

Hey, dominicanita, yo me acuerdo de ti. Tú eres la esposa de Juan, ¿verdad? ¿Volviste por más free chocolate?

Me muerdo los labios y le paso un dólar planchadito.

Tres barras de chocolate, por favor.

Nueva York te sienta bien, dice. ¿Te vas a quedar por aquí?

Volteo a ver a Mamá y a Lenny. Abrigados, esperando ansiosamente que yo regrese, con los ojos bien abiertos y frescos.

Sí, digo. Sí, eso haré.

AGRADECIMIENTOS

Esta novela la inspiró la historia de mi madre, así como todas las dominicanas que se tomaron el tiempo para responder mis preguntas acerca de sus vidas y que abrieron sus álbumes de fotos para que yo pudiera conectar las brechas en todos los silencios de la narración, muchas veces dolorosos. En 2005, cuando le dije a mi madre que escribiría una novela inspirada en ella, me dijo, *¿Y a quién le va a interesar una historia sobre una mujer como yo? Es muy común.* Y, sin embargo, las historias como la de mi madre, aunque comunes, rara vez se representan en las narrativas prevalecientes que están a nuestra disponibilidad. Estoy agradecida por la oportunidad de publicar esta historia singular, sabiendo muy bien que muchas escritoras de color no tienen este privilegio ni acceso.

Gracias Daniel: tú has sido tan paciente conmigo. Te amo tanto.

Gracias a las familias Cruz, Gómez y Piscitelli que, generosamente, se hicieron cargo de mi hijo, lo que me permitió que pudiera tomarme el tiempo para escribir. A Paolo, que me alimentó con arte e innumerables comidas. Grazie, Stefania, por proveerme de un cuarto para escribir. Estoy agradecida con la Universidad de Texas A&M y la Universidad de Pittsburgh, que financiaron numerosos viajes de investigación en apoyo a esta novela. A las becas y residencias: Hermitage, Art Omi, Siena Art Institute y CUNY Dominican Studies Institute. A los siguientes medios por publicar extractos de esta novela: *Gulf Coast, Kweli, Callaloo, Review: Literature and Arts of the*

Americas, y *Small Axe.* Gracias, Adriana, por presentarme a mi agente, Dara, quien revitalizó la novela con sus brillantes notas editoriales. Y para mi editora, Caroline: Wao. Oh, wao. Tu tiempo fue perfecto. Colaborar contigo y el increíble equipo de Flatiron en el viaje de este libro ha sido divino.

Agradezco a todos los que leyeron esta novela y proveyeron su aporte y experiencia, incluyendo las obras creativas y académicas que han impactado profundamente la trayectoria de este libro. ¡Son tantos! Pero, en particular, por sus comentarios críticos: Irina, por motivarme a ser más explícita y también por sugerir el título. Jennifer, que le inyectó fuego a la novela con su sugerencia de cambiar el punto de vista. Milenna, mi oyente incansable y devota. Laylah, por alentar mi ira y por nuestros incalculables intercambios creativos.

A mi familia de Aster(ix), gracias por las formas en que siguen retándome. Estoy especialmente agradecida con mis hermanas, diosas y brujas, que, sin sus muchas intervenciones, ciertamente no habría podido completar este libro. A Nelly, mi gemela astral, por ser la mejor editora asociada de la historia. A Marta Lucía, mi feroz y amorosa compañera de escritura y acción social. A Emily, por conspirar conmigo en la ficción y en la vida, y por empujarme a luchar por mi trabajo. A Andrea, por traer la luz cuando me encuentro llena de desesperanza. Y a Dawn, por todo el amor, la belleza y la poesía que hemos compartido; gran parte de ella informó a *Dominicana* y su coda:

Leave wreckage by the roadside.
Burn all decayed tissue.
Tightrope from which we emerge.

Deja los restos a la orilla del camino.
Quema todo el tejido descompuesto.
La cuerda floja de la que emergemos.

—DAWN LUNDY MARTIN, *Good Stock Strange Blood*

¡Sí, sí! ¡Emerjamos!

NOTA: Si tiene fotografías/videos de los años 50, 60, 70 y 80 de dominicanas en la ciudad de Nueva York, envíelos al archivo visual en Instagram @dominicanasnyc.